沧桑大爱

——湖南桑植脱贫攻坚故事

湖南省文联脱贫攻坚主题文艺创作三年行动资助项目

龚盛辉 著

湖南科学技术出版社

图书在版编目（CIP）数据

沧桑大爱：湖南桑植脱贫攻坚故事/龚盛辉著. —长沙：湖南科学技术出版社，2020.9

ISBN 978-7-5710-0761-4

Ⅰ.①沧…　Ⅱ.①龚…　Ⅲ.①纪实文学—中国—当代　Ⅳ.①I25

中国版本图书馆CIP数据核字（2020）第187515号

CANGSANG DAAI——HUNAN SANGZHI TUOPIN GONGJIAN GUSHI

沧桑大爱——湖南桑植脱贫攻坚故事

著　　者：龚盛辉
责任编辑：袁　军　王　斌
出版发行：湖南科学技术出版社
社　　址：长沙市湘雅路276号
网　　址：http：//www.hnstp.com
湖南科学技术出版社天猫旗舰店网址：
　　　　　http：//hnkjcbs.tmall.com
印　　刷：湖南凌宇纸品有限公司
　　　　　（印装质量问题请直接与本厂联系）
厂　　址：长沙县杨帆路8号
邮　　编：410151
版　　次：2020年9月第1版
印　　次：2020年9月第1次印刷
开　　本：700mm×1000mm 1/16
印　　张：16.5
字　　数：235千字
书　　号：ISBN 978-7-5710-0761-4
定　　价：68.00元

目 录

绪言　大山那双忧郁的目光 001

第一章　桑植模式

党的十八大以来，以习近平总书记为核心的党中央带领全国人民打响的脱贫攻坚战，力度之大、规模之广、影响之深远，我党历史上前所未有！我国历史上前所未有！人类历史上前所未有！

这是中国革命史上的又一次人民战争——向贫穷开战！

桑植县作为国家级深度贫困县，其脱贫攻坚的力度也前所未有，首创了“异地搬迁扶贫”“穷县富医”“穷县富教”“政策兜底”等扶贫新模式，在新中国成立70周年之际，成功摘掉贫困帽子！

1. 桑植不摘帽，我们一天不离开 004
2. 三年摘掉贫困帽 010
3. 系紧使命的纽扣 015
4. 脱贫路上一个不能少 020

第二章　桑植情怀

革命战争年代，数万桑植子弟不惧抛头颅、洒热血，前仆后继闹革命，因为他们心里装着一种情怀——“让天下老百姓都能吃上大米饭”。

今天，全国人民心里也装着一种情怀——“让红色土地上的人民过上小康生活”。因为这种情怀，湖南省军区在桑植最早开展扶贫工作，国家知识产权局加入了桑植扶贫的行列……

1. 革命流血的地方不能再流泪 026
2. 新阳村不脱贫，我不谈恋爱 037
3. 扶贫是最精彩的人生 044
4. 我永远是一名军人 051
5. 有一种情怀叫“80 后” 056
6. 致公党让双溪桥有了桥 059

第三章　桑植聚力

革命老区桑植县，不仅是国家脱贫攻坚直接联系单位、湖南省脱贫攻坚重点县，更是张家界市脱贫攻坚的主战场。张家界市委、市政府集中财力、人力、物力，对桑植县脱贫攻坚形成合围之势，予以重点出击。

1. 一把钥匙开一把锁 062
2. 假如我们是贫困户 066
3. 冰雪覆盖的热血柔肠 071
4. 发现美丽的眼睛 075
5. 农家孩子要反哺农家 080
6. 要致富，首先建好党支部 083
7. 别人认你是菩萨，自个不能当泥巴 087
8. 法官眼窝里也有泪 090
9. 胡总撑起我家一片天 095

第四章　桑植基因

他们是贺龙家族传人。他们说：“做好脱贫攻坚，帮助老百姓过上好日子，是贺家传人的使命。”

他们是桑植县委、县政府机关和基层乡镇干部。他们说：“作为贺龙家乡人，建设好家乡，帮助家乡父老摆脱贫困，是一种义不容辞的责任。”

1. 贺家传人，传的是使命 098
2. 不优秀，不配做贺家人 111
3. 车子慢些开，让他好好睡会儿 115
4. 当书记当上了“瘾” 120
5. 不负家人，更不能负人民 126
6. 最美书记，不是秀出来的 128

第五章 桑植乡愁

对于在外地创业的桑植人来说，故乡那一双双茫然、无望的目光，父老乡亲餐桌上那碟咸萝卜、那几个红薯，那个背着沉重背篓的老人艰难爬行的身影，是他们心头挥之不去的乡愁。他们的乡愁，是那万水千山，他们在这头，故乡在那头；乡愁是那都市繁华，他们在里头，故乡在外头……

1. 只为心里那丝淡淡的忧伤 133
2. 带着女朋友去下乡 138
3. 乡愁书记覃鸿飞 142
4. 辞去“高管”当“猪倌” 146
5. 回到家乡就心酸 149
6. 最差的庄稼，是书记家的 156

第六章 桑植性格

“霸得蛮，看湖南；湖南霸得蛮，还看桑植郎！”

好干的事情，干好；不好干的事情，想方设法干好；别人不愿干、怕干的事情，桑植人只要认准了，丢了性命也要干到底。革命战争年代，桑植人是这样。新中国成立后与自然环境抗争，桑植人还是这样。

1. 霸得蛮，还看桑植郎 163
2. 一座座高山，一匹匹骏马 167
3. 只要够坚强，身体就不残 171
4. 活着，就要抬起头来活 175
5. 就不信，生来就姓“穷” 178
6. 创业要像追女友，锲而不舍 181

第七章 桑植暖春

党中央脱贫攻坚、精准扶贫战略部署，是普照神州的暖阳。一支支驻村扶贫队，是一缕缕吹向贫困乡村的春风。

春暖花开的季节，冻土将苏醒，小草会蓬勃，病树也发芽……

1. 浪子回头便是金 186
2. 我开始尝到生活的滋味 190
3. 一有阳光就灿烂 193
4. 老单身有了爱情的渴望 196
5. 他们是我们自己的明星 198

第八章 桑植富道

俗话说“一方水土养活一方人”。而一方水土能否养活一方人，关键在于如何养。桑植人根植于脚下这片沃土，充分发挥自身优势，大力发展特色养殖、种植产业，真正让桑植变成了“地是刮金板，山是万宝山，人是活神仙”。

1. 一方水土养好一方人 205
2. 吃大鲵是保护大鲵 209
3. 傻字里头有大爱 214

4. 从美丽传说中寻找财富 217
5. 湘西黄牛，桑植福牛 223
6. 满山花海，遍地金银 227

第九章　桑植巨变

党的十八大以来的桑植，是巨变的桑植：烈士身边出现了“美丽乡村”，长征出发地完成了新长征，凄美历史故事里走来了七彩新居……

2019 年的秋天，是古老的桑植大地最葱翠、最美丽、最殷实的秋天，桑植人民摆脱了千百年来的贫困，开创了新纪元，开始了新生活。

1. 烈士身旁的美丽乡村 235
2. 刘家坪人民的新长征 241
3. 凄美故事里的七彩新居 245
4. 遍地英雄下夕烟 250

后记　扶贫正道是沧桑——龚盛辉访谈录 252

绪　言

大山那双忧郁的目光

那是一双明亮、坚定、犀利却又有些忧郁的目光。

我每一次肃立在那尊铜像之下，与这双目光默默对视，就抑不住心潮涌动，敬意升腾，缓缓举起右手，向他致以一名军人最庄严崇高的敬礼。这是一名晚辈对前辈的发自心灵深处的景仰，是一名当代军人对我军缔造者之一、开国元帅的源于血脉的尊崇！

那尊雕像的名字叫贺龙。

这尊雕像坐落在享誉世界的张家界旅游区天子山公园的山脊上。这里，古木参天，山风呼啸，松涛雷鸣。贺老总就这么高高耸起、迎风而立，百年、千年、万年……

雕像右侧的密林，是贺老总安息的地方，当初他带领大伙起家闹革命的两把菜刀，依然高高地竖立在他面前。

雕像的左侧，是悬崖峭壁、万丈深渊，是一片鳞次栉比、错落有致的擎天石柱，它们从谷底挺拔而起，穿云破雾，直刺苍穹，如利剑，如闪电，如箭锋，一如这片大山人的性格，生性耿直、顽强不屈、嫉恶如仇。

2019 年 4 月，在接受了省文联交给我的反映桑植人民脱贫攻坚报告文学创作任务的第二天，我再次来到这尊雕像前。写湘西，写桑植，写这片绵延千里的大山，贺龙是必须浓墨重彩的第一峰。贺龙，是这片大山的儿子，是这片大山的灵魂与脊梁、骄傲与自豪，是这片大山的化身、这片土地的象征。只有贺龙才能负起这片土地的盛名，只有他的肩膀才能扛起这片大山的厚重。

我又一次仰望着眼前这尊屹立于悬崖之上的铜像，再次与这双明亮、坚定、犀利却又有些忧郁的目光默默对视，尽力从中寻找这片神奇土地的奥秘，解读这里的人民坚定不移跟党走、宁死不屈闹革命的初心，也从中寻找创作的源泉、灵感与动力。

眼前的贺龙铜像，身披当年出征前母亲送给他的军大衣，手执从不离手的铜烟斗，一匹战马依傍在跟前。这是贺龙一生酷爱的“三件宝”，是元帅留给后人的无价财富。铜像仿佛元帅生前，身材魁梧，面庞俊朗，表情威严，尤其那双眼睛更是传神，目光如炬，明亮透彻，闪电般犀利，磐石般坚定，而又流水般柔情，有几分忧郁，有些许愧疚……

他的目光为何这般明亮、坚定、犀利？那是因为人生经过了太多的苦难与探索，经历了太多的锻打与砥砺，那是信仰的光芒，那是忠诚的力量！

他的目光又为什么饱含忧郁？因为晚年蒙受冤屈？

似乎是，又似乎不全是。

那么又是什么使这位战场上叱咤风云、威震敌胆的湘西汉子心怀忧伤？正当我陷入沉思之际，身旁传来一名导游银铃般的声音：“大家注意看贺龙铜像的眼睛，大家能看到什么吗？”

游客回答：“他的目光有一种所向无敌的力量！”

“对。还有呢？”

“他的目光里写着‘忠诚’二字。”

“对。还有呢？”

“贺帅的目光充满无私与坦诚。”

“对。还有呢？”

“……”

“你们看，贺帅的目光里是不是有那么一丝淡淡的忧郁？”

“哦，是啊。”

“大家知道贺帅为什么忧郁吗？”

一名游客说：“贺帅生前忧国忧民，身后还在忧国忧民。”

“尤其他对家乡父老乡亲的生活，更是心心念念、牵肠挂肚啊！”导游动情地说，“你看他的眼睛永远望着北方，那是他的家乡桑植。如今那里还属于深度贫困地区。”

他的目光为什么有些忧郁？那是因为那片土地给予他太多，恩情太重，他和那片土地上的人民付出太多，期待太久，而那片土地如今还没有完全实现他的夙愿和理想。

他的目光为什么含着忧伤？是因为他对那片土地爱得太沉、太深！

第一章 桑植模式

党的十八大以来，以习近平总书记为核心的党中央带领全国人民打响脱贫攻坚战，其力度之大、规模之广、影响之深远，我党历史上前所未有！我国历史上前所未有！人类历史上前所未有！

这是中国革命史上的又一次人民战争——向贫穷开战！

桑植县作为国家级深度贫困县，其脱贫攻坚的力度之大也前所未有，首创了“异地搬迁扶贫”“穷县富医”“穷县富教”“政策兜底”等扶贫新模式，在新中国成立70周年之际，成功摘掉贫困帽子！

1. 桑植不摘帽，我们一天不离开

湖南省张家界市桑植县，古称西南夷地，夏商属荆地，西周属楚地，春秋时期归楚巫郡。她地处湖南的边缘，武陵山脉北麓，鄂西山地南端。站在这片土地上，北望是湖北的宣恩、鹤峰，南眺则是贵州的铜仁。用从前的话说，那是块“三不管”的偏远地区。这里的10426个山头下，散落着白、苗、土家等近30个少数民族。在旧社会，中国的少数民族尤其是西南地区的少数民族，大多是深受统治阶级欺压的民族。因为深受欺压，他们只能择偏地僻壤而居，在与恶劣的自然环境和封建统治者的顽强抗击中，养成了强悍、好武、善猎、喜斗的民风，有着强烈的反抗精神。历史上，不乏“路见不平一声吼”的义士，也时有“揭竿而起”的忠勇，且前仆后继，不屈不挠，名震乡邦。尤其在中国革命史上，这里更是一块浸透了革命烈士鲜血的红土地，是著名的湘西起义所在地，是红二方面军长征出发地，为新中国的诞生献出生命的革命烈士数以万计……

然而，这块浸透了革命烈士鲜血的红土地，也一直是一块贫穷的土地。1986年被列入国家深度扶持贫困县，2002年被确定为国家扶贫开发工作重点联系县，2011年被国务院确定为武陵山联片特殊困难地区，是张家界市脱贫攻坚“主战场”“硬骨头”。

1988年，上级决定成立张家界市，并把原隶属于怀化市的桑植县划归张家界市管辖。有人听到这个消息，开玩笑说：“怀化市终于甩掉了一截拖后腿的尾巴。”

党的十八大召开后，以习近平总书记为核心的党中央，对我国贫困山区、贫困家庭给予了从未有过的高度关注与关怀。

“我们党员干部要有这样一个意识：只要还有一家一户乃至一个人没有解决基本生活问题，我们就不能安之若素；只要群众对幸福生活的憧憬还没有变成现实，我们就要永不懈怠，团结带领群众一起奋斗。”

“脱贫攻坚是我心里最牵挂的一件大事。”

“他们的生活存在困难，我感到揪心，他们生活每好一点，我都感到高兴。”

……

习近平总书记扶贫的足迹更是遍布全国，从黄土高坡到茫茫林海，从雪域高原到草原牧区，从西北边陲到云贵高原，多次到我国最贫困、最落后的地区，察真情、看真贫，大会小会强调脱贫，对脱贫工作做出重大战略部署。

以习近平总书记为核心的党中央，对打赢这场脱贫攻坚战气势如虹、坚定似铁——

“全面建成小康社会，13 亿多中国人，一个都不能少！”

“不获全胜、决不收兵！”

这是我党对全国人民的庄严承诺！

党的十八大以来，以习近平总书记为核心的党中央带领全国人民打响脱贫攻坚战，其力度之大、规模之广、影响之深远，我党历史上前所未有！我国历史上前所未有！人类历史上前所未有！

这是中国革命史上的又一次人民战争——向贫穷开战！

这是中华民族的福音，是人类战胜贫困的典范！

以习近平总书记为核心的党中央部署的精准脱贫攻坚，对于湖南 11 个深度贫困县之一的桑植，就像一片干旱了很久、很久，张着一道道大裂口的红土地，终于迎来了一场千载难逢的甘霖透雨，春风拂面、万物萌芽、百花绽放的美好季节来临了！

桑植县委书记刘卫兵，听到党中央有关脱贫攻坚有关部署的那天，脸上整天都挂满了喜气，甚至晚上的梦里都在窃笑。他打心眼里为贫困山区老百姓高兴，也为自己终于迎来为老区人民“拔穷根”的大好时机而欣喜。

2013 年 11 月 3 日，习近平总书记视察十八洞村时，刘卫兵正在位于桑植县也是湖南省最西北端、紧邻湖北省的八大公山镇联系村调研扶贫工作。当从手机新闻上看到习总书记视察十八洞村并提出精准扶贫战略时，热血沸腾的刘卫兵，健步登上一座山峰。

这天真是个好日子，天空特别的蓝，阳光特别的暖，绕着山峰的几朵云霞呈现着七彩之光。刘卫兵举目眺望着眼前这片渗透了烈士鲜血、连绵起伏、哪怕是冬季也碧绿葱翠的群山，轻轻地解开衣襟，让那从山下呼呼涌来、带着些许寒意的山风，肆意且惬意地吹拂荡涤他那灼热的胸膛。

1970 年 3 月生于桑植东邻慈利县的刘卫兵，2007 年 6 月从慈利县委常委、副县长调任桑植县委副书记，12 月担任县委副书记、县人民政府县长。2013 年 3 月任桑植县委书记。此时，正值党的十八大召开不久，以习近平总书记为核心的党中央部署扶贫攻坚战略之际。在这关键时刻，党组织让他担任桑植这个革命老区、深度贫困县的“一号领导”县委书记，刘卫兵深感使命光荣、责任重大。他为自己在脱贫攻坚决战时刻，主政桑植这方圣土而深感荣幸与欣慰。

对打赢这场脱贫攻坚战，刘卫兵虽然感到道路艰难，但对最后胜利胸有成竹、豪情满怀。此时此刻，打响这场攻坚战役，让桑植这片被烈士鲜血染红的土地彻底告别千百年来的贫困，实现千万个革命烈士“让下一代吃上大米饭”的夙愿，已具天时、地利、人和。

首先，这场脱贫攻坚战时逢盛世。21 世纪 10 年代，国家经济建设继续保持强劲发展势头，综合国力显著增强，是实现中华民族伟大复兴“中国梦”的伟大时代。以习近平总书记为核心的党中央对打赢这场脱贫攻坚战部署周全、指导有力，决心与投入前所未有；党和国家对革命老区、少数民族地区建设发展和人民群众生活高度关注、特别关爱；省、市两级党委和领导，对桑植人民脱贫事业倾力支持；国家、省、市机关和社会力量，一如既往热心帮扶。此为天时。有此，刘卫兵心里就有“底气”，他带领桑植人民脱贫攻坚就有“靠山”。

其次，桑植是人杰地灵的好地方。隶属国际旅游新城张家界市的桑植县，东邻世界自然遗产保护区武陵源风景名胜区，西接猛洞河、芙蓉镇，北邻湖北宣恩、鹤峰，是湖南通往祖国西北的门户。这是一块红色的土地。她是伟大的贺龙元帅故里，是开国中将廖汉生、开国少将朱绍田的家乡，是中国工农红军第二方面军万里长征出发地，也是湘鄂边、湘鄂西、湘鄂川黔根据地的中心地，贺龙故居、贺龙纪念馆和红二方面军长征出发地已先后被列入《全国红色旅游精品线名录》。有人写诗这样赞美桑植：“人杰地灵生将帅，钟灵毓秀出贤良；群山环抱谒龙乡，澧水悠悠源远长。”

这是一片绿色的海洋。位于武陵山脉北端，湖南省张家界市桑植县西北部，西与湖北的宣恩、鹤峰两县毗邻，又有与武陵源风景名胜区相接的八大公山原始森林，是湖南四大水系中澧水的发源地。她也是中国首批、湖南省首个国家级自然保护区，已被纳入中国“人与生物圈保护区（MAB）”、中国“具有全球意义的17个生物多样性关键地区之一”、全球200个重要生态区之一，保护区内珍稀动植物种类繁多，具有重要保护价值。坐落于县城西南部利福塔镇水洞村的九天洞，因有天然的九个天窗与外界相通而得名，洞内分上、中、下三层，最下层低于地表400多米。洞内36支洞交错相连，内有30余座大厅、十余座洞中山、6000方丘田、5座自生桥、3段阴河、3个天然湖、12条飞瀑、3口天然井等奇观异景多达一百多处，尤其九星山玉柱、九天玄女宫和寿星宫三大景点，更是让人叹为观止，享有“世界奇穴之冠”“亚洲第一洞”之美名。建于唐宋、盛于明清的苦竹寨，曾是澧水上游“千帆林立的老码头、商贾云集的古集市、艄公荡魂的逍遥窟、明清社会的万花筒”。如今依然历历在目的古风火墙、吊脚楼，向游人展示着土家人的才智，一条条青石板，一声声“咚咚喹”，仿佛在诉说古寨子曾经的繁华。此外，桑植还拥有峰峦溪国家森林公园，九天洞赤溪河、溇水省级风景名胜区。桑植，是名副其实的天然氧吧、生态绿色海洋。一名科考队员走遍桑植山山水水后，抑不住唱起了桑植民歌：“桑植是个好地方，地是刮金板，山是万宝山，人是活神仙。”

这是一个美丽多姿的家园。在桑植这块3474平方千米的土地上，居住着土家族、苗族、白族等28个民族，产生了灿烂绚丽、多姿多彩的民族文化，其中以桑植民歌、桑植民族仗鼓舞为代表的多项文化旅游资源，已先后被列入国家、省级非物质文化遗产保护名录，桑植被授予“中国民歌之乡”称号。走在这片神秘的土地上，冷不丁就有桑植民歌优美的曲调轻轻撞击你的耳膜：“郎在高山打一望，姐在河里洗衣裳；洗衣棒棒敲得响，郎喊几声姐未张。”时不时就有一个“上身穿的红绫袄，腰间配的水罗裙，好似仙姐下凡尘”的春游俏小妹跳入你的眼帘。

再次，桑植人民对摆脱贫困已经奋斗太久、期待太久。“为了下一代能吃上大米饭”，他们流血牺牲、前赴后继，他们早出晚归、勤奋劳作，但长期以来依然难度春荒，就是在新中国成立后的半个多世纪、改革开放四十多年后，依然有数以千计的贫困户愁吃、愁穿，生病看不起医生，孩子上不起学堂。桑植人民有着战天斗地、不屈服于命运的基因传承，富有吃苦耐劳、勇于拼搏的红色激情；他们身上已经累积了太多改变生活的渴望，储蓄了太多与贫困抗争的力量。

有了这天时、地利、人和，刘卫兵就有信心和决心落实习近平总书记、党中央的要求，在我党成立 100 周年之前，把桑植人民一个不落地带进小康生活。

刘卫兵带领县委一班人，大力推进基础设施建设、基本产业发展、基本公共服务、基本生活保障、基层组织建设，并大胆解放思想，从桑植县实际出发，不断探索创新，在全国首创“阳光院”异地搬迁模式，破解了农村特困户安居难题；首创穷县富医“桑植模式”，缓解了群众看病难、看病贵问题，被推广到全省；首创整合资金建立贫困学生资助体系，确保贫困家庭孩子“零失学”……

刘卫兵带领全县人民艰苦奋斗三年，城乡居民在脱贫路上前进了一大步。到 2016 年，桑植县城乡居民人均可支配收入达到 8715 元，其中农村居民人均纯收入由 2012 年的 3406 元，增长到 6264 元，几乎翻了一番。全县贫困人口由 2013 年底的 10.3 万人，减少到 5.7 万人，贫困发生率由 29.5％下降至 13.76％。

这时，大家都认为刘卫兵已经到桑植工作六七年，县委书记也当了三年，工作成就更是有目共睹，是到了该挪挪窝子、升升位子的时候了。

这时，为把贫困“山头”攻下来，把贫困县“帽子”摘下来，党中央做出“打赢脱贫攻坚战”“保持贫困县党政正职稳定”的决策。根据这一部署，在 2016 年县（市、区）党委换届中，包括桑植县在内的全省 51 个贫困县市区党政正职留任原职，继续担负起光荣使命和重大责任。

9 月 19 日，中共湖南省委书记杜家毫与全省贫困县党政正职进行集体谈心。杜家毫意味深长地对大家说：“大家都说，我们共产党员、共产党的领导，要讲政治。现在脱贫攻坚是最大的政治，如期全面建成小康社会就是政治任务。当前我省正处于脱贫攻坚关键节点，县委书记、县长要牢固树立‘四个意识’，争当新时期的‘焦裕禄’，挺身而出、迎难而上，真正在脱贫攻坚中践行党的宗旨，彰显对党绝对忠诚的本色。”

桑植县委书记刘卫兵、县长赵云海态度坚决、话语铿锵地向省委领导表态：“桑植一天不摘掉贫困帽，我们一天不离开桑植!”

2. 三年摘掉贫困帽

习近平总书记、党中央要求，2020 年前所有贫困县（区、市）要全部甩掉“贫困帽”，让全国 13 亿人民齐步迈进小康社会，全部过上“两不愁”“三保障”（不愁吃、不愁穿，住房、医疗、教育有保障）的日子。

桑植县如何完成党中央赋予的这一使命任务?

“扶贫开发贵在精准，重在精准，成败之举在于精准。”为精准掌握桑植经济建设、扶贫脱贫实际情况，县委书记刘卫兵、县长赵云海带领大家爬山钻沟，到乡（镇）、村一线调查研究，到农户家中访贫问苦。

通过深入细致的调查研究，他们发现，全县脱贫攻坚面临的矛盾和困难还有很多，挑战前所未有。

全县脱贫攻坚任务艰巨。全县尚有贫困村 150 个、建档立卡户 2567 户、贫困人员近 8 万人，贫困发生率为 17.38%。这部分贫困人口的贫困程度深，减贫成本高，脱贫难度大，尤其还有 1.4 万多贫困人口生活在“一方水土养不起一方人”的地方，是脱贫攻坚中难啃的“硬骨头”。

基础设施建设严重滞后。全县建制村还有 122.7 千米村级公路不畅通，有16.6%的村民小组未通公路，14%的人口居所距公路较远，出行困难，乡与乡之间、村与村之间断头路较多；尚有167个村未实施农网改造，10万人未解决安全饮水问题。通信基础设施改善不均衡，农村危房改造任重道远，贫困群众生产生活条件亟待改善。

公共服务供给不足。总体上看，全县城乡公共服务差距仍然较大，农村文化、教育、医疗、社会保障等方面的公共服务供给不足，贫困农户公共服务需求与供给能力矛盾突出。部分乡（镇）卫生院医疗条件差，医疗设备与人力资源短缺，村卫生室设施落后，医疗人员服务难以满足农村群众的需求；教育培训资源不足，贫困人口子女就学难问题依然存在；社会保障标准较低，社会救助服务体系不健全，等等，成为脱贫攻坚的现实难题。

生态保护与发展矛盾突出。桑植的生态环境比较脆弱，承载力有限，旱涝灾害时有发生，部分地区水土流失严重，导致低水平农业生产抗御自然灾害能力更加薄弱，影响了贫困群众经济收入的稳定性。同时，桑植属于国家生态功能区，产业选择受到很大限制，但生态公益林补偿面积小、标准低，产业脱贫、经济发展与生态保护矛盾突出。

整体规划遭遇资金瓶颈。“十三五”期间桑植的脱贫攻坚规划项目需要投资82.5亿元，其中财政专项扶贫资金14.3亿元、行业部门投入55.8亿元、业主投入7.2亿元、农民自筹5.2亿元。以2015年省扶贫办下拨给桑植县的财政专项扶贫资金8008万元为基数，按照“十三五”期间每年递增25%的比例计算，至2020年，财政专项扶贫资金只有2.44亿元，五年累计仅有8.19亿元，与规划实施需要的14.3亿元相差6.11亿元。桑植作为后发地区经济发展水平较低，经济新常态下面临的困难更多，自身财政实力弱，2015年全县公共财政收入为5.08亿元，2020年预计也仅为8.2亿元，脱贫攻坚资金缺口大，对外援的依赖程度高，资金不足将对全县脱贫攻坚带来沉重压力。

但同时也要看到，在“十二五”期间，桑植全面贯彻落实中央、省、市扶贫开发决策部署，在推进经济社会发展的同时围绕“产业扶贫、工业兴县、绿色发展”工作思路，持续加大扶贫开发工作力度，促进贫困人口增收脱贫，取得了显著成效，为“十三五”脱贫攻坚奠定了坚实基础。

综合实力显著增强。“十二五”时期，全县经济保持平稳较快增长，生产总值由2010年的39.5亿元，增长到2015年的74.07亿元，年均增速为13.4%；财政总收入由2010年的2.7亿元增长到2015年的5.08亿元，年均增速为13.5%；全社会固定资产投资由2010年的26.94亿元增长到2015年的54.19亿元，年均增速为15%；社会消费品零售总额由2010年的13.3亿元增长到2015年的28.91亿元，年均增速16.8%。农村居民人均可支配收入由2010年的2641元提高到2015年的5428元，年均增速为15.5%。几乎每一项经济指标增速都达到13%以上，这在全国经济增速放缓的大背景下，非常难能可贵。

贫困人口快速减少。按照精准扶贫的要求，把各项扶贫措施落实到贫困村、贫困户、贫困人口，整合各方面资源，不断加大扶贫开发投入，完善帮扶机制，着力促进贫困户增收脱贫，全县农村贫困人口数量快速减少。“十二五”期间，全县7.81万人摆脱了贫困，贫困人口数由2010年底的15.77万减少到2015年底的7.9597万人，贫困发生率由33.9%下降到17.38%。贫困人口、贫困发生率，双双下降了近一半。

农村基础设施不断改善。把完善基础设施作为扶贫开发的重要支撑，着力推进水、电、路等基础设施建设向农村、向贫困地区倾斜，有效改善了贫困群众的生产生活条件。“十二五”期间，全县23个乡（镇）（2016年前全县是39个）全部通了水泥路，乡（镇）通畅率达到100%，全县建制村通达率98.9%，建制村通畅率93.7%，村民小组公路通组率83.4%；累计解决农村13.02万人的饮水不安全问题；完成384个村（2016年后全县有299个村居）的农网改造；水利、能源等基础条件持续改善；农村信息化水平快速提高，实现了有线电视县乡联网和乡乡通宽带。

民生保障与公共服务水平全面提升。按照基本公共服务均等化的要求，稳步提高贫困群众的社会保障、医疗、教育等公共服务水平。“十二五”期间，基本养老、医疗保险实现城乡全覆盖，城乡低保实现应保尽保，新型农村合作医疗参合率达到97.8%，比2010年提高7.4%；贫困群众医疗卫生条件明显改善，完成了11所乡（镇）卫生院的新建、改扩建和165个村卫生室建设；教育培训不断推进，小学适龄儿童入学率达到99%，初中适龄人口入学率达到97%，3000名青壮年农民接受“雨露计划”培训；农村垃圾治理三年行动计划覆盖全县所有贫困村，集中处理率达60%；实施了对农村特困家庭的“阳光安居”工程，创新易地扶贫搬迁形成“桑植模式”，走出了一条针对无自我发展能力农村特困群众的精准扶贫新路子。

扶贫产业快速发展。“十二五”期间，全县坚持“产业扶贫、工业兴县、绿色发展”的工作思路，整合资金，集中连片开发，在贫困人口比较集中、基本产业薄弱的区域，大力发展烟叶、大鲵、蔬菜、茶叶、油茶、林下经济、乡村旅游等特色产业。尤其是近两年来，以扶贫资金为引导，整合资金4.84亿元，重点推进具有特色农业产业基础的14个乡（镇）114个村进行产业基地建设，扶持西莲—白石、蹇家坡—细砂坪—八大公山两个高寒片区产业基地发展烟叶和茶叶，目前各产业基地发展形势良好，带动了3万多农户增收，其中一半以上为建档立卡户。

尤其是“十三五”时期作为全面建成小康社会的关键期、全面深化改革的攻坚期，精准扶贫的宏观政策深度调整，县域经济社会发展环境深刻变化，桑植脱贫攻坚面临的历史机遇也前所未有。

扶贫政策“红利”全面释放。中央、省、市对脱贫攻坚的重视程度和支持力度前所未有，相继出台了一系列强有力的精准扶贫、精准脱贫的政策措施，这些政策措施将在“十三五”期间全面落实。我县作为国家扶贫开发工作重点县、国家确定的武陵山集中连片特困地区和比照享受西部开发有关政策及民族自治地方优惠政策县，必将直接或间接获得更多政策、资金和项目的支持。

开放发展格局正在形成。黔张常铁路、张桑高速公路项目建设正如火如荼，随着这“两高”全面通车，高铁、高速、空运大交通格局逐步形成，桑植将从张家界的后花园变成了湖南省的西北门户，长期以来制约桑植经济社会发展的交通瓶颈将实现重大突破，区位条件发生根本转变，成为连接东南沿海与西北内地的枢纽，对外开放的步伐将大为提速，为加快我县经济社会发展步伐、推动发展成果更多惠及贫困农户带来重要机遇；同时，国内外市场消费结构正在发生明显变化，旅游消费、生态绿色产品消费需求不断增强，为桑植发挥生态、文化、特色农业资源优势，发展特色扶贫产业提供了广阔的市场空间，有利于加快贫困群众增收脱贫致富的步伐。

脱贫攻坚动力不断增强。经过多年改进完善，桑植建立健全了扶贫责任体系、政策扶持体系，创新了资源整合机制，形成了各级各部门协调配合、联动推进的工作合力，为脱贫攻坚提供了强有力的组织保障。同时，全社会共同关心和帮助贫困地区和贫困人口的良好氛围已经形成，各方面的扶贫资源和力量向贫困地区和贫困群众聚集；广大贫困群众脱贫致富奔小康的愿望日益迫切，内生动力和活力不断激发，自强自立精神和自我发展能力不断增强，为我县“十三五”脱贫攻坚提供了强劲动力和保障。

通过深入缜密的审时度势，刘卫兵、赵云海下了“用三年甩掉贫困帽”的决心！即比党中央要求的 2020 年提前一年，经过 2017—2019 三年奋斗，稳定实现桑植农村贫困人口“两不愁，三保障”，实现“三个确保”目标。

确保贫困县成功“摘帽”。全县人均 GDP 达到 27000 元以上，增速高于全省平均水平，农村居民人均可支配收入 2019 年达到 9048 元、2020 年达到 10000 元，增速高于全省平均水平；贫困发生率降至 2%以下；贫困村退出合格率大于 95%以上。

确保贫困村全部退出。150 个贫困村全部建立起特色主导产业，实现水、电、路、业、房、环境整治等“六到农家”，就学、就医、养老、低保、五保得到全面落实，基本公共服务的突出问题得到有效解决，村集体经济收入达到 4 万元以上。

确保贫困人口全部脱贫。贫困户有稳定收入来源，收入稳定超过国家扶贫标准，实现“两不愁”“三保障”。确保到 2016 年贫困人口脱贫 26754 人；2017 年脱贫 25769 人；2018 年脱贫 24000 人；2019 年脱贫 3074 人。

3. 系紧使命的纽扣

2019 年 6 月末的一天，我前往八大公山镇采访。我和镇政府干部乘坐的“猎豹”越野车，沿着挂在悬崖峭壁上的白飘带般的公路盘旋。那天，蓝天上飘着几朵白云，高高耸起的山峰上也绕着几丝云彩，在峰峦间、山谷里盘旋的山风，多情地轻揉着翠绿、陡峭的山坡，钻进敞开的车窗，小鹿般轻轻地撞击着我们的胸膛。

在路旁一间半新半旧的木板房前，“猎豹”越野车稳稳停下。镇干部推开车门喊道：“家里有人吗？来客人喽！”

房门掩着。但听房里有个妇女欣喜地回答：“刘书记又来喽！我就来、就来！”

镇干部看着我微笑着小声道：“她以为是我们县委刘卫兵书记来了。”

说话间，只见房门“吱”的一声开了，一名身穿土家服的中年妇女拍打着身上的尘土走了出来，并响亮地叫了一声：“刘书记，你好啊！”可她看到的不是刘书记，而是一名军人，脸上不由露出一丝窘意。

镇干部立即介绍说：“今天来看你的不是县委刘书记，而是这位国防科大的大作家。”

“欢迎啊，欢迎啊！”中年妇女机灵地拉过凳子请坐，又倒上几杯香喷喷的绿茶，“这几年刘书记经常来我们家里看我们，每隔不久就来一次，挨家挨户和我们拉家常，细致地问我们生产生活情况。”

一天，我在县委机关采访时，听一名机关干部说：“这几年的晚上，我们县委刘书记和县政府赵县长办公室的灯，要么不开，一开就开到深夜，甚至通宵达旦。不开灯的日子，不是到外边开会、下基层调研，就是在去开会、调研的路上。”

另一名机关干部补充说：“听他们的家人说，这些年他们下乡的次数比回家的次数还多。”

他们这些话，在桑植县扶贫办的《桑植县 2019 年脱贫攻坚大事记》中得到了佐证——

1 月 11 日，县委书记刘卫兵主持召开桑植县委常委会 2019 年第 1 次会议，学习传达省委、市委经济工作会议精神，研究脱贫攻坚工作等。

1 月 20 日，桑植县委副书记、县长赵云海来到利福塔镇白龙村，督导该村脱贫攻坚工作。

2 月 1 日，市政协副主席、县委书记刘卫兵在陈家河镇岩壁村指导脱贫攻坚工作。

2 月 11 日，市政协副主席、县委书记刘卫兵主持召开桑植县委常委会 2019 年第 3 次会议，专题研究脱贫工作。

2 月 13 日，县委副书记、县长赵云海来到官地坪镇走访贫困村，了解脱贫攻坚工作中存在的问题和困难，并将新春祝福送到基层。

2 月 18 日，市政协副主席、县委书记刘卫兵一行到河口乡开展“访民情　助脱贫”专题调研，摸清乡（镇）脱贫攻坚工作底子，帮助找准短板、查漏补缺，推动全县脱贫攻坚工作落实落细。

2 月 25 日，县委副书记、县长赵云海采取“四不两直”方式，来到官地坪镇开展“访民情　助脱贫”专题调研，查找脱贫攻坚短板，抓好各项工作落实，确保该镇户脱贫、村出列。

2 月 28 日，市政协副主席、县委书记刘卫兵到河口乡督导脱贫攻坚工作，反馈“访民情　助脱贫”调研结果，助力该乡理清思路、找准问题，推动下步脱贫攻坚工作。

……

脱贫攻坚，摘掉贫困帽，带领桑植人民一个不落、齐步进小康，这是党中央、上级党委交给桑植各级党委、政府的光荣使命，是每一个党员干部义无反顾的政治责任。完成这一使命任务，既需要党政一把手、党委一班人率先垂范、冲锋陷阵，敢说“看我的”“跟我上”，也需要每一个党员干部“守好自己的阵地”“尽好自己的职责”，上下同心，众人协力，朝着同一个目标共同奋进。

为把全体党员干部脱贫攻坚热情激发出来，把使命责任担当起来，凝成洪流之势，聚为磅礴力量，县委、县政府在搞好全体党员干部使命教育基础上，注重强化制度建设，扎紧各级党委、党员干部的责任“栅栏”。

县委一班人，针对脱贫攻坚过程中出现的连带责任、直接责任、领导责任不明及追责模糊不清等现象，建立“三个责任链条”机制，出台了问责和考核办法，明确各链条前端、中端、末端环节的相应责任，确保每位党员干部明职责制度、晓政策措施，全县脱贫攻坚工作走向规范化、精准化。

建立户脱贫责任“链条”。明确联系建档立卡户的党员干部为前端，对户脱贫工作负直接责任；村书记（驻村第一书记）和联系村的乡（镇）领导班子成员为中端，对扶贫对象负主要领导责任；乡（镇）党委书记和结对帮扶人所在单位主要负责人为末端，相应负总责。

建立村出列责任“链条”。全县 124 个贫困村的村书记（驻村第一书记）成为村退出贫困行列责任链条的“前锋”，乡（镇）党委书记、驻村扶贫队长、联系村县领导成为村退出责任链条的“中锋”，联系 23 个乡（镇）的县级领导为村退出贫困行列责任链条的“后卫”，分别负直接责任、总责和主要领导责任。

建立行业扶贫责任“链条”。全县 12 个行业扶贫部门按照责任链条发力，围绕脱贫攻坚创新工作，推行产业就业“四个一”工程、“一站式结算”模式、“教育扶贫四种模式”“新时代党员群众讲习所”等先进经验和做法。

“三个责任链条”出台后，县委、县政府对尽职尽责、成绩突出的扶贫党员干部，大张旗鼓予以奖励，给他们立功授奖，让他们当“扶贫明星”，戴红花、上报纸、上电视，受人景仰。与此同时，于 2018 年组织实施“扶贫领域作风建设年”，开展了扶贫领域监督执纪问责“清风行动”，发现问题 217 个，立案 98 件，收缴违纪资金 107 万元，退还群众资金 28 万元，问责 47 人。

“一奖一惩”，对照鲜明，有效促进了党员干部作风建设，“尽责光荣、失职可耻”在党员干部中蔚然成风，广大帮扶干部把帮扶对象当作自己亲人，把帮扶家庭当成自己家门，经常去走走、去看看，拉拉家常，问问寒苦。

仅用三年，就带领对摆脱贫困渴望已久，却始终未能走出贫困的桑植人民走出贫困，不仅是名副其实的一场大仗、突击仗，而且还是一场恶仗、险仗。以书记、副书记为代表的县委一班人作为总舵手，要带领桑植这艘航船搏激流、闯险滩，最后到达胜利的彼岸，不仅需要站立船头，率先迎击风浪，更需要适时审时度势，把稳舵把，瞄准航向，带领船队适时而为，乘势而进。

2015 年 6 月，全国集中连片特困地区脱贫攻坚座谈会在贵州省贵阳市召开。习总书记在会上提出，扶贫开发贵在精准，重在精准，成败之举在于精准。

县委、县政府围绕“精准”核心要求，结合桑植实际，着眼地域特色，制定了《桑植县脱贫攻坚“十三五”规划》。该《规划》制定了“七个一批”脱贫攻坚路线图和“5562”行动计划。

所谓“七个一批”，就是发展产业脱贫一批、转移就业脱贫一批、易地搬迁脱贫一批、教育支持脱贫一批、健康扶贫脱贫一批、生态保护脱贫一批、社会保障脱贫一批。

“5562”行动计划，即实施基础设施建设、基本产业发展、基本公共服务、基本生活保障、基层组织建设“五基工程”；突出产业带动、公共保障、易地扶贫搬迁、就业培训、政策兜底五大重点，坚持三级责任体系、工作推进体系、县乡联动机制、资源整合机制、资金分配机制、考核问责机制六个体系机制；落实结对帮扶和驻村帮扶两大责任，确保到 2019 年底，全面实现“户脱贫、村出列、县摘帽”目标。

2017 年，脱贫攻坚取得阶段性成果：脱贫 5357 户 18856 人，农村居民人均可支配收入达到 7210 元！

2017年底，党的十九大胜利召开。党的十九大报告指出：“坚决打赢脱贫攻坚战，让贫困人口和贫困地区同全国一道进入全面小康社会是我们党的庄严承诺。”中共中央办公厅、国务院办公厅发出《关于支持深度贫困地区脱贫攻坚的实施意见》。桑植县委、县政府遵循党的十九大精神，依据党中央、国务院办公厅《意见》精神，结合过去一年脱贫攻坚经验教训，于2018年5月制定了《桑植县2019—2020年脱贫攻坚实施方案》。

《方案》提出，以脱贫攻坚统揽经济社会发展全局，坚持抓重点、强弱项、补短板，聚焦问题，创新招法，通过全面实施产业发展扩大就业“四个一”（一村一基地、一户一产业、一家一就业、一人一技能）扶贫工程等重点工作，实现2018年55个贫困村退出贫困行列，19034人脱贫，贫困发生率降到6%以下；2019年38个退出贫困村行列，20891人脱贫，贫困发生率降到2%以下，实现“户脱贫、村退出、县摘帽”的总体目标！

更加精准的帮扶，有效推动2018年脱贫攻坚战果更上一层楼：脱贫5591户19031人，农村居民人均可支配收入8183元！

2019年，是实现“户脱贫、村退出、县摘帽”总目标的最后一年。

经过2014—2018年的五年艰苦奋战，全县农村建档立卡户人口减少近8万人，占全县建档立卡户人口的80%，贫困发生率从近25%降到5%以下；全县贫困村退出86个，占全县贫困村的70%，脱贫攻坚取得决定性进展。最后一年脱贫攻坚难度很大，任务艰巨。

县委、县政府不气馁、不畏难，以敢打必胜的信念、魄力和勇气，推出了《2019决战决胜脱贫攻坚的实施意见》，召开县脱贫摘帽誓师大会，向全县党员干部、人民群众吹响聚焦产业带动、聚焦项目建设、聚焦巩固提升、聚焦精神扶贫、聚焦“三率一度”的战斗号角。

这是向“户脱贫、村退出、县摘帽”总目标的最后冲刺！

这是向困扰桑植人民千百年的贫困顽疾的最后一击！

4. 脱贫路上一个不能少

习总书记、党中央要求，通过这次脱贫攻坚战役，全国13.5亿人口，一个不少，全部达到“两不愁、三保障”小康水平。这是中国甚至世界历史上对贫困这个人类的最大公敌发起的最坚决、最彻底的挑战，也是每一个中国人，尤其像桑植这样的革命老区、偏远地区的贫困人员，有史以来最大的福音。

然而实事求是地说，它对桑植县委、县政府以及乡（镇）、村领导来说，也是一项从未有过的艰巨任务。桑植境内，大小山头成千上万，耕地仅占全县面积的5.6%，却需要养活数十万人，而且绝大部分人口居住在山区，很多人定居在高山上，生产、生活条件极其恶劣，距离脱贫任务指标差距巨大。

面对艰巨的脱贫攻坚任务，县委、县政府态度坚决、意志坚定——

“习总书记、党中央的要求，就是最大的政治任务，难度再大，也要不折不扣、不掺水分，坚决落实！”

“脱贫路上，桑植贫困人员一个都不能落下！”

县委、县政府首先对贫困村这个贫困的“重旱区”普降一场“猛雨”——下大气力改善贫困村生产、生活条件。

水是生命之源、生存之基。桑植很多山村依然存在饮水安全隐患。为解决这一问题，县委、县政府实施农村饮水安全巩固提升工程，采取差别式扶持政策，对水源保障率和水质不达标工程全面实行提质增效改造；实施集镇和县城一体化供水工程，开展净水设施改造和消毒设备配套工程、水源保护和信息化建设；“十三五”期间全县建设农村饮水安全工程7453处，其中集中式供水工程41处，分散式供水工程7409处，重点乡（镇）引水工程3处，有效提升贫困村自来水普及率、供水保证率、水质达标率，到2020年全面解决贫困人口饮水安全问题。

电能是现代文明的重要标志，也是促进生产发展、生活水平提升的基本保障。为保障贫困村生产、生活不缺电，县委、县政府加快实施新一轮农村电网改造升级工程，逐步实现城乡同网同价，2018 年前完成 88 个贫困村农网改造，彻底解决“低电压”“卡脖子”现象，保障所有贫困村用上稳定可靠的电能，电能占贫困户能源消费比重大幅提高。大力发展农村清洁能源，支持推广应用太阳能热水器、太阳灶、太阳房、省柴节煤炉灶炕、小风电、微水电等农村小型能源设施，支持发展沼气，推进农林废弃物、养殖场废弃物等可再生能源开发利用，提升贫困村清洁能源替代率。

信息不通，物流不畅，是导致贫困的重要因素。为确保贫困村信息、物流畅通，县委、县政府加强贫困村信息和物流设施建设。加快推进信息网络建设，新建农村手机信号接收基站 350 个，消除农村宽带网络空白村，实现光纤网络和 4G 网络覆盖所有贫困村，推动公路沿线、集镇、行政村、旅游景区 4G 网络全覆盖。加强贫困村村邮站等邮政基础设施建设，全面实现“乡乡设所、村村通邮”，有效解决农村邮政服务“最后一公里”问题。加快推进“快递下乡”工程，推进贫困村快递揽收配送网点建设，利用村级公共服务平台开展农村快递服务，实现“村村通快递”。

脏、乱、差，是贫困村的“通病”“顽疾”。县委、县政府下决心推进农村环境综合整治，扎实开展以垃圾处理、污水处理、畜禽养殖污染治理、农业肥源污染治理、卫生厕所建设等为重点的贫困村环境治理工程，普遍建立村庄保洁制度，设立保洁员岗位并优先聘用贫困人口，到 2020 年实现所有贫困村及相关集镇的农村生活垃圾治理达到“五有标准”（有设施设备、有成熟技术、有保洁队伍、有监管制度、有资金保障）；因地制宜推进贫困村庄绿化、亮化和历史遗迹、古树名木等人文自然景观的保护工作，创建干净整洁、生态优美的人居环境，贫困村环境一下子变得干净了，空气变得新鲜了，景观变得更美了。

“桑植乡村很幽美，就是生活太枯燥、日子太单调、平时太寂寥。”这是贫困村居民共同的感受。为让贫困村生活有情调、日子有味道，县委、县政府加强农村公共文化服务体系建设，采取政府购买服务等方式，加大对贫困村的公共文化产品和服务供给力度。推进乡（镇）综合文化站和村文化室建设，为贫困村文化活动室配备必要的文化器材，加快23个村综合文化服务中心示范点建设。“十三五”期间，对全县298个村级活动中心进行改扩建，新建17个乡（镇）综合文化站、60个村文化活动中心、50个农村农民体育建设工程，实现农村广播村村响、广播电视直播卫星户户通。

土地零散、零乱，灌溉缺乏水源，是阻碍桑植山区生产发展的两道“高坎”。为从根本上铲平这两个障碍，县委、县政府努力推进贫困村生产条件改善工程，重点抓好贫困村农田水利、土地整治、中低产田改造，实现全县7450公顷高标准基本农田建设；加快以贫困村为重点的小型农田水利工程、“五小水利”工程建设，完成20个主要干旱乡（镇）的抗旱应急（备用）水源工程，加强酉水流域，澧水南源、北源流域等主要产粮区的水利灌溉设施建设。

幸福生活，有着同样的幸福；致富路上，有着同样的勤奋。然而贫困，虽然有着同样的日子，却有着各自不同的致贫原因。

为让那些因特殊原因而形成的贫困户，在这场脱贫攻坚战役中不掉队，县委、县政府大胆创新帮扶模式，特别贫困特别抓。

桑植一千多平方千米土地上，坐落着成千上万的山头，密密麻麻，悬崖峭壁，深渊巨壑，在游人眼里，那是好一派秀美风光。然而，对于祖祖辈辈居住在这崇山峻岭上的山民来说，这是穷山恶水，是严酷的自然条件、恶劣的生存环境，这里发展条件严重欠缺、地质灾害频发，通俗地说，这里“一方水土养不活一方人”，时至2016年，桑植的深山老林里，还有贫困户4104户，贫困人口14260人。他们日升而出、日落而归，依然过着愁吃、愁穿的贫困日子，更不用想建新房，常常是一间简陋木板房，住了一代又一代，修了一番又一番。假如让他们继续在原地生活，永远都无法摆脱贫困。

“深度贫困重力推，特别贫困特别帮!”县委、县政府创新“阳光安居”工程扶贫新途径，完善农村特困家庭住房建设、配套设施、政策兜底“三重住房保障体系”，按照“一户一套、集中建、免费住”的模式，加快建设农村特困家庭“阳光院”，让他们彻底告别那方“养不活一方人”的水土，搬到新地方，住进新房子，走向新希望。

财富贫困与知识贫乏，从来就是一对形影不离的“孪生兄弟”。读书上学，是贫困家庭的共同愿望，也是他们摆脱贫困命运的有效途径。然而也正是由于贫困，他们的子女常常读不起书、上不了学，有的还因为子女上学而变得更加贫困。

为给这些贫困家庭子女打通读书改变命运的阳光大道，县委、县政府在全国首创“穷县富教”扶贫模式，大力推进“阳光助学”工程，发展壮大贺龙教育基金，整合各部门及社会各方面的救助力量，切实加大对贫困家庭学生就学的资助力度，着力健全贫困家庭学生免费、补助、资助“三重教育保障”体系，不让一个学生因贫失学，不让一户脱贫户因学返贫。逐步统一城乡义务教育“两免一补”政策，将贫困家庭学生优先纳入家庭经济困难寄宿生生活费补助范围；继续落实好农村义务教育阶段学生营养改善计划和中等职业教育免除学杂费政策。完善贫困家庭学生救助办法，对建档立卡贫困家庭子女义务教育和高中教育阶段费用由国家助学项目优先补贴，不足部分由县财政给予适当补助。加大对贫困家庭子女参加中等职业教育的资助力度，逐步提高资助标准。鼓励金融机构对贫困家庭大学生提供信用助学贷款支持；采取“一对一”就业推荐服务、就业托底援助等举措，帮扶家庭贫困大学毕业生及时充分就业。到2019年，在“阳光助学”工程资助下，全县1.9万贫困家庭学生，没有一人因贫失学。

看病难、看病贵，这是当下医疗领域的普遍现象。哪怕积蓄尚可的人，也会“辛辛苦苦几十年，一病病到解放前”走入因病致贫的圈子。而对于那些贫困户来说，则只能“小病忍着、大病耗着、重大疾病等着”。医疗领域的这一怪象，无疑让贫困人员雪上加霜。

为让贫困人口不生病、少生病，小病有处看、大病看得起，不因生病而致贫，更不会因治病而返贫，县委、县政府推行“穷县富医”改革，加强对贫困人口医疗救治服务。为贫困人口建立健康档案和健康卡，基层医疗卫生机构提供基本医疗、公共卫生和健康管理等签约服务，对患重大疾病、长期慢性病和残疾的贫困人口实行系统化管理，制定有针对性的分类救助政策。实行贫困人口住院先诊疗后付费，建档立卡贫困患者在本县内定点医疗机构住院先诊疗后付费，定点医疗机构设立综合服务窗口，实现基本医疗保险、大病保险、疾病应急救助、医疗救助“一站式”信息交换和即时结算，贫困患者只需在出院时支付数量甚微的自付医疗费用。

还有这样一个群体，他们根本就没有致富能力，甚至没有劳动能力，如残疾家庭、孤寡家庭、突遭灾难家庭等。如何让这个特别贫困群体“一个不少”进小康？县委、县政府为他们量身定制了“兜底保障脱贫”机制。

对新型农村社会养老保险个人缴费有困难的贫困群众，实行财政代为缴纳保费的方式，帮助其参保，实现所有贫困人口享有养老保险。巩固和拓宽个人缴费、集体补助、政府补贴相结合的资金筹集渠道，完善基础养老金和个人账户养老金相结合的待遇支付政策。充分考虑贫困人口的实际缴费能力，对建档立卡贫困人口保留现行100元的低缴费档次。加快农村养老机构和服务设施建设，建立健全政府主导、社会参与、家庭支撑的养老服务体系，支持社会力量发展养老服务机构，促进家庭养老与社会养老相互补充、相互促进，确保每一个贫困老人老有所依、老有所养、老有所乐。

在此基础上，再对特别贫困群体实行特别帮扶政策。将符合农村低保条件的建档立卡贫困家庭全部纳入低保范围，实行应保尽保，让低保标准达到扶贫标准；对分散供养的特困人员，积极创造条件，实行集中供养，集体进入小康生活；为遭遇突发性、紧迫性、临时性因素影响而基本生活困难的家庭和个人提供临时救助，确保他们不因这些突发事件致贫、返贫。建立健全基础数据库，将残疾人普遍纳入社会保障体系，并予以重点保障和特殊扶持。加快发展残疾人康复、托养、特殊教育，深入推进“扶残助残”活动，逐步建立完善残疾人康复救助制度，落实并完善专项社会保障政策措施。完善困难残疾人生活补贴和重度残疾人护理补贴制度，适时提高护理补贴标准。加大贫困残疾人特殊教育、技能培训、医疗保健、心理疏导、托养服务实施力度，优先扶持贫困残疾人家庭发展生产，支持引导残疾人就业创业，让每一个残疾人员日子富足、活得有尊严。

前有产业引路，中有特别保障，后有兜底收容，桑植这支庞大的贫困队伍在艰难的脱贫攻坚路上，确实“一个没落下”！

第二章 桑植情怀

革命战争年代，数万桑植子弟不惧抛头颅、洒热血，前仆后继闹革命，因为他们心里装着一种情怀——“让天下老百姓都能吃上大米饭”。

今天，全国人民心里也装着一种情怀——“让红色土地上的人民过上小康生活”。

因为这种情怀，湖南省军区在桑植最早开展扶贫工作，国家知识产权局加入了桑植扶贫的行列……

1. 革命流血的地方不能再流泪

1949 年，中国人民终于推翻“三座大山”的剥削与压迫，站立起来当家做主。广大贫苦农民有了自己的土地、自己的房屋，实现了“耕者有其田”

的梦想。但由于新中国成立之初国家经济基础薄弱、帝国主义封锁，加之对社会主义建设道路探索上出现了一些失误，在广大农村尤其是以革命老区为代表的偏僻山区，人民群众生活依然非常艰难，尚未完全实现革命志士“让下一代吃上大米饭”的夙愿。

20 世纪 80 年代，随着国家改革开放不断深入和推进，国家经济建设突飞猛进，尤其是改革开放前沿地带——沿海地区建设，更是日新月异。但以革命老区为代表的偏僻山区，由于山高路远、土地贫瘠等自然条件限制，经济发展基本处于停滞状态，人民生活没有得到根本改善，与沿海发达地区差距迅速拉大。党和国家没有忘记老区人民对中国革命的突出贡献，及时启动“两区建设”（革命老区、偏远山区）计划，采用财政倾斜、发达地区与革命老区“结对子”帮扶等一揽子特殊政策，强化“两区”建设，助推“两区”发展。

1989 年初，随着几阵春风吹过，连绵起伏的武陵山区，山峦翠了，山下的田野绿了。那天，两辆“北京”吉普车，沿着在险峰深谷间蜿蜒向西的简易柏油公路，一路颠簸，艰难爬行了两天，终于来到桑植县人民政府大院，一名身材魁梧、肩扛少将肩章的军人走下车来。

他是时任湖南省军区司令员、湖南省委常委蒋金流将军。前几天，他参加湖南省委常委会，听了中共中央关于加强“两区”建设指示精神后，第二天省军区党委便召开常委会专题研究落实党中央指示精神，第三天蒋金流率队前往革命老区桑植县考察。

当天晚上听了县委、县政府领导汇报情况后，次日便前往利福塔乡利福塔村进行实地调研。

一路上，吉普车行驶在简易乡村道上，扬起漫天尘土。时近清明，公路两旁的田野上，却不见春耕繁忙的身影。县委、县政府领导说，今年湘西遭遇春旱，田里没水，地里裂着一道道口子，没办法进行春耕。

一下车，大家眼前的利福塔村，只有少数几间砖瓦房，绝大部分还是木板屋，其中一些房屋由于年久失修，已经成为危房。县委、县政府领导说，像这样的木板房，在我们桑植还不算最差的，那些深山沟里的农民，居住条件比这还差呢，有的甚至住草棚、蹲山洞。

一进村，大伙就看见一村民蹲在家门口，捧着一只大碗喝稀粥。蒋金流上前和他打招呼："老乡，在吃早饭啊。"

老乡抬头见是一名军人，慌忙微笑点头："是啊，是啊。你吃了吗?"

"我们吃过了，"蒋金流看了一眼老乡碗里的稀粥，是玉米粥，很稀，几乎一眼能看到碗底，"粥熬这么稀，等会下地做事，能顶到午饭吗?"

老乡说："没办法，顶不到也得顶啊。"

"怎么不熬稠点呢?"

"就这么稀，也熬不了几天了。还不知怎么顶过今天春荒呢，"老乡看了一眼头顶上的天空，"你看这天上，一丝云都没有，还不知要旱到啥时候，明年这时候，恐怕连稀粥都没得喝啊。"

说这话时，老乡的声音有些哽咽，眼窝里含着泪。

听了这话，蒋金流的眼睛也一下子湿润了。1945 年参加八路军的他，怎么也没想到新中国成立都快 40 年了，改革开放也 10 年了，革命老区老百姓的日子依然这般艰难。

当年，正是"为了让下一代能吃上大米饭"，数以万计的桑植青年走上了革命道路。

刘家坪白族乡熊家溶村的熊正凯，就是其中之一。那天，熊正凯正赶着黄牛在租来的水田里犁田。这时地主来到了田头，让他停下，说："回去告诉你父亲，今年的地租要涨一些。"

地租已经是三七开了（地主七、租户三），够高了，再涨，还让人活不?熊正凯气不打一处来，便不理地主，自顾犁田。

地主见他不搭理，怒从心生，张口便骂："狗日的穷鬼，还不情愿，不涨就别租了，看你们家向哪逮（弄、搞的意思）吃的去!"

耕完田，熊正凯气鼓鼓回到家，冲着母亲说："逮点面，我要吃烫粑粑!"

母亲怔了怔，小声问："凯儿，外面谁惹你了?"

熊正凯说："地主钟家说，今年要涨租谷，还骂人。"

母亲说："知道地主要涨租，你还嚷着吃烫粑粑？"

熊正凯说："他钟家每天大鱼大肉，我吃几个烫粑粑还不行？"

母亲急了，说："人家是地主，我们是佃户哪。"

熊正凯央求母亲说："您就给我烫几个粑粑吧，吃完了我要出远门。"

母亲听了，纳闷："正凯，你要上哪去？"

"我去找贺龙，当红军！"熊正凯说，"贺龙的红军是为穷人翻身闹革命的队伍。"

母亲一听儿子要当红军，首先想到的是打仗、死人。"为什么要去当红军？不知哪天就丢了命。"

"难道我们就这样被地主欺负下去，让子孙后代永远吃不上几个烫粑粑？"

吃完母亲做的几个烫粑粑，熊正凯什么也没带，只带着两腿泥，大步走出了家门，走进了贺龙刚刚成立的红四军。

"为了后代能吃上大米饭"，像熊正凯这样的贫农家庭，几乎家家户户有人当红军。如朝阳地村，那时只有 27 户人家，除了 6 户家里没有青壮的人家不是红军家属，其他 21 户的青壮年，大部分跟着贺龙当红军，几乎每个家庭都是烈属，当时出现不少"红军村""烈士村"，甚至"寡妇村"（村里的男人几乎都当了红军，而且绝大部分没有回来，村里只有那些苦等丈夫回家的妇女和孩子）。当时的桑植，就像民歌《农民协会歌》所唱的那样。

农民联合起来啊
黑地又昏天，压迫数千年
忍劳苦，耐饥寒，农民苦无边
年年扶锄犁，天天不空闲
熬过荒月苦，盼来打谷关
四六三七租课上齐，衣食不周全

农民联合起来啊
想起好伤悲，农民最吃亏
要吃饭，要衣穿，大家出主意
快快团结起，加入农协会
建立苏维埃，实行分田地
打倒土豪劣绅，我们才安逸

千万个熊正凯迅速集合在贺龙周围，迅速形成燎原之势，烧红了桑植的山山水水，烧红了桑植的天。贺龙带着以桑植子弟兵为骨干的红二军团，南征北战，东出湘中，北上鄂地，西取川黔，与红六军团会师后，又为掩护中央红军转移，带领部队时东时西、忽北忽南，转移敌人视线，分散敌人兵力，等他再次回到桑植时，已经接到中共中央发来的长征命令。

站在这片即将离别的故土上，钢铁般坚强的贺龙，竟百感交集，深情感慨："我的桑植啊，我的洪家关，我这次离开，就不知道什么时候再回来，还能不能回来啊。"

桑植，是贺龙生命的源头、成长的摇篮，这里给了他生命，给了他强健的体魄。

桑植，是贺龙人生的港湾，他在革命风浪里闯荡累了，就回到这片故土歇歇脚儿，养精蓄锐；当他受到挫折、感到迷惘时，他就回到这里休养生息。这片土地一次次接纳了他，一次次给他疗伤，把一批批骨肉子弟交给他，让他重整旗鼓再出发。

从带着 20 个兄弟、两把菜刀劈盐局，到率领红二、六军团开始长征，贺龙带队伍、闹革命，走南闯北 20 年，数度离开桑植，又数次返回故里，几乎每一次回来，都是在他革命事业遇到困难、受到挫折的时候，都是只身一人或只带着几个人回来，而他再次离开家乡时，他的身后又跟着一批与他同甘共苦、生死与共、肝胆相照的桑植子弟。

桑植，这片偏僻、贫瘠的土地，给了中国革命太多、太多，对新中国的恩情太重、太重啊！

1949 年，革命成功了。1955 年，我军举行第一次评衔授勋，作为我军创始人之一、为人民解放事业作出卓著功勋的贺龙，被授以元帅军衔。授勋仪式上，曾称赞贺龙“对党忠诚、对敌斗争坚决、联系群众”的毛泽东主席，亲自为他授衔，并向他表示祝贺。贺龙动情地握着主席的手说：“谢谢主席，我这元帅军衔，是千万个革命烈士用鲜血和生命换来的呀。”

1927 年 8 月 1 日，贺龙参与领导的南昌起义，所率领的国民革命军第 20 军是起义主力部队，有 8000 多人，其中 3000 多人是桑植子弟。起义失败后，整个起义部队只剩几百人。贺龙重返桑植成立红四军时，只带回来了 8 个人。

在革命战争年代，桑植只有十万左右人口，其中五万人跟着贺龙南征北战闹革命，新中国成立后回来的不到 50 人。

1955 年我军第一次授衔时，江西兴国、湖北红安等成了著名的“将军县”。桑植是我国最早的革命根据地之一，也是参加革命人数最多的县区，最有理由成为将军县，但除了贺龙被授予共和国元帅，被授予将军军衔的，就只有廖汉生中将、朱绍田少将，真是凤毛麟角、寥若晨星。

这是为什么？因为他们绝大多数都倒在了通向胜利的征途上。

生在长征路上、由留守湘西的“红军妈妈”抚养长大的贺龙女儿贺捷生回忆说：“20 世纪 50 年代初，新中国刚刚诞生，从故乡桑植寄来的寻找亲人的信件，就像雪片般飘落在父亲的书桌上。每当父亲读这些信时，都是眼睛湿润，叹息连连。那时已经解放了，中国阳光普照，一片安宁，道路和邮路畅通无阻，任何一个参加革命战争而需要寻找的人，恐怕都不在人世了。”

自从长征离开桑植，贺龙就再也没有回到这片故土。

对中国革命，于中华大地，他贺龙忠心耿耿、日月可鉴、问心无愧。可对故乡桑植、对跟随他南征北战闹革命的桑植子弟和他们的亲人们，他胸有难言之隐、心怀愧疚啊。

桑植，这片渗透了烈士鲜血的热土，为中国革命、为新中国、为中华民族所做出的贡献，实在太大、太大了！

蒋金流回头动情地对大家说："同志们，桑植人民曾为建立新中国做出了巨大贡献。为革命流血的地方，在今天，不能让老百姓再为生计流泪!"

当晚，省军区考察队在村外搭上几顶军用帐篷驻扎下来。蒋金流带领大家，就着一盏煤油灯微弱的灯光，连夜起草给湖南省委的报告，请求把桑植县作为省军区归口帮扶地区。

当年冬天，省军区司令部参谋江秀章作为第一任扶贫副县长，背着背包走进了利福塔乡利福塔村，住进了老乡家里，开始了与村民同吃、同住、同劳动的扶贫生活。

第二天，江秀章在村部与大家分析贫困原因，商讨致富之道。乡亲们说，利福塔村之所以世世代代受穷，主要是缺水。所有耕地都是靠天吃饭，风调雨顺收成还不错，若连续干旱半个月，水田就要裂口了。如果能把别处的水引过来，不仅现有水田能保证收成，还能把许多旱地变水田，全村人吃的问题就不愁了。

江秀章问："在村子周围有地下水吗?"

大家说："有，肯定有。但没有找到具体位置。"

"以前找过吗?"

"找过。没找到。"

"那我们就继续找，直到找到为止!"

江秀章带领乡村干部翻山越岭寻找水源，连续一个多月，溶洞钻了无数个，发现都是旱洞。但江秀章不灰心、不气馁。这天，正当他带着大家走进一洼地时，忽然感到一股暖风扑面而来。有经验的老乡说："前面有山洞!"大家对着面前的树林灌丛一阵刀劈斧砍，果然看到一个天坑，探头一看，四面峭壁，深不见底，一股白雾缓缓升腾上来。

"这里边应该有地下水，"江秀章从老乡手里拿过保险绳，"我下去看看。"

一名乡干部拦住他说："下边情况不明，危险因素很多。你是县领导，又是省里派下来的，你不能冒这个险，还是我先下。"

江秀章说："我是军人，没有危险面前往后缩的理儿。"

他把保险绳往身上一系，率先往坑底爬去。几名乡村干部见状，赶紧跟了下去。等两脚挨着坑底，一看保险绳标记，竟有 105 米深。点着火把，向前搜索了好一阵，终于隐隐听到流水声。再爬过几个弯洞，终于看到了一股清冽的地下水。

“我们终于找到水了!”大家尽情的欢呼声，在千年古洞里久久地回响。

水源是找到了，但要把 105 米深的地下水引到地上来，送到乡亲们的田间地头和家门口，却需要 150 万元的工程费用。这在当时是笔不小的开支啊。

省军区党委一班人毫不犹豫、意见一致：我们自己的工程可以不用建，办公费可以少用，但老区人民不能缺水!

他们能不花的钱尽量不花，非花不可的钱尽量少花，愣是从各种经费里为桑植人民挤出了 150 万元救穷钱。他们坚持边筹款边建设，经过 3 年艰苦奋战，不仅建成了出水量达每小时 40 吨的抽水站，而且修建了 3000 米长的渠道，灌溉了 2000 多亩（1 亩≈667 平方米）稻田。当看到清冽的地下水，流出了千年古洞，顺着一条条新修的水渠，流进家家户户时，乡亲们脸上笑开了花，眼里噙满了泪。

经过 3 年奋战，省军区为利福塔乡打井 3 眼，修建水渠 1250 米，为桑植父老乡亲架设自来水管 43.6 千米，为一些村庄购买了大功率抽水柴油机，让近 10 个村庄的家庭用上了“直饮自来水”，老百姓生产生活用水难题得到根本解决。

要致富，先修路。这在当下，已经成为众所周知的硬道理，甚至是大家时常挂在嘴边的“顺口溜”。可在十几年前，桑植的一些老百姓却不认这个理儿。

直到 21 世纪初，桑植县不仅不通铁路、高速公路，甚至不通国道，有些地方连骡马都难以通行。如洪家关乡七湾村等 9 个村，由于没有公路，交通极不方便，从山上到乡政府，远的要走上整整一天。“肩挑篓背马匹驮，从黑到黑没进城”，这是老人们挂在嘴边的顺口溜。娃娃上学，村民赶集，得涉水过河，春天常遭遇山洪，常有村民被洪水冲走。山里的水晶梨，味甜多汁，在大城市每斤能卖3元。但因为交通不便，运输困难，1元3斤都无人问津。

2004年底，湖南省军区命令罗峰率队来到这里开展修路扶贫工程。可一些村民听说后，却说："祖祖辈辈就这样，发财致富不是山里人的命，架桥修路，不如给钱给物。"对修建道路不理解、不支持。

扶贫先扶智，脱贫先脱愚。罗峰带领大家走村串巷做宣传，挨家挨户讲道理，为大家播放政策宣教片50多部，下发政策宣传资料10多万份，取得了群众的共识，激发了大家修路致富的积极性。

此后，罗峰带领民兵炸山岩、砌护坎、担砂石，把路修到哪里，哪里的群众就自发加入修路大军，仅3个月就修通了经过9个村庄、长达12千米的水泥路。

20多年来，省军区为桑植人民修路60多千米，架设桥梁3座。

偏僻山村通公路后，骡马基本"退休"了，汽车进了村，过去不值钱的土特产进了城，成了市场抢手的金疙瘩，山里人日子越过越红火。

这些年，省军区还为山里老百姓捐建沼气池约400个，高低压线路68千米。乡亲们说："军区扶贫组一来，山里就一年一个样，越变越像'新农村'。"

俗话说：一方水土养一方人。一方水土能否养活、养好一方人，关键在于用什么养，如何养。

20世纪80年代末，省军区扶贫工作组刚进驻桑植时，桑植县每年需从外地调进粮食2500万千克以上。严重缺粮的原因是粮食产量超低，亩产只有100多千克。扶贫组经过调研后发现，桑植不少农民竟然种的是早已过时的老稻种。

事不宜迟，扶贫组立刻从湖南省农科院购进大批优良杂交水稻、玉米等品种，无偿送给群众栽种，还请来农业专家，手把手教大家如何科学种田。结果，扶贫点粮食亩产当年就翻了一番，达到了250千克，有的甚至增收了三倍，高达400千克！周边农民闻知，纷纷跑来要种子、学技术。如今，桑植县粮食已完全实现自给。

为让桑植这片红土地养好桑植这方人，省军区扶贫队通过深入考察研究，根据当地自然条件，因地制宜发展种植业，建起了柑橘园、葛根园、烤烟基地等产业，真正做到了扶贫一方，造福一方，致富一方，给当地群众起到了很好的致富示范作用。

苦竹河村村民覃基雄原是一个工厂的车间主任，2000年初听说省军区在村里扶贫后，主动回乡发展，在扶贫队的扶持下开展立体农业开发，建起了水果示范园、专业养殖场。2002年，覃基雄高票当选为村委会主任，带领全村大力发展种植养殖业，村民人均年收入由原来的800多元增加到4000多元。

20世纪80年代末以来，湖南省军区领导班子换了一茬又一茬，但“老区不脱贫、省军区不收兵”的决心从未动摇。每届领导交班，自觉交好扶贫班；每位主官上任，先到扶贫点走访；每年召开一次常委会，专题研究扶贫工作；每任新老队员交接，省军区主要领导都到扶贫点现场组织，与市、县主要领导交换意见，确定来年扶贫思路。

据统计，省军区扶贫队先后为桑植老区修筑、硬化道路86千米，修建整修桥梁23座、水渠1.8万米、防洪堤4700米，建沼气池500余口，架设高低压线路99.3千米，兴建饮水工程23处。此外，他们还积极开展教育扶贫，修建八一中学1所、村办小学5所，帮扶困难学生800多名，推荐县一中为国防生招生基地；开展医疗扶贫，组织部队医院帮建乡卫生院1所，村卫生室13个，开展义诊35次；开展科技扶贫，利用民兵训练基地、青年民兵之家和民兵远程教育网，培训农民3800多人次。

数十年里，湖南省军区每年选派扶贫队进驻桑植，重点帮扶一个特困村、镇脱贫。他们先后筹集资金7100多万元、价值1500多万元的物资，帮助4个乡（镇）、9个行政村及周边部分村镇6万人稳定脱贫，用真情筑起了一座爱民的丰碑。

人民军队爱人民，人民热爱子弟兵。

洪家关白族乡七湾村的特困户曹泽秀，丈夫早年去世，女儿远嫁他乡，靠帮人干点杂活为生。2005年初，省军区扶贫队队长沈玉海找到曹泽秀：“大娘，从今天起，您就是我的亲人，我就是你的儿子。”沈玉海多方奔波，帮老人建起了三间新瓦房。这年春节，曹泽秀在新家门前贴了一副大红春联，上联“感谢共产党”，下联“感谢解放军”。

省军区先后有近30个扶贫队进驻桑植乡（镇），每个扶贫队撤离时，当地群众都夹道欢送，送上自己亲手纳制的“千层底”，泪水涟涟地拉着队员们的手，久久不愿松开。曾送出数万子弟参加红军的桑植县，今天仍是湖南省入伍热情最高的县区之一，也是高中毕业报考军校和国防生最为踊跃的县区之一。

省军区扶贫两年，
谷家坪村换新颜。
杂粮变成白米饭，
家用电器样样全。
谁说军人只打仗，
攻坚扶贫写新篇。

刘家坪白族乡谷家坪村民间艺人为湖南省军区第22任扶贫工作组创作的这首诗歌，唱出了桑植人民对人民军队的感激之情。

20世纪80年代末以来，除了湖南省军区对口扶贫桑植县，国家知识产权局、湖南省核工业地质局、致公党湖南省委等单位也纷纷与桑植“结对子”，大力帮助部分乡（镇）特困村脱贫致富，国家和湖南省更是对桑植实行特别财政倾斜政策，有效推动了桑植地区经济社会发展。

然而，时至21世纪10年代初期，桑植相对于其他地区来说，差距依然非常之大，在扶贫脱贫漫长道路上，他们才刚刚迈出了万里长征第一步。桑植的脱贫攻坚，依然任重道远。

2. 新阳村不脱贫，我不谈恋爱

在革命战争年代，数万桑植子弟一心一意跟党走，不惧抛头颅、洒热血，前仆后继闹革命，革命不成功，誓不把家还。他们为何信念如此坚定、追求如此执着？因为他们心里始终装着一种情怀——“为了下一代能吃上大米饭”。可是革命胜利六七十年了，全国绝大部分地区、绝大部分中国人已经过上了富裕生活，然而他们的家乡桑植、他们的后代，依然有相当一部分身处贫困，愁吃愁穿，让大家对桑植这片红土地心生敬意，而又心怀愧疚和隐痛，这是全国人民心头无法解开的情结。尤其是人民子弟兵，他们身上带着这片土地传承的基因，他们身板带着这片土地的坚韧，他们血管里传承了这片土地的血脉，更要继续完成先辈的夙愿，让他们的后代“吃上大米饭”，让他们的家乡与全国人民一起走进小康，这是一种义务和责任。

带着这种义务和责任，湖南省军区扶贫工作组一个接一个奋战在桑植这片土地上，永远没有停下攻坚的脚步。司令员黄跃进先后 6 次来到扶贫村，调研扶贫工作，现场解决问题，为扶贫村投入资金 2000 多万元，在“造血”帮扶上出实招，在结对帮扶中求实效，村里的基础设施完善了，产业发展了，贫困户的荷包鼓起来了，乡风文明了，村容整洁了，还建起了全市，乃至全省闻名的“美丽乡村”。

带着这种义务和责任，2015 年，省军区领导把吴正平叫到办公室，宣布他担任新阳村扶贫队队长时，吴正平两脚跟一靠，胸脯一挺：“是！全村不脱贫，我就不回城！”

为了兑现这声响亮的“是”，他从来到新阳村第一天起，就埋下头颅，义无反顾、心无旁骛地带领乡亲们奔跑在脱贫路上。

进驻扶贫村不久，吴正平与张家界市龙头企业禾佳生态农业有限公司（简称禾佳公司）初步达成引进意愿。哪知 2016 年 1 月，正值引进工作的节骨眼上，吴正平面临着一个重大抉择：在新一轮军改中，吴正平原来的工作单位军事法院机构升格，且不再隶属于省军区，如果他此时回原单位，明摆着坐地升职，可如果继续留在村里扶贫，升职问题就是个未知数。

妻子不知从哪听到这个消息后，给他打来电话："你还是跟领导说说，争取回来吧。这可是可遇不可求的机会啊，一旦错过，可能就永远错过了。"

吴正平说："让我再想想吧。"

妻子说："这么好的机会，还犹豫啥呀？禾佳公司真就那么重要吗？"

吴正平说："禾佳公司是新阳村的聚宝盆，是贫困户的取款机。工作组引进禾佳公司，流转周边 6 个村共 523 亩土地，新阳村贫困户和村集体以 52.8 万元产业扶贫资金入股，约定保底＋分红，村集体经济每年增收 4.5 万元，贫困户年均分红 450 元。产业园通过股份合作、土地流转、劳务用工等多种形式，带动全乡 150 户、610 名贫困人口脱贫，你看它重要不重要？"

妻子知道自己丈夫是个有情怀的人，没再多说什么。

2016 年 7 月，妻子见丈夫已好几个月没回家，8 岁的女儿也放暑假了，便带着孩子来到村里探望。看到久别的妻女突然出现在眼前，吴正平喜出望外，便领着他们去参观刚刚落成的村级小学。

女儿走进舒适明亮的教室，感到特别新奇，这里摸摸，那里看看，轻轻摇着他的胳膊说："爸爸，这里比我们学校漂亮多了。我要在这里读书，这样就可以天天看到爸爸啦。"

听到女儿天真的话语，吴正平脸上笑着回答"好、好"，心里却泛起了阵阵酸楚。

他来桑植扶贫的这些日子，的确亏欠妻子、女儿太多。

不知不觉重阳节到了。这天，朝阳刚刚映红东方，吴正平依旧早早起来晨跑，只是不知什么原因，莫名其妙地感到精神有些恍惚，脑袋有些隐隐作痛。他也没多加理会，吃完早餐后，继续按照计划召集村干部开会研究一个紧急问题。

哪知他刚到村委会办公室坐下，包里的手机响了。吴正平按下接听键，手机里跳出的声音不大却雷霆般惊人："你爸爸快不行了，赶紧回来吧！"

吴正平一下子愣在那了。自从他到新阳村扶贫后，年过八旬的父亲已经三次住院，而他这做儿子的竟一天也没陪伴。

身边的战友见他有些恍惚，关切地问："吴队长，怎么啦？"

吴正平努力抑住涌到眼角的泪水，故作没事地笑笑说："没事，咱们继续研究问题。"研究完问题后，他又把近期工作一一对队友们作了交代，这才含着泪水告诉大家："我爸爸快不行了，我先回去几天。"

吴正平一路上紧赶慢赶，可赶到湖南涟源老家时，父亲的心脏已经停止跳动。母亲告诉他，父亲临终前还不住地念叨着他的名字。

吴正平山崩地裂般向父亲"咚"的一声跪下："爸爸——儿子回晚了——对不起您啊——"

把父亲送上了山，吴正平又长跪在父亲坟前，抹一把泪，烧一刀纸，祈求父亲原谅："爸爸，不是儿子不孝，我是实在离不开啊。桑植为革命牺牲了那么多人，可他们的后代，现在还生活在贫困之中，我作为军人有责任、有义务帮助他们尽快脱贫啊。您既是我的父亲，也是一名军人，您一定会理解支持儿子的……"

他和父亲足足唠叨了半小时。回家后，吴正平紧紧拥抱了母亲，又嘱咐妻子照顾好老人，然后又立刻返回了新阳村。

因为这种义务和责任，2013 年军区首长任命杨凯担任刘家坪乡谷家坪村第一书记时，也响亮地回答："是！保证完成任务！"他带着一身正气，一边扶贫，一边开展乡风民俗治理，打击歪风邪气，圆满完成上级交给的扶贫任务。

2018 年 2 月，军区首长对他说："杨凯，组织上决定让你再次去桑植扶贫，担任新阳村第二任扶贫队长。"杨凯依然响亮回答："是！保证完成任务！"

首长说："你这次去桑植扶贫，还有另一项任务。"

杨凯说："请首长指示！"

首长说："军区党委决定让你兼任龙潭坪镇红军村的扶贫书记。"

杨凯还是那个"是"和那句"保证完成任务"！

新阳村由原来的新桥村和朝阳地村合并而成。总人口 1580 人，其中贫困人口 466 人，贫困率 30.3%，是全省平均水平的近三倍，属于深度贫困村。在上一届工作组的努力下，新桥片区早已脱贫，而朝阳地片区有的项目刚刚起步。

杨凯在军区党委的关心、支持下，不断创新工作思路。利用朝阳地片区白岩壁组紧邻刘红公路的优势，启动"红军体验园"暨红军灶项目，配套花卉苗木基地，把四户人家的三栋木房重新整修加固，出租给村里，让有实力的公司经营。把附近的土地辟为花卉果园、苗木基地。房屋主人可以在家门口务工拿薪，保证新阳村按时退出贫困行列。

可是红军村的扶贫进程却让他吃不香、睡不着。红军村是龙潭坪镇条件最艰苦的村，由过去的云头山、桥头和毛垭三个村合并而成，面积比刘家坪乡还大，通村公路没有硬化，甚至还有几个小组没通公路。交通不便导致贫困人口多，集体经济几乎为零，脱贫压力就像村前屋后那些山一般大，压得年纪轻轻的杨凯头发丝一根根变白，眼角的皱纹一条一条往外爬。

但杨凯也始终让自己像这些山一般一动不动定在红军村，像陀螺一般不停地在村里转来转去忙工作。

每当工作遇到阻力时，他就到村里的毛垭片区去走一走。在土地革命战争时期，这里仅 30 户人家、100 多口人，却有 30 多人毅然参加红军，几乎全部倒在炮火硝烟里。走在这片充满革命激情的土地上，仿佛能听到当年那一个个血气方刚的年轻人那"砰砰"的心跳，能感受到那种勇往直前的气魄。

这时的杨凯，身上就充满力量，对最后完成任务就充满信心。

为了这种义务和责任，2018 年省军区领导让袁超参加扶贫，要求"几大项目尽快尽早落实，不留任何尾巴，保证新阳村今年顺利退出贫困行列”。袁超也二话没说，两脚跟一并，向首长敬了个标准的军礼，回宿舍打上背包往背上一甩，就来到了新阳村。

来新阳村扶贫之前，父母经常打电话问他和女朋友处得如何、打算什么时候成婚。袁超早就过了“该成婚当爹”的年龄，可他如今还孤身一人。早盼着抱孙的父母可着急呢。

听到袁超要到桑植扶贫的消息，最高兴的就是他父母。因为他家就在不远的慈利县，认为离家近了，可以经常回家看看父母，而且时间充裕了，可以有更多时间谈恋爱了。

哪知离父母近了，袁超更难得回家了。扶贫任务太重，而且事情太杂、太难。

譬如“红军体验园”的红军民俗项目，需要一家农户让出一些地盘。哪知袁超先后登门十几次，给他们讲政策、讲大局、讲补偿，每次都要讲上大半天，可她就是不吭声、不点头。无奈之下，袁超找到他家在外当老师的儿子，请他出面做工作，谁知他儿子竟说：“这事别找我，我父母说怎样就怎样。”最后只得重新搞设计、做方案。可待红军民俗项目初具雏形了，这家农户觉得有利可图，又主动找上门来，死缠烂打，要求非加入进来不可。结果，他们又得重新报计划、做资料。

比如产业路的修建，需要村民投工投地，有那么一两户村民就是不同意，经过无数次上门做工作，磨破了嘴皮，跑断了双腿，才终于赢得支持。

如此烦事难事缠身，袁超哪有时间回家，谈恋爱就更别提了，且不说见面、吃饭、遛公园，就是和女朋友煲电话粥都没时间，每次打电话都是刚聊上几句，不是来事就是来人，不得不匆匆说句“我有事了，下次聊”，就先挂了。可人家等了几回下一次，就不想再等下一次了，说声“拜拜”就离开了。

慈利离桑植也就一个多小时车程，可袁超扶贫一年多，只回了三趟家。第一次是节假日，在家住了两天，第三天被电话召回村里。第二次只住了一晚，第二天就返回了扶贫点。第三次回家，父母再三要求“一定多住两天”，并早早准备了一桌饭菜，可他刚把车开到半路上，村里又打来电话，而且是急事，让他不得不中途掉头往回赶。其间，父母给他物色了几个对象，让他回家见个面，结果他都没时间回家，久了不见面，人家就怀疑他没诚意，就都让他另择“佳凤”了。

儿子没时间回家看父母，父母只好到桑植看儿子。但老人先后来了三次，前两次由于袁超临时办事外出，短时间回不来，老人只好打道回府。第三次终于看到儿子，母亲见儿子晒得又黑又瘦，心疼得一会儿捏捏儿子的手，一会儿摸摸儿子的脸。

袁超陪父母在扶贫队食堂好好吃了顿晚饭，结果刚放下碗筷，事情又来了，袁超又要走。看到儿子很忙，父母也连夜回家了。临别时，父母再三叮嘱：“你什么时候才给我领个媳妇回来呀？老大不小了，赶紧谈一个吧。”

袁超对着父母笑而不答。后来，一名记者来采访，他才露出了自己的真心思：“新阳村不脱贫，我就不谈恋爱。”

为了这种义务和责任，曾望振在2015年2月3日，即新婚前两天接到担任新阳村第一书记的命令，在婚后第二天清晨，就告别了美丽温柔的新娘，踏上扶贫攻坚的征程。

临别时，娇美的妻子轻轻拉着他的手不放：“为什么才结婚就走啊？”

曾望振说：“因为我是军人，无论什么时候，有任务就得出发。”

妻子眼含泪水：“我们不是说好，要一块去旅游度假吗？”

他轻吻了妻子：“等忙过这阵，我们就去度婚假，去旅游。”

哪知曾望振一到刘家坪乡新阳村，参加驻村扶贫启动仪式，脱贫攻坚任务就把他牢牢地拴在那挪不开身了，不说和她去度假，就是回长沙一趟，也需要盼星星、盼月亮。就在这样的热望中，她发现自己怀孕了。

不久，曾望振去福建出差，回来经过长沙，但没时间回家。望眼欲穿的妻子，为了和他见上一面，早早跑到车站出口等候，和他在附近一家餐馆匆匆吃了顿饭，然后手拉手前往汽车西站。登上开往桑植的大巴前，曾望振热烈地拥抱了妻子，然后握着她的手不放："对不起，亲爱的，真对不起……"

"我知道，我知道，"妻子轻轻摇头，又轻轻点头，"我需要你，那里的老百姓也需要你。回去后安心工作。"

曾望振的妻子是海归，知书达理。尽管这样，她还是希望生小孩时，他能陪伴在自己身边。为此，她思想斗争了好几天，可最终还是没把自己的预产期告诉他。她是高龄产妇，为安全起见，她提前几天住进了医院，直到临盆才告诉丈夫。那天，曾望振交代好了工作，一脸疲惫赶到妻子分娩的医院，当医院正考虑是否剖宫时，在死亡线上走了一遭的妻子，在丈夫的鼓励下艰难地产下一个健康婴儿。

曾望振抱着初生的孩子，看着他不停地舞动的小手，抑不住流下了感动的泪花……

一位民间诗人听说了他和妻子的故事，特赋诗赞美——

风雨兼程扶贫路，
偶有归家作客住。
不问家事问村事，
爱心冰心在玉壶。

经过近4年艰苦扶贫，新阳村旧貌换新颜：道路硬化已达20千米，硬化公路里程居全县第一，铺好了全市第一条通村沥青路；铺设饮水管道9780米，实现自来水入户，解决全村的安全饮水问题；实施卫星电视"户户通"，网络全覆盖；10户深山贫困户实施了易地扶贫搬迁，20户无房户住进了"阳光院"。修建河堤和灌溉水渠1.6千米，修建环保垃圾池12座，安装节能环保太阳能路灯195盏，修建便民桥12座。机关干部捐资140300元，结对助学210人次。新修了功能完善的村级组织活动中心，还有那小青瓦白粉墙、飞檐翘角的白族风情建筑，高端大气的新阳光广场。为张家界市乃至湖南省村级组织活动中心建设树起了一面旗帜。

省军区这支队伍始终走在脱贫攻坚最前沿，这杆旗帜永远在飘扬，引领桑植人民奔走在通向幸福新生活的康庄大道上！

3. 扶贫是最精彩的人生

2018年初，国家知识产权局对口扶贫桑植县的扶贫工作组，就要启程前往脱贫攻坚的战场了，申长雨局长前来送行，并动情地对大家说："桑植县，是贺龙元帅的家乡，是革命老区，在革命战争年代，产生了数以万计的革命烈士，他们用鲜血和生命，换来中华民族的独立与解放，换来了新中国。今天，全国人民绝大部分都过上了好日子，可是像桑植这些革命老区的老百姓，还有相当一部分依然处于贫困状态，还没有过上好日子。我们去帮助他们摆脱贫困，让他们和全国人民一道共同走上小康社会，是对老区人民的反哺和报恩，是我们共产党员的党性要求，是我们最大的政治任务、政治使命！"

"帮扶革命老区是一种政治使命"，带着这种高度的政治自觉和对老区人民的深厚感情，国家知识产权局早在1995年就走进桑植，开启了帮助老区人民脱贫攻坚的义举。24年来，他们相继选派112名扶贫挂职干部，在科技培训、农业产业开发、基础设施建设、构建民生工程和支持教育事业等方面，直接投入4000余万元资金和物资，积极协调帮助引进2800万元资金和物资，完成360余个扶贫项目，给这片饱受"贫困之痛"的土地带来了一片甘霖与阳光。

廖家村镇二户田村，是国家知识产权局的定点扶贫村。局里的扶贫组第一次进驻该村，是在几年前的春天，红土地上一片生机盎然，一排排桂花树在村道两旁摇曳生姿，一行行油茶树在山坡之上披翠吐绿，一群群勤劳的小蜜蜂在金黄整齐的蜂箱外嗡嗡嬉戏……

扶贫组乘坐的越野车，沿着山间简易公路盘旋而上、盘旋而下，摇晃颠簸了好一阵，停在一个山坡上。司机回过头来，一脸歉意地说："我只能把你们送到这了。”

扶贫组下车一看，周围一片林木森森、荒草萋萋，既没有村民，也不见村庄。“这就是二户田村？”

给他们带路的县委机关干部微笑着说：“再翻过几个坳子，就到二户田村了。”

他们背上行囊，踏上一条在草丛灌木间曲曲弯弯、蜿蜒向前的山路。那几天淅淅沥沥的小雨下个不停，路上一片泥泞，在鞋底粘了厚厚一层，行走十分吃力，走了没多久，就一个个累得气喘吁吁。

这时，迎面走来一个老乡，背上驮着个大大的背篓，篓子上盖着薄膜，似乎很沉，压得腰身低低地弯着。走在头里的县委机关干部热情地和老乡打招呼：“要出山哪？”

“给镇上亲戚送点土东西，”老乡笑眯眯地抬起头，“这下雨天还进山来？”

县委机关干部说：“给你们村送福气来喽。”

老乡一个劲地点头：“那好、那好。”

县委机关干部指着身后的扶贫组：“他们几个可是你们的活菩萨呢，他们是上头派来帮助你们过上好日子的。”

老乡又不住地点头：“那好、那好。”

他们站在路边，让过老乡。一个扶贫组成员问：“这条小路，就是二户田村进山、出山的唯一道路？”

县委机关干部叹着气说：“是啊，山里的农产品运出山外，山外的日常用口运到山里，都要走这条路，二户田村的乡亲就是这样苦过来的。”

在泥泞小道上艰难跋涉了好几个小时，终于走进了二户田村，住进村委会特意为他们挑选的几户条件稍微好点的农户家里。

次日，天空一片晴朗，空气特别清爽。可扶贫组的心情却晴朗不起来：他们走访了几户农家后，发现大部分老乡住得差，吃得也差，绝大部分是老旧的木板房，玉米、土豆是主粮。

天老爷似乎很给扶贫组面子，自从他们来到二户田村，天天都是蓝天白云，让他们免去了走访路上的泥泞之苦。可这天，天刚麻麻亮起来他们准备继续走访时，发现很多老乡都起来了，背上都背着水桶，往一条山路上走。

扶贫组纳闷儿，问村干部："大家这是去哪？"

"去取水呢，"村干部说，"我们这呀，不仅靠天吃饭，还靠天喝水，天老爷发慈悲，几天下场雨，井里还有水，取水的地方不算远，地上庄稼也不挨干。要是连着半个月不下雨，不说地上裂口子，就是人和牲口喝的水，也得到好几里路的地方去背呢。"

扶贫组来到县里后，县委领导在接见他们时，说二户田村是个苦地方，可他们远远没想到会苦到这份上。扶贫组成员看到这个情况后，很揪心。国家知识产权局领导听了他们的走访情况汇报后，也很揪心。

局里的 366 万元扶贫资金陆续拨了下来。道路拓宽硬化、解决生活用水工程，被作为当务之急，首先开工了。这片大山千万年来的沉默，终于被爆破的轰隆声、施工机械的轰鸣声打破了，开始传递出现代生活的信息。

二户田村脱贫攻坚关键时刻，国家知识产权局机关干部时鹏，受命担任二户田村第一书记。走马上任之际，他发现自己面临的是"乡村的道路需要拓宽和硬化、缺乏村部和卫生室等活动场所、缺乏人畜安全饮水设施、乡村居住环境有待改善、农业产业发展面临困难"的艰难任务。

一个个难题，对于年轻的时鹏，并不是前行的羁绊，而是唤起了他带领乡亲们在脱贫路上攻坚的激情。他迈开双脚，在各家农户之间来回跑，调和解决各种矛盾。他一趟一趟去镇上、跑县里，协调解决各种难题。他每个月驻村 20 多天，每天跑来跑去十几个小时，依然觉得还有许多事情没跑完。

为了提高办事效率，他索性跑回北京，开着自己家里的小车，连续跑了几十个小时，跑到桑植，把私家车变成了公务车。从此，从县城通往二户田村的山路上，经常看见一辆挂着"京"字头车牌号的小轿车来回跑。

通过时鹏、村支两委及全体村民的齐心努力，二户田村的村组道路全部得到拓宽、硬化，彻底解决了村里 9 个小组、228 户、1094 人的出行不便问题；为二户田村找到了 3 处新水源，并建设了蓄水池、抽水泵房，铺设了

16.6千米的管道，清清的泉水流进了厨房，由于特殊原因没流到家的，最远取水距离，也只有几百米。

紧接着，产业扶贫项目——67千瓦光伏发电工程也竣工了，原来一无所有的村集体经济，终于有了稳定的收入。不久之后，国家知识产权局相关单位又出资10万元，在村里安装了25盏太阳能路灯。

看着崎岖小道变成宽敞的水泥大道，出山进山的物资，由人背马驮变成了汽车运送；从前干旱季节需要从几公里外背回来的山泉水，如今在家里拧开水龙头就哗哗流出来；从前太阳一落山就漆黑一片的村庄，如今让太阳能路灯照得一片亮堂堂，村里的向家老爷子脸上就有收不拢的笑，每次看见第一书记时鹏就竖起拇指："你们真是我们二户田村的活菩萨!"

2017年底，二户田村实现整村脱贫。

随着时光之驹跨入2018年，国家知识产权局把帮扶的阳光雨露，洒向另一个深度贫困村——陈家河镇仓关峪村。

仓关峪村于2016年由原半溪、甘溪、吴家湾、仓关峪4个村合并而成，是桑植县第二大贫困村，全村总面积34000亩，耕地1395亩，其中稻田931亩，旱地464亩，人均耕地0.47亩；有24个村民小组，725户2830人，其中建档立卡户214户705人。

为确保拿下仓关峪村这个贫困大堡垒，2019年底如期退出贫困村行列，国家知识产权局出台了一系列超常举措。

在扶贫资金投入上，他们在2018年本级扶贫资金预算200万元的基础上，根据国务院扶贫开发领导小组反馈的2017年定点扶贫工作考核意见，追加产业扶贫项目资金预算200万元，总计400万元；局直属单位培训中心、湖北审协、国专公司出资78万元；帮助引进扶贫资金270.93万元。

根据2017年扶贫工作考核中发现的"帮助贫困县发展扶贫产业，提升造血能力上仍有待进一步加强"的问题，按桑植县扶贫产业发展规划及仓关峪村村情，规划在2018—2019年发展蜜柚、黄金茶种植以及黑山猪放养产业。

为此，国家知识产权局投入 177 万元，产业大户投入 172 万元，帮扶发展 300 亩蜜柚种植和 100 亩黑山猪养殖循环经济，以及红薯套种和玉米加工项目，通过“合作社＋龙头公司＋村集体＋贫困户”的方式，成立专业合作社，龙头公司在投入资金的基础上，重点负责技术指导及产品包销；采取“畜—沼—果”相结合的生产模式，开发立体循环生态农业，让贫困户持续稳定增收。

时鹏再次接受重任，由二户田村第一书记直接转任仓关峪村第一书记。受领任务那天晚上，时鹏躺在二户田村扶贫队宿舍里辗转难眠。他知道，仓关峪村这个贫困的“核桃”，比二户田村硬得多，要敲碎那层坚硬的壳，让大家吃到喷香的核桃仁，非下一番苦功不可，看来他这两年，不说回北京上班，恐怕回京休假都难了。而此时他的孩子还小，母亲也年纪大了，在一家国企上班的妻子早出晚归。妻子时常给他打电话，说家里这事、那事她做不来，等着他回京去办，有时还在电话里抹几滴眼泪，很让时鹏揪心。

艰巨的扶贫任务与家庭困难的矛盾如何破解？时鹏经过一番思考后，特意回了一趟北京，对妻子说：“你带着妈妈、孩子，跟我去桑植吧。”

妻子一听，瞪眼望着他：“跟你去桑植？你脑子进水了吧？”

时鹏说：“这样我既能搞好扶贫工作，又能照顾好家里了。”

妻子说：“可我到了桑植到哪找工作去？我现在的单位可是国企呢。”

时鹏说：“凭你的能力，上哪找不到工作？”

“那倒是，”妻子自豪地白了他一眼，“可我为什么要跟着你从北京跑到那深山沟里去？”

时鹏轻轻拉过妻子的手：“咱俩谈恋爱时，你不是说爱我吗？我们结婚时，你不是还说，以后就嫁鸡随鸡，嫁了猴子满山跑吗？现在我跑到了山上，你正好跟着我上山呀。”

就这样，时鹏把母亲、妻子和孩子从北京带到了桑植，在县城租间房子安下了家，妻子也很快找到满意的工作。同事们问她：“大家想进北京都挤破了头，你为啥却从北京跑到了山里？”

她想了很久，这样回答同事："法国人说，当一个人不知道自己为什么爱着一个人时，说明你爱他，当想清楚为什么时，说明你已经不爱他了。现在我都没有想清楚为什么要跟他来。"

张家界市副市长欧阳斌，听了时鹏的扶贫故事后，赋诗一首《仓关峪村第一书记时鹏》：

这个来自中直机关、三十来岁的年轻人，
现在有一个自豪的称呼，
桑植县陈家河镇仓关峪村第一书记。

因为扶贫，
他先是自己从京城走进了这片深山，
接着，接来了自己的京字号爱车，
再接着，接来了自己在国企上班的博士后妻子。
以及年迈的母亲，年幼的孩子，
在桑植这片红土地上安了家，
问他这是为什么？
他淡淡一笑说——
这两年，是他整个人生中最精彩的岁月，
他要全身心付出。

仓关峪村的贫困户们更是把时鹏这些扶贫队员的付出看在眼里，感激在心里。被村民称为"秀才"的一名乡村艺人，也写了一首诗赞美他们：

彻夜北风撼心扉，
萧条思考一灯微；
扶贫三年千多日，

村级异新心中飞。

时蒋二人来我村，
带来党的好福音；
感谢二人勤拼搏，
全村百姓记在心。

对仓关峪村的扶贫攻坚，前方扶贫队员们舍己卖力，后方的国家知识产权局领导鼎力支持、倾心指导。

2018 年 7 月，局党组成员、副局长、扶贫领导小组组长廖涛，深入桑植调研脱贫攻坚，与大家一道出主意、想办法。2018 年 9 月，扶贫领导小组副组长、专利局副局长徐聪赴桑植调研定点扶贫工作，督促工作落实，推进工作进展，捐赠爱心物品，看望扶贫挂职干部。2018 年，全局有 20 批 15 个机关部门、直属单位 189 人次，奔赴桑植县参与扶贫实践调研，开展主题联学、党日团日、访贫问苦、青年国情教育等活动。

2018 年 11 月，国家知识产权局党组书记、局长申长雨来到桑植，召开脱贫攻坚和定点扶贫工作现场座谈会，强调知识产权局要发挥人才、智力、技术优势，因地制宜，精准扶贫，助力当地早日全面脱贫。他带领大家深入定点帮扶村陈家河镇仓关峪村，实地察看了 3 条道路、2 座便民桥、2 个产业帮扶项目进展情况。在蜜柚种植基地现场，为仓关峪村“桑植县宜农蜜柚专业合作社”成立揭牌，并带去 20 万元项目资金，亲手栽植了一棵蜜柚树苗。

国家知识产权局，对贫困村给钱给物、架桥修路，“授之以鱼”的同时，重视发挥自身职能特点和优势，对贫困地区、贫困人员“授之以渔”，激发他们的内在动力，增强自身“造血功能”。为此，扶贫工作组积极举办科技培训班、专利技术培训班、专利技术推广应用交流会、专利技术转化洽谈会和世界知识产权日宣传等活动，利用自身知识产权优势，助力贫困地区技术专利化、专利成果化。

近年来，国家知识产权局驻桑植扶贫工作组，协调局里的相关部门在桑植县开展知识产权和专利成果转化项目，并出资9万元支持桑植县知识产权强县工程试点建设。一名残疾人员创办的蜂传万里有限公司，对蜜蜂养殖发明不少新技术。扶贫组通过协调知识产权服务机构，对这些新技术进行了挖掘整理，提交发明专利申请。

那天，当扶贫人员把红彤彤的专利证书送到这名残疾人员手上时，让他感到喜出望外："我没读几天书的残疾人，也能拿到科学专利证书，真是一万个没想到啊！"

在国家知识产权局驻桑植扶贫工作组指导下，桑植县已向国家有关部门提交专利申请47件，其中12件专利实现转化。

桑植县三木能源公司，仅"生物质制气炉"一项专利，就一年创造了200多万元纯利润，并节约木材12万立方米！

这，就是科技扶贫的效益和力量！

4. 我永远是一名军人

湖南省核工业地质局某勘探队副队长张刚，2018年4月受命担任桑植县洪家关白族乡水田坪村扶贫队队长、第一书记。

赴任前，局领导找他谈话，嘱咐他"要带着对老区人民的深厚感情做好扶贫工作"。张刚起身给领导"啪"的就是一个标准的军礼，铿锵有力地回答："我是一名转业军人，从前是个兵，现在还是兵，以后依然是个兵。请领导放心，军人对桑植那片红土地，不仅有感情，而且充满敬意。"

水田坪村位于大界山腹地。张刚和几名扶贫队成员乘坐一辆越野车，沿着狭窄崎岖、起伏无常的简易公路缓慢开进。路边的次生林密密麻麻，汽车东摇西晃，颠得大家腰酸背痛。一名扶贫队员抑不住抱怨："这路怎么那么差呀？"

前来迎接他们的村干部说："这样子都比过去好多了。"

那名队员问："那过去差到什么程度？"

村干部指着前方那个高高的山头："那山头，我们村民叫它挡命山。"

"挡命山？"大家不约而同地发出唏嘘，"为什么叫挡命山？"

1986 年，村民唐仕位的老婆生下了一个大胖小子，一家人欢天喜地。哪知高兴了没几天，孩子母亲突然患了一种叫"老鸹症"的怪病，就是像老鸹一样不住地哀号。家人赶紧抬着她往山外的医院赶，可是由于路途遥远，行走艰难，他们还在半路上，她的病情突然加重，没等把她抬上这个山头上，她就咽气了。从那以后，大家就把这山头叫挡命山。

那时这里的老百姓，因为道路不通，得了病后要翻过那几座大山，走出这大界山才能得到救治。为此，村里很多人或过早离世，或落下终身疾病。

村干部说："为了改善这里的交通条件，政府在 2010 年修建了这条简易公路，虽然有些简陋，但总算能让汽车进到山里了。"

听了"挡命山"地名的来历，张刚忽然觉得心头堵得慌，肩头特别沉。

张刚带领扶贫队进驻水田坪村后，立刻召开党员、村民组长和群众代表会议，倾听大家的诉求。结果会议一开始，大家就七嘴八舌、争先恐后说开了，而反映最多的是饮用水问题。

水田坪村，虽然村名带着个"水"字，却是个极度缺水的地方，千百年来，不仅田地靠天灌，饮用水也得靠天给。张刚在走访中发现，这里家家户户都用简陋的塑料管或竹筒将地表水引到家里，水质极差，对身体健康影响很大。

张刚当即表态说："这个问题，我们来解决。"他之所以这么快拍板，那是因为他本人干的就是地质勘探，这找水的问题，正好撞在他的枪口上。

张刚把情况反映到局里后，局里很快派来 4 名水文地质专家，与扶贫队员们一起顶烈日、入深山、爬沟壑、下深谷、钻山洞、查山涧，逐一查探村里的水源分布情况，经过一番艰苦的翻山越岭，共勘察了 29 处水源点，圈定可利用水源点 22 处，随后扶贫队协助专家组取样送检，选择其中水质最好的

10 处作为饮用水源。

在此基础上，他们通过广泛听取村民意见与建议，与桑植县水利局多次商讨，决定采用“集中供水与个别解决相结合”的方案解决村民用水问题。修建了集中供水系统和蓄水池，解决全村 98%以上农户饮水问题，对于个别地势高的住户，采用不锈钢水箱蓄水或从就近蓄水池抽水的方式解决，确保全村家家有水用，人人喝上干净水。

俗话说：“脱贫致富，关键在于党支部。”可张刚带着扶贫队进驻水田坪村不久，发现村党支部一班人，虽然年纪轻，工作有冲劲，但由于经验不足，服务意识欠缺，群众威信不高，在扶贫队进驻前，被上级党委确定为“软弱涣散党组织”。

如何帮助村党支部搞好自身建设、提高群众威信呢？

张刚决定先给大家树个样子、带个头。他带领扶贫队，把印有队员电话号码的联系卡，挨家挨户发到了全体村民手中，告诉大家：“家里有什么困难，随时打电话找我们。”

2018 年 6 月 23 日晚，因连续数天暴雨，出村道路发生了山体滑坡，阻断了交通。凌晨 1 点多，村民梁庆习的女儿突然患病，给张刚打来电话：“喂，是张队长吗？我女儿突然肚子疼得特别厉害，您能不能帮忙送她去医院啊？”

张刚立刻从床上爬起来，带着一名扶贫队员赶到梁庆习家，开车将其女儿送至滑坡点后，自己下车走到山体滑坡地段，确认坡体已基本稳定后，回头抱着病人通过险区，送到等在那边的救护车上，及时送到县人民医院治疗。

这件在张刚看来算不了什么的小事，在村里传开后，却引起很大反响，都称赞他们是“真正为人民服务的扶贫队”。村干部也从这件事上受到了教育、找到了榜样，纷纷表示要像张刚队长这样，急为群众之所急，诚心实意为大家办实事。

村里的彭家山组，是目前全村交通最不方便的小组，那里有一户叫刘珍姑的五保老人，家住在半山腰上，只有一条小路下山。12 月 25 日下午，她到山上捡鸡蛋摔伤了腰，动弹不得。村书记和村主任闻讯，立即赶到她家，背着老人就往山下走，把老人送到了县人民医院，并留在医院帮助老人落实相关的住院治疗和医保政策……

春节过后，五保户廖家志老人也病了。党员刘序权主动站了出来，送他到医院，并悉心照顾了好几天。

党员干部的一点一滴，群众都看在眼里、记在心里。党支部的群众威信随之不断提高，村民们的凝聚力不断增强，大家相互间距离近了，人情味浓了。

2018 年村支部综合考核成绩，由 2017 年全乡 23 个村倒数第二名一跃进入前十名，不仅成功摘掉“软弱涣散”的帽子，还被县委组织部确定为基层党建试点支部。

“扶贫攻坚，脱贫致富，没有产业就没路。”这既是一句“顺口溜”，也是一句真经实话。

水田坪村之所以成为桑植脱贫攻坚的“钉子村”，其根本原因就是没有产业。由于这里发展迟缓、交通闭塞、田地荒芜、经济落后（尤其廖家院片区更是穷困），村里的姑娘都往外嫁，村外的姑娘都不愿嫁进来，导致村里出现了很多光棍。有人把这编成了民谣——

养女莫嫁廖家院，
半夜起来爬大山。
一年到头勤劳作，
三餐苞谷作主粮。
……

本地姑娘，水田坪村的小伙娶不上，他们就把恋爱的目光投向外地，利用外出打工的机会，瞄准外地的美女们，可当他们把她们带回村里，美女们一看是个穷地方，就都说声“拜拜”分手了。

一天，一个英俊小伙在路上遇到张刚，热情地叫了他一声“张队长”，然后就说：“张队长，我是个困难户，你得给我扶扶贫啊。”

张刚感到眼前这小伙子很陌生，猜想是外出打工回来的，便问：“你在哪打工发财？”

小伙子说：“在广东，但没发财，一个月也就六七千元。”

张刚说：“一个月六七千，都超过我的工资了，还要我扶贫？”

小伙子说：“我是爱情贫困户，你看我都过三十了，还没处着对象呢。”

张刚说：“你不是在广东打工吗？那里多的是美女，带一个回来呗。”

“我都带回三四个了，每一个都是回来第二天，最多的也就三四天，就跑回去了，”小伙子露出一脸苦笑，“张队长，你就给我找一个呗，这也是扶贫啊。”

张刚心里想，一定要尽快把村里的产业搞起来，否则这里就无法脱贫致富，这里的小伙子就留不住爱情。

由于大部分青壮年都外出务工了，村里荒废了许多土地。经与村支两委多次商议，张刚和扶贫队决定通过流转村民闲置土地，发展村集体种植、养殖产业，既可以解决部分村民村内就业，又可以实现村集体经济增收。

可种什么呢？产品一对，事半功倍；产品不对，一切白费。为选准产业类型，张刚带着村干部到长沙、张家界、安仁、衡阳等地考察了茶叶、蓝莓、枳壳、养鸡等项目，经过多番调研论证，最后结合本村实际，选择了茶叶种植项目。

项目选定了，但他们的思考还在继续：将来茶叶种植形成规模后，往哪销？销掉了是财富，滞销就是揪心哪。于是，他们又先后 20 多次前往张家界市万宝山茶叶有限公司登门求援，用诚心打动了公司领导，决定在村内投资建设茶叶加工厂，专门收购水田坪村及邻村的茶叶鲜叶，彻底解决了销路问题。

在此基础上，张刚带领大家完成了 500 亩茶园的栽种工作，村民的土地流转费、产业奖补金和务工费全部发放到位。随着茶叶加工厂正式开工建设，村里的水果采摘园也活跃起来了，养殖大户也多起来了，村里的气象开始出现喜人变化。

2019 年春节前夕，张刚回长沙与家人团聚那天，又与那名从广东回乡过年的、让他“爱情扶贫”的小伙子在村口巧遇了，小伙子身后还跟着一位漂亮姑娘。

“回家过年了?”张刚主动与他打招呼。

“是的，是的，”小伙子喜笑颜开地给他递烟，“您这是回长沙过年吧?”

“对，”张刚接过烟说，“初五我就回来了。”

正月初五，张刚回到水田坪村不一会，小伙子就来给他拜年。张刚见他是一个人来的，便问：“怎么，女朋友又跑了?”

“这个没跑，”小伙子嘻嘻笑着说，“她说我们村的产业发展势头比她们家乡好多了，以后有奔头、有盼头。今年我们俩都不出去了，就留在家里干。”

5. 有一情怀叫“80后”

湖南省核工业地质局接到 2018—2020 年定点帮扶洪家关白族乡水田坪村通知后，决定按照自愿报名、选优配强的原则，在全局选拔扶贫队员。

听到这个消息，局放射性核素检测中心党政办副主任曹嘉懿，心里怦然一动，就想马上去报名。自从那年他从南华大学核工程与核技术专业毕业参加工作，就一直待在省核工业地质局机关，没有基层工作经验，习近平总书记、党中央发起的这场精准脱贫攻坚战，是一场人类发展史上从未有过的、向人类的公敌——贫困发起的大革命、大战役，是锻炼党性的大熔炉、提升能力的好机会，他作为一名年轻党员，理应到脱贫攻坚第一线接受洗礼。

可他一想到母亲，又犹豫起来。一年多前，他母亲患上了癌症，已经做过 2 次手术了，此时离开她……

直到下班回家，曹嘉懿还在报名与不报名之间犹豫。母亲看出他有心事，笑着问："崽呀，今天怎么啦？一副心事重重的样子。"

"妈，没什么。"

"我看你明明是有什么嘛，没关系，说出来让妈妈听听。"

在母亲一再鼓励下，他终于说出了局里组织桑植扶贫队的事。母亲一听，竟高兴地说："这多好的事呀，你应该去报名。"

曹嘉懿说："可我去了桑植，您又正生病……"

母亲说："儿啊，不要担心娘的病，娘的心态很好，会没事的。"

一旁的妻子也鼓励他："你放心去吧，家里不是还有我嘛，孩子和母亲我都会照顾好的。"

第二天，曹嘉懿去局里组织部门主动请缨，并荣幸地成为一名脱贫攻坚队员。中心的一名退休老专家听说曹嘉懿申请去扶贫，欣慰中有些疑惑地望着他："嘉懿，我真没想到你们 80 后、90 后还有这样的情怀？"

曹嘉懿笑着说："我们 80 后、90 后，不是啃老、坑爹、自我的代名词。我们心里也有国家，也有人民，也有理想和信仰，知道感恩，懂得如何回报社会。"

老专家向他竖起大拇指："从你身上我看到了一种情怀叫'80 后'，有你们这样的年轻人，中国梦有希望。"

进驻水田坪村后，曹嘉懿一直分工负责村里各类贫困户资料、会议、培训等表格档案的起草和整理工作，除此之外，每天还挨家挨户走访，随时掌握各家农户尤其是建档立卡户动态情况，尤其那些留守老人、留守儿童，他每天都要去看望，陪老人孩子聊聊天，问问家里有什么事情要帮忙，如同陀螺般在村子里转来转去。但他每一项工作都做得很认真细致，所有资料台账做得井井有条、分类规范、名目清晰，每家农户的情况，都了如指掌、心中有数。

正当他全身心投入扶贫工作时，母亲病情突然恶化，需要进行第 3 次手术。母亲怕他分心，特意给儿子打来电话嘱咐："儿呀，妈妈的病一时半会儿好不了，也一时半会儿走不了。妈已经过了两回鬼门关，这一回阎王老子也拉不走我。儿不用担心，也别回来了，我身边不是有你媳妇嘛。你要是回来，影响了工作，倒让妈为你担心了。”

既然母亲这么想，他就没请假回家。可心里依然牵挂呀。为从焦虑中走出来，曹嘉懿让自己整个身心都埋进工作里，一家接一家走访，一天走几十千米，走十几个小时……

母亲终于再次闯过鬼门关，曹嘉懿也慢慢缓过神来，重新投入紧张的扶贫工作。哪知，祸不单行，这天妻子突然打来电话，说她也查出了直肠癌，需要立即手术。可这天，一个紧急材料正写到一半。

扶贫队长张刚得知这一消息，第一时间来到曹嘉懿身边：“你家这是天塌下来了，你得赶紧回去。把材料交给别人写。”

曹嘉懿眼含泪水说：“材料思路在我心里，素材全在我脑子里，这些一时半会无法交给别人。”

张刚说：“那你以最快速度写完它，不要讲究什么文字，写个大概思路，写出主要素材，交给我来完善。”

曹嘉懿写完材料粗坯交给张刚队长后，以最快速度赶到医院，紧紧抱着病床上的妻子泪流不止。坚强的妻子，不停地给他擦着脸上的泪花，轻轻地告诉他：“刚才已经拿到活检结果，没想象的那么严重，暂时还没扩散，只要及时手术，还能根治。”

曹嘉懿尽心尽意照料妻子做完手术，给家里请好保姆，又返回水田坪村，继续行走在崎岖不平的扶贫路上……

五年来，桑植脱贫攻坚的 110 个后盾单位，共派出 124 支扶贫队、476 名扶贫队员，进驻 124 个贫困村。此外，县、乡（镇）派出由 600 多人构成的 245 支扶贫队，帮扶 174 个贫困村，7377 名党员干部职工参与结对帮扶所有贫困户。

这些党员干部、扶贫队员，一个个都是“曹嘉懿”。

他们，吃在村、住在村，服务在村，与贫困群众结亲戚。

他们，问农事、干农活，作规划、找资金、跑项目、促发展。

他们，带着对党和国家的无比忠诚、对老区人民的无限热爱，无私地奋斗着，默默地奉献着……

6. 致公党让双溪桥有了桥

双溪桥，是桑植县刘家坪白族乡的一个小山村，有三条溪水从村中流过，溪与溪之间不过百米，自古就有“三溪两桥”之说，村名“双溪桥”由此而来。其实，这村名只是表达了广大村民对桥的渴望，因为双溪桥村自古以来就没有桥，也没有公路，交通十分闭塞，出行非常困难。

早在20世纪90年代初，致公党湖南省委就把帮扶之手伸向革命老区桑植县，组织老区人民进行农技培训，为老区农产品销售牵线搭桥，为老区改善教育教学条件捐款……好事做了一件又一件。2000年，致公党湖南省委正式把双溪桥村作为开发式扶贫试点村，从此，致公党湖南省委便与双溪桥结下不解之缘，把情的甘霖洒向这片山山水水，用爱的阳光照亮这里脱贫的希望。

此前，双溪桥村种植了一片850亩蜜橘林，总产100多万斤。可是由于品种低端，果品不佳，销售困难，只能以每斤两毛钱低价贱卖，结果老百姓辛辛苦苦干一年，不仅没收入，还要倒赔钱，蜜橘林成了村民手里的鸡肋——砍了可惜，不砍又占地。

致公党组织专家对这里的气候特点、土壤特色进行一番考察后，决定改良这片蜜橘林。

2000年8月，致公党湖南省委组织专家、技术人员走进双溪桥村，向乡亲们传授果木嫁接技术和脐橙丰产优质栽培技术，然后筹资4万元，从石门等地购进美国脐橙枝条，邀请专家现场对原有蜜橘进行高端嫁接品改，同时建成了脐橙母本园，栽种母本小苗近8万株，为以后扩大品改面积奠定了基础。结果头年品改，次年结果。由于果实个大味甜，不仅销路畅通，而且价格飙升了10倍，批发价达到每斤两元！

村民们高兴地说：“致公党湖南省委帮我们接下了摇钱树！”

双溪桥蜜橘林脐橙嫁接品改成功，使分管扶贫工作的致公党湖南省委副主任、农业厅副厅长甘霖博士萌生了一个宏大计划：把双溪桥建设成为集脐橙生产、良种接穗和市场批发为一体的脐橙开发基地，然后在桑植县全面推广，将桑植建成一个“脐橙县”，进一步优化该县产业结构调整。

甘霖博士，是一位有着浓厚“桑植情怀”的民主党派人士，为人真诚，做事认真，无论做什么事情，都力求做到最好。为推进这一计划实施，2005年以来，她先后5次深入双溪桥村考察，亲自选点定项，督促项目进展，督查验收项目质量，身体力行，身先士卒。她无论在长沙，还是出差在外，坚持每周打一次电话询问项目进展情况。遇到困难，她首先鼓励大家“只要我们努力，目标总会实现”，然后想方设法帮助解决。

为了实现这一目标，致公党湖南省委群策群力，齐心奋进。

致公党党员、湖南省农业大学教授王仁才先生，一有时间就到双溪桥村指导，一来就是好几天，耐心传授脐橙种植知识，手把手教授嫁接技术，被村民们亲切地称为“果树师傅”。

致公党党员、张家界好地股份有限公司董事长张玉莲，在自己公司资金周转困难的情况下，想尽办法挤出4万元支持双溪村脐橙产业发展。

……

随着脐橙产业规模不断扩大，果品收成不断飙升，运输矛盾日益突出。可双溪桥村却一直没有桥，公路也十分狭窄、坑洼不平，不仅双溪桥村农产品运输困难，而且周边唐家桥、谷家坪、鹰嘴山、熊家溶等村村民出行也极为不便。

2016年，致公党湖南省委筹资40余万元，改善双溪桥村交通基础设施，在三条溪流上架起了三座桥梁，不仅使该村至县城的路程由原来的40千米缩短到20千米，还解决了周边4个村4000多名群众出行难的问题。

当地村民激动地说："咱们双溪桥村终于有桥了，是名副其实的双溪桥村了！"

村民们特地把这三座桥取名为"致公一号桥""致公二号桥""致公三号桥"。

桥梁通车那天，双溪桥村和附近几个村庄的数千名群众，齐聚到桥头，敲起锣鼓，吹起唢呐，点起鞭炮，深情表达对致公党湖南省委的感激之情。村小学一名老师兴奋不已，欣然写下一副对联，挂在桥拱上。

上联是"共产党致公党多党合作为人民"。

下联是"双溪桥致公桥三桥相连通大道"。

横批"政通人和"。

修通三桥的同时，致公党湖南省委还为双溪桥村修筑公路 5.4 千米、硬化道路 4.7 千米，村民交通状况得到根本改善。此外，致公党湖南省委还投资近 20 万元，新修盘家溶等三个组的简易公路 3.5 千米，水泥路修到了所有村民小组；投资 83 万元，完成全村高低压电网改造，修通小农灌溉渠 600 米，确保 200 亩田地旱涝保收，使双溪桥这个落后的白族小山村，变成了远近闻名的生态文明村。

村民人均年收入由 2000 年不足 500 元，提高到 2017 年的 7300 元！

第三章 桑植聚力

革命老区桑植县，不仅是国家脱贫攻坚直接联系单位、湖南省脱贫攻坚重点县，更是张家界市脱贫攻坚的主战场。张家界市委、市政府集中财力、人力、物力，对桑植县脱贫攻坚形成合围之势，予以重点出击。

1. 一把钥匙开一把锁

2019年5月初，山峦叠翠，山坡披绿。这天，水田坪村里刚在公路旁建了新房的向家夫妇，吃过早餐后泡上一杯茶，坐到家门口，正准备歇会儿饭食，就去果园里除草。这时，只见山下有好几辆越野车，沿着盘山水泥道朝山上驶来。

向家男人喝口茶，美美地说："咱水田坪村风景好呢，刚把路修好，城里人就来旅游了。”

越野车驶近了。向家女人说：“老倌子，不是旅游，来的是‘活菩萨’呢。”山里人都亲切地把扶贫干部称“活菩萨”。

向家男人说：“你怎么晓得是‘活菩萨’?”

向家女人说：“你看不见这些车都是政府车吗?现在旅游哪个还坐公务车。”

向家男人一看那些越野车，果然车门上头都印着“公务用车”四个字，便有些纳闷儿：“今天一下子来了这么多车，一定来的是尊大‘菩萨’。”

第一辆越野车里，坐的正是张家界市委书记虢正贵。同一天，市长刘革安深入陈家河镇仓关峪村调研。那几天里，张家界市36名市级领导，一个不少，全部来到桑植县23个乡（镇），走进38个深度贫困村，了解产业发展、基础设施建设情况，挨家挨户访贫问苦，共走访600多人次，摸排问题1300个，解决问题800个。

桑植这片红土地，时刻牵动着市领导的心。他们时刻高度关注着这里的脱贫问题，把国家直接联系、湖南省11个深度贫困县之一的桑植，作为脱贫攻坚的主战场，集中财力、人力、物力，予以重点出击。

2019年，张家界市委、市政府从中央和省级专项扶贫资金中，拨出2亿元投向桑植，实施产业项目220个，新修8个村级卫生室、村民文体广场项目，完成35个贫困村道路建设及自然村公路通达任务；市财政拿出4000万元，用于桑植的教育扶贫、健康扶贫、危房改造、就业扶贫。市级农业产业化项目资金40%投向桑植茶叶、棕叶、烤烟、蔬菜等产业，按照“一乡一业、一村一品”思路，建立产业与贫困户利益联结机制，确保贫困群众稳定增收；市委、市政府还引导和动员社会组织、企业参与桑植脱贫攻坚，全市共有15家商协会和176家会员企业结对帮扶桑植县124个贫困村，累计投入资金近10亿元，惠及贫困人口3万多人。

对桑植贫困“痼疾”合围之势的形成、张家界市领导的集中出击，标志着桑植“脱贫摘帽出列”攻坚战最后总攻拉开了序幕。

桑植作为张家界市脱贫致富的硬骨头，一直是市领导高度重视、重点关注的攻坚方向。

2015 年，习近平总书记对脱贫攻坚战提出了“扶持对象精准、项目安排精准、资金使用精准、措施到户精准、因村派人精准、脱贫成效精准”等“六个精准”要求，确保各项政策好处落到扶贫对象身上。

当年 2 月，时任市委书记杨光荣就率领市直机关走进桑植龙头村，探索如何落实“六个精准”要求问题。

当时的龙头村是典型的深度贫困村。村里产业基础薄弱，农民靠天吃饭，增收非常困难，全村有建档立卡户 90 户 323 人，占总人口三分之一。

杨光荣仔细听了村干部情况介绍，又深入走访一批贫困农户后，动情地对大家说：“龙头村贫困程度很深，贫困户日子很苦，我们一定要带着政治责任、带着对人民群众的深厚感情做好扶贫工作，帮助他们早日脱贫致富。如何帮助他们脱贫致富？习总书记提出的‘六个精准’，就是做好扶贫帮困工作的方法论，就是我们努力的方向。与那些贫困户座谈时我发现，各家贫困程度不同，导致贫困的原因也不一样，贫困人员的性格、能力和想法，更是千差万别。俗话说，一把钥匙开一把锁。落实习总书记‘六个精准’要求，就要根据贫困户的各自情况，分别给他们配上不同的钥匙，帮助他们打开贫困之锁，摆脱贫困的禁锢，走上洒满阳光的致富之路。”

从 2015 年初到 2017 年底近三年期间，杨光荣三番五次深入龙头村调研，反反复复叮嘱驻村扶贫队：“扶贫一定要讲求实效，切忌打造‘盆景’、形式主义和包办代替，一定要因人而异、因户制宜，把他们解困的钥匙配准，为他们找准致富之路，不能让一个贫困户掉队。”

要把“钥匙”配实、配准、配牢，确保一次性把“锁”打开，首先必须精准了解“锁”的各种信息，精准掌握其结构特点、锈蚀程度，才能胸有成竹，一次性配到位。

为精准识别扶贫对象，驻村扶贫队迈开双腿、起早贪黑调查摸底，准确掌握每一户村民情况。在此基础上，召开村支两委会议，按照“一看五评”（看家庭人均收入，评住房条件、生产资料、劳动能力、教育程度、健康状况）工作程序，精准确定全村贫困户 90 户、贫困人口 323 人。然后按照发展生产脱贫一批、易地搬迁脱贫一批、生态补偿脱贫一批、发展教育脱贫一批、社会保障兜底一批等“五个一批”进行分类，予以建档立卡。

全面掌握贫困户、贫困人员各种信息后，扶贫队及市委办、市档案局参与结对帮扶的党员干部，再次深入结对户中“访困问需”，了解贫困人员思想，共同探讨解困的思路与方法，因户制订脱贫计划。

由于外出务工，或陪子女上学，一部分贫困户长期不在村里生活，一些贫困户甚至扶贫队跑了三四趟，都大门紧锁，见不到人。但大家气不馁、心不烦，工作日见不着，节假日继续找，白天碰不上，晚上接着去，村里见不着，上县城、到市区去寻，愣是一户不落地与大家交流探讨，共同协商制定脱贫方案。

在帮助贫困户出谋划策时，他们始终坚持实事求是的原则，充分尊重贫困户意愿，不搞主观臆断、不搞画蛇添足、不搞一厢情愿，不让村民干他们不想干或干不成的事情，缺什么补什么，需要什么帮什么，因人而异、因地制宜，宜农则农、宜工则工，该扶持的扶持、该搬迁的搬迁，该兜底的兜底，真正做到精准识别对象、各户措施精准。

村民杨胜知，是市委办干部许文正的结对帮扶对象。他家住在龙头村最偏远的角落里，平时靠上山逮点山货维持生计，生活十分困难，家里没有一人有手机。许文正先后两次徒步上山走访他家，吃了“闭门羹”。许文正带着驻村扶贫队员第三次去他家时，依然双门紧闭。第四次，家里还是空无一人。第五次跋山涉水找过去，才终于看到杨胜知。

“你看看我连个手机都买不起，不然打个电话，你们就不用跑上跑下了，”杨胜知听说他们跑了四趟冤枉路，既感动又不好意思，“其实我家情况，你们也都了解了，帮着指条发财路就行了。”

许文正说：“不行啊，我们还得听听你的想法，看看你想干什么、能干什么。”

结果，杨胜知还真的有很多想法，和许文正、扶贫队员坐在一起，谈了一整天也没说妥致富方案。许文正、扶贫队员只好先下山，次日再上来继续谈了一天，傍晚时分才协商好脱贫计划。

通过一番艰苦细致的努力，他们根据全村 90 户建档立卡户各自特点，分别定制了 90 把“致富钥匙”，出台了 348 条帮扶措施。

在帮助贫困人员制定脱贫方案时，大家感到对脱贫致富困扰最大的，是村上的产业基础薄弱，导致大家有心脱贫、无路致富。为此，扶贫队结合龙头村实际，经过深入考察，引进了黑山鸡、山羊养殖及蓝莓种植等产业。

贫困户发展产业，大多不具备“资金、技术、市场”三个基本要素。扶贫队牵线搭桥，引进了张家界立功旅游农业发展公司，对养殖户既提供种苗，还提供技术指导，并对产品保底回收，养殖户只要出土地、出劳力，就有稳定收入。这种“零风险”产业发展模式，让贫困户放下包袱，甩开膀子，在致富路上大胆奋进。

2. 假如我们是贫困户

2018 年冬天，是近年里最寒冷的冬季，连日冬雨连绵、寒风呼啸。眼看春节就要到了，可天气依然不见好转，还突然飘起了漫天雪花，天地间一片天寒地冻。

这天，张家界市纪委书记、市监委主任袁美南参加一个会议，会间休息时来到走廊上喘口新鲜空气。窗外还在纷纷扬扬下着鹅毛大雪。可冰天雪地却挡不住人们过年的热情，购置年货的人们，让对街的超市生意超级火爆。看着这情景，这些天一直想着的问题，又一次跳出脑海：他在桑植的那几家结对帮扶“亲戚”，年货备得如何？这么寒冷的春节怎么过？

次日正好没有会议安排。他叫上机关的同志，带上自己购置的礼物，顶风冒雪来到对口扶贫村——官地坪镇富平村，首先走进他的结对帮扶对象涂菊珍家。

涂菊珍一家大小正围在火塘边烤火。见袁美南一行冒雪前来走访，赶紧起身搬凳子请坐。

“不用客气，”袁美南握着涂菊珍的手说，“年终了，事情多一些，又有一段日子没来看你们了。年货准备得怎么样了？”

涂菊珍憨憨地笑着说：“你们扶贫队一来，我们的日子就开始好过了。今年早早就熏好了腊肉、腊鱼、腊鸡。”

“这就好，这就好，”说着，袁美南从身上摸出红包，塞进涂菊珍手心，“今天就算我给你拜个早年喽。你再去砍几斤新鲜肉，买只土鸡，带着一家子过个欢喜年、热闹年。”

涂菊珍脸上憨笑，眼角却有些湿润：“袁书记，你老是给我们送钱、送东西，我们又没得什么好东西送你……”

袁美南屋里屋外查看了一遍，看看有没有漏雨的地方、垮塌的隐患，又坐在火塘边与涂菊珍拉了一会家常才离开。自从 2015 年涂菊珍与袁美南结上对子后，就一直得到袁美南无微不至的关怀——

2015 年，走访慰问钱 500 元，农村危房改造补助 1 万元。

2016 年，走访慰问 500 元，直接帮扶金 1440 元（奖扶种玉米 300 元、养猪 600 元、外出务工交通补贴 540 元），发放价值 100 元爱心药箱一盒，便民手册一本，贴息贷款 5 万元，油菜种子、肥料送到田间地头，阳光医疗报销 1350 元、产业奖扶 130 元（种玉米）。

2017 年，走访慰问 500 元，公路硬化到户，帮扶资金 1560 元（养猪 1000 元、养蜂 560 元）。

2018 年，春节慰问 500 元，扶持种植莓茶 1.5 亩，产业奖扶 350 元。

……

接着，袁美南又来到另一个结对帮扶贫困户邓文益家，也给他送上自己的一份心意。这些年来，邓文益家也同样收到了袁美珍和党组织送来的一份份深情厚谊——

2015年，慰问金500元，危房改造补助1万元，公路硬化到户，发放2人低保1920元、养老金1800元，棉被1床棉衣1件。

2016年，走访慰问500元，产业奖扶250元，帮扶资金1040元（养猪600元、种玉米440元），低保1920元，养老金1800元、奖扶300元（种玉米），发放油菜种子、肥料，自来水入户。

2017年，走访慰问金500元，养老金1800元，帮扶资金2960元（种玉米960元、养猪2000元），爱心棉被2床、轮椅1个、坐厕椅1个、羽绒服1件。

2018年，发放慰问金500元，扶持种植莓茶3亩，产业奖扶1300元。

张家界市纪委、监委，从书记、副书记到每一名机关干部，每人都结对帮扶了几名官地坪镇富平村的建档立卡户，村里的58家贫困户，都得到了党组织、帮扶人的真切关怀。为表达党组织、帮扶人的关怀与恩情，村民们把这些年里收到的钱物列成表格，张贴在村委会的墙上，几乎占满了整个墙面。

村民们亲切地把这面墙称为“幸福墙”“暖心墙”。

一次与驻村扶贫队员座谈，大家在谈到扶贫工作太难做时，袁美南深有体会地说：“扶贫工作确实难做，难就难在建档立卡户太多，贫困原因各种各样，贫困户的想法各不相同，有的甚至习惯了贫困，没有上进心、进取心，不知道怎么去帮他们。但仔细想想也不难，只要大家经常问问自己‘假如我是这些贫困户’，事情就好办了。你这么一换位思考，就会动真情，把他们当作自己的亲人一样来帮；就会用真心，设身处地为他们寻找脱贫办法；就会使真力，带着一种使命感，带着夜不能寐的紧迫感去帮助他们，就能扶真贫，让他们走上实实在在的致富之路。”

带着这样一种“假如我是贫困户”的换位思考，2017 年 5 月，市纪委监委、市国安局扶贫队进驻了结对帮扶村官地坪镇梯市村，打响新一轮精准扶贫攻坚战。

驻村伊始，扶贫队立刻对梯市村贫困原因展开调研。梯市村共有 14 个村小组、302 户、1085 人，其中建档立卡户 113 户 376 人，贫困发生率高达 34.6%，集体产业几乎为零！

在接下来的走访中，扶贫队又发现，村里的基础设施依然非常薄弱，竟还有 9.8 千米毛公路，仅三轮车能勉强通过，直接影响到姚家湾、李家坡等四个小组 300 多名村民的生产生活；桥湾、桑树塔组虽有 2.4 千米毛路，但路况差，小车都不能通过；乌基岭组更是因为交通不便，短期内根本无法达到畅通要求，只能整组搬迁。

除了路的问题，还有水的问题。一遇干旱，就无水灌溉，导致生产减产甚至无产。

将心比心想一想，谁又愿过贫困日子呢？可平心而论，在交通如此闭塞，又如此缺水的地方，如果仅靠那一亩三分地，外加一头牛，想走出贫困，又谈何容易？

要想帮助梯市村摆脱贫困，首先就要打通致富的瓶颈——通路、引水。

在市纪委监委、市国安局大力支持下，扶贫队通过积极协调，筹措了 1200 万元用于基础设施建设。

听说扶贫队要为村里铺水泥路，梯市村村主任黄自瑞心里就按捺不住激动。他对村民们说：“扶贫队要给我们铺水泥路，难道我们就挽着双手，等着扶贫队把路修到我们各家各户的家门口吗？”

村民们都说：“扶贫队从市里跑到我们山里来帮助我们致富，整天跑上跑下，整日没得闲。这是我们自己的事，就更不能闲着了。”

大家纷纷扛上锄头，挑上筐子，拿起铲子，自发参加义务劳动，在铺路工程正式开工前，全部整理好公路路基。

在扶贫队、村支两委和广大村民共同努力下，郑家湾组路基加宽和硬化项目、茂古洞组的组道硬化项目、村部至桥湾组的窄路加宽项目、梯市至岩路的公路、李家坡组环形公路项目全部如期完成，形成了立体交通网，车辆出村入户再无一处“肠梗阻”。

与此同时，扶贫队积极协调市、县水利部门，得到大力支持，铺通了从车耳溪水库到村里的专用输水管道，梯市村从此告别了靠天吃水、靠天吃饭的历史。

修通了公路、疏通了水路，扶贫队继续往脱贫路上引、向致富路上帮——发展种植产业，扶持集体经济。

先后投入 92 万元，发展莓茶 450 亩，收益较高的农户，每亩纯收入达到 6000 余元。为解决莓茶销路问题，村里成立了合作社，建立了加工厂，让农户专心种茶、采茶、卖茶。进一步壮大传统产业烤烟种植，2018 年种植面积达 700 亩，让烟农的腰包渐渐鼓了起来；在市科协的支持下，联系在外创业青年回乡创业，成立梯市黑猪养殖合作社，黑猪存栏达到数百头……种植、养殖产业全面开花，实现了“一村一基地、一户一产业”目标。

随着脱贫攻坚力度不断加大，对施工队伍提出了紧迫需求。根据这一情况，扶贫队于 2018 年 3 月帮助梯市村成立村属企业——桑植县亿睿达建筑工程有限公司，当年就为村集体增添十余万元。

梯市风景秀美，过去由于交通闭塞，让她藏在深山人未识。公路修通了，游人开始进来了，梯市的美貌陶醉了游人，进来旅游的人越来越多。扶贫队抓住改善旅游条件这一契机，又想方设法筹资 130 万元，修建了游客服务中心大楼，第一层、第二层租赁给莓茶加工厂，第三层开设游人客栈，村集体经济又多了一个增收的渠道。

……

扶贫队把目光瞄准帮扶贫困户的同时，更注重把目光投向未来，开展阳光助学活动。由于贫困户发生率高，梯市村贫困学生多达 160 多名。为让这些孩子受到良好教育，扶贫队协调湖南新华雅集团捐资 450 万元修建梯市村小学；联系湖南省青少年发展基金会、广东狮子会、张家界老道湾旅游休闲发展有限公司、张家界市宝庆商会、张家界市中小企业商会、张家界市文明网络实践教育学校等爱心单位和企业，为该村贫困学生捐资 33.12 万元；督促官地坪镇党委、政府和村支两委落实国家相关政策，对特困学生实行一对一直接帮扶。

近两年来，他们整合社会力量对贫困学生实施阳光助学 369 人次，助学资金达 48 万余元，特困家庭学生一次就能获得帮扶资金 5000 元！

现在的梯市村，有了漂亮的学校、便民服务中心、莓茶加工厂、客栈、卫生室；在梯市村里漫步，脚下是宽敞的水泥大道，两边是绿油油的茶园；易地搬迁集中安置点，一排排整齐的房屋，房前栽了树，屋后种着菜；到了晚上，不再是往日聚众赌博的人群，而是随风飘荡的音乐，快乐舞动的身影……

今天的梯市村，已完全换了人间！

3. 冰雪覆盖的热血柔肠

2015 年，市纪委、监委开始与官地坪镇富平村结对扶贫时，派来的首任扶贫队长是名女同志，大家都称她“女包公”。

她在官地坪镇富平村取得的扶贫成绩，国务院扶贫办综合司司长吴敏一行，对富平村进行综合督察后，非常满意地竖起了大拇指：“确实干得好”。

张家界市委书记虢正贵这样评价她：“作风务实，工作扎实，扶贫工作取得了一系列实实在在的成绩，让富平村发生了翻天覆地的变化。”

市纪委书记袁美南这样赞扬她：“她是一名优秀的纪检干部，办案业务精湛，指导查办了不少大案要案，是办案好手；同时也是一名优秀的扶贫队长，她心系百姓，作风优良，在脱贫攻坚战役中，牢记使命，忠诚履职，做出了优异成绩，深受群众称赞!”

而那些作风不正、生性贪婪的腐败分子，又有些惧她。她从事纪检监察工作 26 年，自分管纪律审查工作后，一直奋战在反腐第一线，亲自参与或指挥查办案件 56 件，共查处处级领导干部 27 人，其中 8 人被移送司法机关，桩桩案件都办成了铁案。

那些想通过后门揽扶贫工程的项目老板，一提到她，就不住地摇头：“那是个坚持原则、为人正直、铁面无私的‘女包公’，想找她开后门？最好别自讨没趣!”

确实，富平村建设项目多，想来揽工程的人也不少，其中不乏她的熟人。一次，一名老同学找到她，想承建村里的路灯项目。她说：“我们有规定，不能让亲朋好友染指扶贫项目!”老同学说：“你是村里的扶贫队长，规定还不是你定吗?”她说：“你说的那种人，有，但不是我。”老同学碰了一鼻子灰，只得悻悻而去。

又一次，村第一书记、市纪委案件审理室副主任钟杰的一个亲戚找上门来，让钟杰找她疏通疏通，把一个项目包给他。钟杰碍于情面，找到了她。她一听，立刻把脸一板：“别人不知道我，你还不知道我?”

对村里的所有项目，她坚持村支两委集体商议、公示等管理制度，项目实行政府采购。她带领扶贫队在富平村扶贫 3 年，实现“扶贫问题零上访，廉洁问题零反映”。

这个得到国务院扶贫办综合司领导点赞、市委领导称赞，让心术不正者惧怕的“女包公”，便是市纪委常委、市监察局副局长周珍云。

周珍云表情严肃、原则性强、作风泼辣，初来乍到富平村时，乡亲们都说“她身上裹着一层冰雪”，都不敢接近她，有人甚至见了她就绕道走。然而，她来富平村日子久了后，人们发现“她冰雪外衣里裹着一腔热血柔肠”，觉得她是那样亲近，不管谁在路上遇到她，远远地就与她打招呼：“周队长早啊!”无论她从哪家门前路过，只要大家看到了，都要热情邀请她：“周队长进屋歇口气，喝杯茶啊!”或是走出门来拉住她的手，拉一会家常。她出色完成扶贫任务，离开富平村返回市里那天，全村老少都出来为她送行，都拉着她的手不放，不少妇女流下了不舍的泪水……

从乡亲们怵她、躲她到亲她、敬她，这是周珍云用超人的魄力和无私的奉献换来的。

2015年初的一天，周珍云带领扶贫队第一次下村。那天下大雨，官瑞公路坑坑洼洼、泥泞四溅，一路颠簸近3个半小时才来到富平村。大家下车一看，眼前的情景，果然如他们事前听到的一首顺口溜所说的那样："两山夹一峪，地挂二面坡，田是汨湖洛，下得三天雨，坪里变湖泊。"

当天下午，与村干部碰头时，村干部介绍说："我们村不仅脏、乱、差，而且是三无村：无村部、无集体经济、无支柱产业。"周珍云一听，心头不禁一紧，她早就知道富平村很穷，却绝没有想到穷到这份上。

周珍云肩上压力陡增。但她并没有因为负重而懈怠。第二天，她就带着队员入户走访摸家底。一个月内，周珍云和队员走遍富平村的每个角落，将了解到的情况一一登记在册。根据精准扶贫条件，经三次反复识别，花了整整半年时间，核准建档立卡户62户197人。在这期间，村民认识了这名扶贫队长，给天天走访的她打了优秀分。也是在这期间，周珍云找到了该村贫困的根源：内涝、缺水、无产业、村民对脱贫致富信心不足。

周珍云将村情、民情向领导汇报，和相关单位沟通，与扶贫队员、村干部一起"想点子、寻对策、谋出路"，前后几十次碰撞，拟定了"抓组织、强基础、扶产业、提服务、促民生、美村庄"的三年帮扶思路，出台了油菜、大鲵饵料鱼基地等产业规划。

内涝是富平村的第一大难题，是富平村脱贫的最大障碍，也是提振村民脱贫致富信心的关键环节。为此，县里确立了富平村排涝隧洞工程。但工程上马后，由于缺乏资金，工程进展十分缓慢。为确保工程费用不断线，她四处奔走，多方筹措资金，先后争取资金758万元；为推进工程进度，她坚持蹲守工地，现场督战，先后5次组织现场办公推进会。

2016年4月23日，是富平村乡亲们最高兴的日子。这天，长达1780米的排涝隧洞成功贯通。村民自发齐聚工地，载歌载舞，庆祝 777 亩内涝地终于变成了良田。

解决了内涝，周珍云又四处跑项目、找资金，三年里为该村争取扶贫项目 40 个，累计投入资金 2425.3 万元，硬化 4.7 千米进组、入户公路，新修 7 千米产业路、180 千米二级公路；协调水利部门，建成 200 立方米蓄水池，铺设自来水管网 20 余千米，让周边几个村的 3000 村民喝上了自来水；修建近千平方米村部和文化广场；通过改造危房、新建阳光院、易地搬迁，53 户贫困户住进了新房。与此同时，市纪委 38 名党员干部 10 次入村结对帮扶，精准施策 487 条，提供帮扶资金 20 万元，为 119 户建档立卡户发放产业奖扶资金 24.5 万元。

党和政府的大力扶持，极大地激发了广大村民产业脱贫的积极性。贫困户中有 10 余家产业大户脱颖而出。全村种植油菜 655 亩、烟叶 1780 亩，养殖大鲵 5000 多尾。到 2017 年底，村集体经济收入超过 5 万元，人均收入达到 9000 余元，62 户贫困户 197 人全部脱贫。

担任富平村扶贫队队长的三年里，是她参加工作以来最艰苦的日子，她先后下村 147 次、住村 208 天、行程 3 万千米。七言山组居住在山谷里，交通极为不便。为解决该村村民出行问题，她曾三上七言山。

一天，天公突降暴雪。“七言山村民组交通不便，生活有困难吗?”她脑海里突然想到这个问题，立刻冒雪前往看望。由于坡陡地滑，她不慎摔了一跤，两只膝盖疼痛难忍。她从路旁捡了支木棍，一瘸一瘸找到附近村民家里，要了些药酒，在膝盖上揉搓了一阵，又拄着那支木棍，朝七言山村民组走去。当她艰难地走进七言山村民组，村民们拉起她的裤腿，发现两只膝盖肿得像两个馒头时，心疼地说：“周队长啊，这大雪天的，我们这些庄稼人都不出门了，您这当领导、当干部的，还跑来看我们，摔成了这样子，让我们心里怎么过意得去啊。”

周珍云却欣慰地笑着说：“虽然路上摔了一跤，但看着大伙都好好的，我心里就踏实了。”

住村这三年，也是周珍云家庭最艰难的时期。先是婆婆突患脑出血，虽经抢救保住了生命，却成了植物人，长年需要人照顾，然后公公又查出肺癌，而且已是晚期，经常住院治疗。繁重的扶贫任务，艰难的家庭生活，让她恨不能一下子变成三头六臂，多少次，她一早赶到医院，伺候完公公、婆婆，又马不停蹄地赶往一百千米外的富平村，事情办完回医院时，已是深夜。尽管这样，从没听到周珍云嘴里吐过一个"苦"字。

如今，虽然周珍云已不是驻村干部，但一有闲暇，她就来富平村走一走、看一看。

现在的富平村，坪里的小山丘上坐落着平整、漂亮的村活动中心，一盏盏太阳能路灯亮丽打眼，宽阔的官瑞二级公路依山沿峪而过，沟渠纵横的富平村，道路四通八达，山边规整地散落着栋栋楼舍，银杏、紫薇、丹桂、垂柳成排成行……

每次面对这个"产业兴旺、生态宜居、乡风文明、治理有效、生活富裕"的美丽乡村，周珍云都会欣慰地对自己说："过去所有的艰辛都值得!"

4. 发现美丽的眼睛

张家界市委组织部驻马合口白族乡梭子丘村第一书记王委，四方脸庞，高高的鼻梁上挂着一副深度近视眼镜，但透过那两片似乎有些模糊的镜片，依然可以发现他那双眼睛特别有神、异常灵动。

记者称赞他这双眼睛是"发现美丽的眼睛"。

2016 年 3 月 28 日，当王委以第一书记身份来到梭子丘村时，乡亲们都把他当成了"嫩娃娃"，对他能否带领大家走出贫困持怀疑态度。梭子丘村有 161 家贫困户，而当时王委只有 27 岁，如果单从表面上看，村民的怀疑并非毫无道理。因此他刚到村里时，乡亲们都在私下里议论："还是一个伢儿，要带全村脱贫？这不是开玩笑吗?"学校里的孩子们一见他，都叫他"哥哥"。

王委感觉到了大家怀疑的目光，只是没想到会让他这么难堪。

村里中药材产业发展，迫切需要在村里的两个片区之间拉通一条产业路。王委担任村第一书记不久，便召集村支两委会讨论此事。哪知会议刚一开始，大家便七嘴八舌“炸开了锅”。

“这两个片区隔着一座高山、一条深谷，怎么连得起来？”

“可以打隧道啊。”

“专家不是早就估算过了，要 8000 多万元！上哪弄这么多钱？”

“打隧道不行，我们还可以凿山架桥呀。”

“你这不是哪壶不开提哪壶吗？架桥也要 6000 多万元！这钱你去弄？”

“咳，为这事都不知开过多少次会了，要有办法还等今天哪。”

……

王委始终静静听着大家发表意见。会议室平静下来后，大家都把目光投向他。大家眼睛里的话，王委读懂了——“这多少年想修而始终没修的产业路，现在能不能修通，就看你这个年轻书记能不能筹到这笔巨款了。”

面对大家质疑中含着期待的目光，王委还是没吭声，只是淡淡地笑笑。他知道自己没有通天本事要来这么多钱。但他同时又想：“难道除了打洞、架桥，就再也没有别的法子可想？”

第二天，天刚麻麻亮，王委就去敲村支书刘开建的家门。

刘开建慌忙起床开门：“王书记，这么早啊？啥急事情？”

王委说：“昨天会上议的那个事，咱们进山看看能不能找到别的办法。”

刘开建说：“行。把别的村干部都叫上，大家一起出主意、想办法。”

王委和几名村干部，每人手里一根拐杖，拨开荆棘，爬坡钻沟，细细查看地形地貌，终于在“山重水复”中，看到了“柳暗花明”，巧妙利用地形地貌，设计出一条 1.4 千米长、7 米宽的盘山公路建设方案，工程投入只需要 20 多万元！

产业路竣工通车后，乡亲们对王委所有的怀疑都变成了赞许：“这伢，别看他年轻，办事却不躁，稳重着呢，而且脑子里有主意。”

那些过去叫他“哥哥”的学生娃，也开始喊他“叔叔”了。

乡亲们开始信赖王委，把他当成自家人，谁心里有了解不开的疙瘩，就找他掰扯掰扯；哪家有了矛盾纠纷，也找他说个理儿、弥弥缝儿。王委也把梭子丘当自己家乡，把乡亲们的家当成自己的家，有事没事就在村里遛遛弯儿，到乡亲们家里串串门儿。梭子丘 11.6 平方千米土地，32 个村民小组，1117 户村民家里，处处都留下了他的脚印。

然而，王委转得最多的还是那条被乡亲们称为“黄泥街”的老街。这里的街道两旁都是些歪歪斜斜的木房子，满目破败，街上积满厚厚的黄土，逢着雨天，汽车轮子一辗，泥浆四溅，吓得行人四处躲避。可这里却是我国第二大白族聚居区。王委每次行走在这条“黄泥街”上，透过那些陈旧的木板屋、飞溅的泥浆，仿佛看到当年那一排排具有白族独特风情的民居、商铺、酒店、作坊，载歌载舞的白族姑娘，古道上行色匆匆的马帮……那是一幅多么迷人的景色啊！

渐渐地，一个大胆、独特的扶贫思路浮出王委脑海——恢复老街白族民居风貌，把她打造成湖南白族风情第一小镇，发展旅游业，带动脱贫致富。

市委组织部领导对王委的想法大加赞赏、大力支持，启动了梭子丘白族文化旅游小镇建设项目，恢复原始面貌，建设文化广场。与此同时，王委带领村支两委班子大力引进社会资本，投入白族风情老街旅游项目建设。

按项目规划，需要部分群众搬迁安置。可是谷孟云老太太却死活不肯搬出老房子。王委上门做工作，可未待他进门，老太太劈头就对他说：“王书记是来叫我拆迁的吧？告诉你，这房子我住了一辈子了，多少钱我也不搬，我舍不得拆！”“啪”的一声关了门，还从门缝里递出来一句话：“王书记以后别来了，我忙，没时间和你们扯白话。”

第一次碰壁，王委第二天还去，却吃了个“闭门羹”。此后，连续几天都如此。

这天，王委特意挑了个近午时分上门去，谷孟云老太太果然在家，但见了他就说：“你怎么又来了？你看我还没做饭，学校里的小孙子还等我送饭去呢，哪有时间和你扯事儿？”

“今天，我们不扯拆迁的事，我是来给你帮忙的，”王委撸起袖子说，“你淘米，我来帮你摘菜，然后我烧柴火，你炒菜。”

“你们这些城里的干部哪会做这些？”

“你不知道吧，我在家炒的菜可好吃了。”

“我不信。”

“不信？我下次炒给你吃。”

午饭做好了，谷孟云老太太首先盛了一碗饭，攒了一些菜，要给上学念书的孙子送去。王委见了，从她手中接过碗筷说：“您在家吃饭，我给他送去。”

老太太不让：“你不认识我孙子。”

王委说：“咋不认识呢，有两回在路上碰见你带着他呢。”

老太太说：“碰见两回，你就记住了？”

王委说：“记住了。”

此后一段日子，王委每天或中午或傍晚上谷孟云家，每次一进门就帮着她干这干那，而从不提拆迁的事。终于有一天，王委一进门，谷孟云就搬过来一张凳子请他坐，微笑着说：“王书记，今天家里的事我都做完了，咱们谈谈拆迁的事。说实话，原先我是说什么都不会搬的，可现在我再不搬，我自己都要骂自己了。”

在项目建设关键时刻，王委的妻子打来电话，说他过几天就要当爸爸了。他们夫妻感情很好，没来梭子丘村当第一书记时，他工作再忙，也尽量抽出时间陪陪她，可自从到这里扶贫后，他们相聚时间越来越少，尤其白族风情第一小镇项目启动后，虽然村上与市里并不算遥远，可他已经连续近两个月没有回家了。

妻子说：“我生的那天，你能回来吗？”

王委说：“我争取吧。”

妻子说：“若实在太忙回不来，也不要紧。”

王委说："我也很想在第一时间看见咱们的小宝宝。"

妻子说："你什么时候回家，都可以看见小宝宝。可耽误工作就不好了。放心吧，我身边还有爸爸、妈妈呢。"

果然孩子出生那天，王委就被一件急事缠住了手脚，未能回去陪伴妻子，第二天匆匆赶回市里看望娘俩。毫无怨言的妻子，轻轻把孩子递到他怀里："看看他哪个地方像你，哪个地方像我。"

他们的孩子来临不久，一个崭新的梭子丘村——湖南白族风情第一小镇，从满目破败的老街脱颖而出，一排排白墙青瓦的民居、酒店、商铺、作坊，散发着浓郁的白族风情，开启了梭子丘的新风貌、新时代。在这里，不仅可体验白族风情，还可可徒步茶马古道、观看民俗大戏、聆听红军故事、欣赏白族歌舞、学唱桑植民歌……

脱胎换骨的梭子丘，带来了商机，带来了投资人，也吸引了中央、省、市媒体记者和四方游客，项目对外开放仅几个月，游客就超过一万人。火爆的旅游，带来了可观的投资利润和显著的脱贫效益。

村民谷湘玉，原来在外打工，看到新的梭子丘有着巨大商机，果断回村开办了梭子丘白族大酒店，主营餐饮、住宿，一年多实现毛利润 70 多万元。他逢人就说："发展旅游带来的是什么？是实打实的收入！"

谷安华的妻子患有慢性肾炎，儿子患先天性紫癜，家中负担极重。在村里的帮扶指导下，他贷款开办旅游餐厅，每天都有人预定，少则二三十人，最多的时候一天接待两百余人，家庭经济状况迅速改观，完全实现了脱贫致富。

旅游业的迅速发展，给村民提供了数以百计的就业岗位，从前看天吃饭的梭子丘村民，终于开始有了稳定的收入。2017 年，梭子丘村成功退出贫困村序列。2018 年，该村人均收入达到 9000 元，157 户建档立卡户顺利脱贫。

王委和村支两委探索的脚步，还在继续前行。为巩固脱贫成果，他们将把梭子丘打造成集旅游、休闲、民俗、探险于一体的白族文化特色村落。

回想起在梭子丘村的扶贫经历，王委深有感慨地说："梭子丘在不停地发展，我在其中不断地成长！"

5. 农家孩子要反哺农家

“我是农家孩子出身，到了农村，就像回到自己家乡，走进农家就像回到自己家里一样，感到特别亲切。”

张家界市人民检察院机关车队队长、桑植县走马坪白族乡两岔村第一书记龙家成，每次谈起自己的驻村扶贫体会，都这样朴实地说。农家出身的龙家成，为人朴实，说话朴实，做事朴实，浑身上下都写着“朴实”二字。

2015 年 3 月 23 日，上级让龙家成担任两岔村驻村第一书记时，他已经 55 岁，起初领导担心他有些不乐意。可没想到他却痛快地答应了。

领导说：“你有什么要求，可以对组织上提出来。”

龙家成说：“除了大力支持我做好扶贫工作，别的没什么要求。”

领导说：“过几年你就要退休了，这时还让你担这么重的担子，没什么想法吧?”

龙家成说：“这挺好的呀，在退休前让我去农村给父老乡亲做些实事，是一种荣幸呢。”

他上午一进村，中午就翻山越岭走进住在最高点的采家坡组体察民情。当他看到这里的乡亲，由于自然条件恶劣，生活过得非常艰难时，心里不禁一阵酸楚。

晚上，他组织村支两委开会。会上，他动情地说：“今天中午，我去看了采家坡组的乡亲们，心里很不是滋味。我是农村长大的，知道农村日子苦，可没想到会苦到这个样子。组织上让我来这里担任第一书记，给了我为父老乡亲服务的机会，我为自己在退休前有这样的机会感到荣幸，我这个农家出身的国家干部，有责任、有义务反哺农家。在这里，我向大家表个态，以后村里的事、乡亲们的事，我都要当作自己家里的事来搞，请大家监督我。”

担任驻村第一书记，要经常到市里、县里开会，到市、县各职能部门跑协调，还要到企业单位跑项目，去兄弟镇（乡）、村参观取经，整天没得闲。两岔溪村与人潮溪乡交界，地处偏远，每天下午 2 点半就没有班车进城，只能租用村民的摩托车，很不方便，还很不安全，因此耽误了不少事情。

这天，他回张家界办事，特意给妻子打电话，说要回家吃午饭。妻子赶紧去市场买上几个他平时爱吃的菜，早早地做好午饭，候着他回家。

龙家成办完事回来，一进门就嗅到熟悉的饭香味，开心地笑道："老婆看我扶贫辛苦，犒劳我呀？"

"是，你半个多月不回家，扶贫有功劳。"妻子睨了他一眼，把碗筷递到他手上。龙家成接过，轻轻放在面前，嬉皮笑脸地说："老婆对我真好啊！"

"你这没良心的，这几十年里，我哪天对你不好？"

"那我和你商量个事。"

"你心里又有啥鬼主意啦？"

"咱们银行里那五万元存款……能不能先借我用用？"

"你要用它干啥去？那可是我们十几年才存下来的。"

"先借我买辆车去。"

"你是车队队长，管着几十辆车呢，还买啥私家车？"

"那是公务车，我不能开出去办私事。"

"你去村里搞扶贫，又不是私事，可以配公车呀。"

"你把老公这驻村第一书记，当成是县里第一书记啦，哪够那个级别。"

"过去办私事，你不都是骑自行车，要么就坐公交吗？怎么一去扶贫，就想起买私车摆阔了？"

"那地方离县城好几十公里呢，班车很少，只能租摩托，道路坡陡弯急，好几次差点掉山沟里了，要是有一天我……"

"呸！呸！"妻子打住他，"别说了，别说了。我这就给你拿银行卡去。"

就这样，龙家成当天就把家里仅有的五万元存款取出来，把一辆长城 M4 开回两岔村，一年行车里程达 74000 多千米，跑坏了 7 个轮胎。

农家出身的龙家成，懂得农家的人情世故，比如去乡亲家里走访，不能空着双手进别人家门，比如与乡亲们一道去市里、上县城办事，逢着饭点得请大家吃个便饭。为此，他特意到桑植农商行办了一张五万元额度的信用卡。村里的 115 户贫困人家，他每次去走访，都从卡里取点钱，买上一份小礼品。村里有 14 户建档立卡户是残疾人员，每次带他们去县城办残疾证或看病，所有费用龙家成都从信用卡里支付。每次与村干部和乡亲们到市里办事的餐宿费，也从这张卡里刷。不知不觉，五万元的信用卡就用掉了两万多元。

村支书知道这个情况后，说："龙书记，你给大家办事，每次都刷自己的卡，不合适啊。"

龙家成说："这有啥不合适的?"

村支书说："用公款办私事违法，可也不能用个人的钱办公事呀。以后这些钱都开上发票，拿到村里来报销。"

龙家成说："我给大家买礼品、请大家吃饭，是真心实事的。要把这些钱拿去报销了，就变成虚情假意了。这可不是我们湘西人的性格，更不是我龙家成的为人。"

村支书说："你走访贫困户、带着大家外出办事，可不是一天两天、一次两次的事，而是长年累月，你垫得起吗?"

龙家成说："党和国家每月给我一份工资，还有 2000 元的驻村工作补贴。党和国家为什么要给我发这份补贴？为的不就是让我更好地开展工作嘛。所以说，我卡里的钱，其实也是公款，而不是私钱。"

日常生活中龙家成真情实意待大家，脱贫路上龙家成更是情真意切给大家想办法。他根据每户建档立卡户不同情况，制订个性化的、详细的脱贫计划，然后四处为他们找项目、跑资金，再下到田间地头与大家抓落实，逐步形成 2350 亩油茶、中药材、甜玉米、蔬菜等种植产业园。

外出务工的村民刘绍武、谷忠勇，回家过年时看到村里的变化，特意找到第一书记龙家成，表达了发展养鸭产业的想法。龙家成当即表示赞赏，帮助他们办起了养鸭场，当年就获得可观的经济效益。

刘绍武、谷忠勇的成功，让龙家成深受启发。经过一番深入思考，他对村里的产业发展产生了新的思路，制定出《两岔村发展畜牧业养殖专业奖补办法》，得到市检察院领导大力支持，仅 2017 年就对全村奖补资金 21 万元。全村涌现存栏 10 头以上的养羊专业户、养家禽 100 只以上的专业户 52 户。

村里的 115 户贫困人家，现在都已达到“两不愁三保障”生活水平，全部摆脱贫困行列。

2019 年 3 月 23 日，龙家成就要告别驻守奋斗了四年的两岔村。全体村民自发前来为他送行，一个个拉着他的手不放，一滴滴不舍的泪水流个不停，一句句含情的话语说个没完。

“龙书记，你要常回来走走啊。”

“我会的，我会常来看望大家的。”

“龙书记，不要把我们忘了啊。”

“不会的，不会的，这里也是我的家乡、我的家。”

……

一行行泪水从龙家成眼眶滴落下来，一滴滴洒落在他脚下朴实的土地上……

6. 要致富，首先建好党支部

现在的走马坪白族乡前村坪村，由原小汉峪村、金丰界村、前村坪村合并而成。全村总面积 17138 亩，其中山林 16000 亩，耕地面积 1138 亩，水田面积 407 亩，旱地 731 亩。全村 16 个村民小组、428 户、1657 人中，有建档立卡户 111 户、389 人，是个典型的深度贫困村。

为帮助前村坪村脱贫致富，张家界市中级人民法院向前村坪村派驻了由李永祥任队长、王波任副队长兼第一书记，沈乐、李琴雪瑞为队员的扶贫队，从队长到队员，他们个个都是检察战线上的精兵强将。

1972 年 8 月出生的队长李永祥，先后任张家界市永定区检察院检察官、区司法局副局长、区政法委副书记、区法院常务副院长、南庄坪街道党工委书记、桑植县人民法院院长，2015 年 12 月调任张家界市中级人民法院任党组成员、政治部主任。

王波是一名有着近 30 年军龄的老军人，2016 年 11 月刚从张家界市军分区转业到张家界市中级人民法院任副调研员，就被任命为驻走马坪白族乡前村坪村扶贫队副队长，驻村第一书记。

接受扶贫任务后，他们一个个激情满怀、信心百倍，决心奋战几年，带领全村父老乡亲奔向小康。哪知他们卷起裤腿、撸起袖子来到前村坪村时，迎接他们的并不是春风彩旗，而是冷眼凉风。

驻村第一天，他们带着满腔热情入户走访，但群众对他们的到来，似乎视而不见，继续忙着手中的活儿，让他们站在那里，坐也不是，走也不是。他们耐着性子，带着笑脸问寒问苦，掏出心窝子与大家交流，但群众不是沉默不语，就是哼哼哈哈应付你，始终不跟你说真心话。他们站得腰酸背痛，说得口干舌燥，也得不到一把板凳、一杯热水。

素来热情好客的桑植乡亲，为什么对他们如此冷漠？扶贫队员们百思不得其解。

他们心头的谜团尚未解开，晚上组织第一次村党支部大会时，他们又急得像热锅上的蚂蚁：明明通知大家晚上九点到村部开会，可直到深夜 12 点，还有三分之一的党员没到场。

问他们迟到的原因，还一个个阴阳怪气："我们当农民的事多啊，哪像你们这些当干部的，不做事也有工资发呀。"

不久，村里组织修路，有几块石头滚落在村民杨春清的稻田里，这是在所难免也微乎其微的小事情，哪知杨春清见了，竟追着村干部破口大骂，而且还骂了一个多小时不歇嘴，这不是在存心找茬吗？

然而更蹊跷的是，村干部竟无一人还口，围观的群众也没一个站出来说句公道话，直到扶贫队听到吵闹声赶过来制止，才平息了这场闹剧。

杨春清为什么无理取闹？村干部为什么不据理力争？群众为什么袖手

旁观？

带着这一个个问号，扶贫队深入群众寻找答案，终于发现问题的症结所在：村党支部软弱涣散。党员长期不过组织生活，纪律规矩意识不强，支部成员私心严重，一些人甚至违法乱纪、以权谋私，削弱了党组织在群众中的威信，败坏了党的形象，疏远了干群感情，党支部失去了应有的战斗力、凝聚力。

市中级人民法院党组书记、院长壮晓阳，听了扶贫队关于村里的党建情况汇报后，心情沉重地说："任何事情都有两面性，这党支部也一样，把它建好、建强了，它就是一面旗帜、一个堡垒，就能带领群众冲锋陷阵，打出一方富土，带出一片好风气。如果建不好，让它腐烂了，它就是一个毒瘤，影响整个躯体的健康啊。"

"要致富，首先建好党支部，"壮晓阳指示扶贫队，"村里的脱贫攻坚，要把抓好党支部建设作为突破口。我去给村里的全体党员讲党课。"

"法院院长给咱们讲党课!"村里的党员听到这个消息，充满好奇，也满怀期待，第一次一个不落而且准时来到村部集合，一个个睁着双眼、竖起两耳仔细聆听。

在近两小时的党课中，壮晓阳讲了桑植革命老区、贺龙家族的革命故事，形象地告诉大家什么是共产党员的理想与初心；讲了党员的义务，告诉大家怎样做一名合格的共产党员；讲了党的纪律，让大家懂得党员要带头守规矩的道理；讲了我党惩治腐败分子的典型案例，警示大家"莫伸手，伸手必被捉"……

壮晓阳的这堂党课，犹如一声春雷，在党员干部中引起巨大反响。

"我们这是第一次听党课，壮院长讲得真好啊，听了让人感动，又明白道理，还给我们敲了警钟。"

"当初申请入党时，只为了争个面子。现在明白了，做党员不仅有面子，更有义务。只有首先尽义务，然后才能有面子。"

"我们这些党员，党龄长的有十几、二十年，短的也有几年，可对怎么当好一名党员，心里一直稀里糊涂。现在知道了，党员就是要吃苦在前、吃亏在前，享受在后、索取在后。”

……

党课结束后，扶贫队长李永祥趁热打铁，对全体党员说：“中国共产党，是世界上最大的人民政党。这个最大，并不是党组织请大家参加，才壮大起来的，而是那些愿意全心全意为人民服务的有志之士自愿参加而发展起来的。今天大家听了壮院长的党课，懂得了怎样当一名合格党员。大家好好问问自己到底想不想尽好党员义务、当个合格党员，想的，党组织欢迎，不想的，党组织不请客吃饭、绝不强留，可以退党！”

会场上鸦雀无声。“看来大家还是很想当一个合格党员的，”李永祥宣布道，“那我们现在就来重温一遍入党誓词。”

鲜艳的党旗、入党誓词挂到了墙上，所有党员举起了右手，跟着李永祥一字一句向党宣誓：“我志愿加入中国共产党，拥护党的纲领，遵守党的章程，履行党员义务，执行党的决定，严守党的纪律，保守党的秘密，对党忠诚，积极工作，为共产主义奋斗终生，随时准备为党和人民牺牲一切，永不叛党！”

听党课、重温入党誓词，大家仿佛喝过一剂良药，党支部风气开始好转，落实了“三会一课”制度，全体党员过上了正常组织生活。党支部“肌体”功能初步恢复后，扶贫队决定“挖病根”。

他们通过深入细致调查摸排，发现了四名党员的违纪线索，果断移交乡党委、纪委处理，对其中三名党员予以政纪处分，对其中一名党员做出组织处理，并免去杨双清村党支部书记职务。

刨除“病根”后，他们开始“换新血”。建议乡党委选优配强新的村支两委班子，将公道正派、群众威信高的周岐善、向彩云等优秀党员，选进新的两委班子，将私心重、群众反映不好的几个人清出两委班子。在此基础上，他们注意发现、积极选拔优秀青年入党，先后培养入党积极分子 5 名，发展党员 3 名，为党支部补充了新生血液。

通过这一系列措施，前村坪村党员队伍面貌焕然一新，党支部战斗堡垒作用空前加强。

村主任周歧善，原来跑货车运输，业务能力强，经济收入非常可观。自从村里基础设施建设开始后，他放弃外出货运业务，用自己的私车给村里运输各种物资，不仅没收一分钱运输费，有时还要贴油钱，每年都要损失10多万元。

起初，家里人有些想不通，时常向他唠叨："一年损失这么多，过几年我们自己都要变成建档立卡户了。"

每当这时，周歧善总是嘿嘿笑道："怎么会呢，现在脱贫攻坚，一个人都不许掉队，党组织怎么会让我这个村主任掉队呢。"

干部带头奉献，群众自然效仿，全体村民心往一块想，劲朝一处使，汇聚成脱贫攻坚的强大力量。

7. 别人认你是菩萨，自个不能当泥巴

建好建强党支部，只是脱贫第一步。要致富，还是走上产业路。

那么前村坪村走什么产业之路，才能完成脱贫攻坚任务呢？张家界市中级人民法院驻村扶贫队经过对村情细致梳理分析，觉得前村坪村发展雪莲果种植最合适。

雪莲果脆而清甜，口感纯正，具有降血压、降血脂功效，更为难得的是，其糖分都是低聚糖，人体内没有酶可以将其分解吸收，所有糖尿病病人都可食用，已成为广大消费者常食果品。但雪莲果对地理环境要求特殊，海拔必须达到500米以上，且需土质肥沃。前村坪村海拔高度全部超过500米，特别是金丰界等地达到1000多米，且地质优良，非常适合种植雪莲果。这是其一。

过去种植苞谷，每亩收益800元。种植雪莲果，每亩收益可达到1000～

2000 元，直接让农民每亩增收 200～1200 元。这是其二。

上级要求 2019 年全县甩掉贫困帽。如果发展其他果木种植，起码要三年后才能挂果，紧迫的脱贫攻坚任务等不起，贫困户们等不及，而雪莲果种植效益立竿见影，当年种、当年收、当年变现。此为其三。

可谁能担当雪莲果产业带头人重任呢？驻村扶贫队把村里的人拨拉来、拨拉去，觉得非村党支部委员向彩云不可。

前些年，县医院血库来前村坪村采血，向彩云第一个袖子一撸，就把胳膊伸了上去。哪知一查血样，她是高血压、高血脂，人家不要。一名老中医告诉她，雪莲果能降血压、降血脂。她就从市场上买了 7 元钱的果苗，种了 12 株，竟产了 100 多斤。若是碰上好气候，雪莲果产量相当高；哪怕遇到天干、天涝，只要管理到位，也有一定收成。雪莲果还易保存，存放大半年不变质。2016 年，连种、连吃了 5 年雪莲果的向彩云又去血站献血，居然血压、血脂全达标，献血成功了！种植雪莲果，向彩云最有经验、最有发言权。而且她又是村干部，做群众工作热心，动员群众有招数。

哪知，扶贫队找她一谈，她立刻把头摇得似拨浪鼓，拒绝的理由一串串。

“成立合作社种雪莲果？还是 300 多亩，这要多少投资呀？光种苗、肥料就得 10 多万！我家哪有这么多钱？”

“要是碰上好天气，收成好，几十上百吨雪莲果，我往哪销呀？要是碰上天干、地涝，收成不好，连投资都收不回，我家赔得起吗？”

“现在用工这么贵，每人每天 100 元以上，少了人家不干，我又上哪拿钱给人家发务工费？”

……

最后，向彩云就一句话：“我这个人没野心，只想过个不操心的太平日子。”

她爱人更是不同意：“我就想到外边简简单单打个工，安安心心挣几个钱，年底回家高高兴兴过个年！”

虽然头一次做工作就碰到挡箭牌，但驻村扶贫队第二天、第三天、第四天……接着上门做工作。每次，向彩云都是客客气气地接待，笑容满面和你聊，但谈到最后关键问题时，她都向你微笑着摇头："对不起，这事我真的不能干，我和我家没这个能力。"

这天，驻村第一书记王波又一次走进向彩云家。今天，他准备好好和她谈谈。

向彩云还是那句老话："我家没本钱，流转土地、种苗、肥料，起步就得10多万。"

王波慷慨地说："我的工资卡上，还存有4万多，你先拿去垫底。"

"你的钱，我不能要，"向彩云说，"你们工资也不高，这是你们家生活费，万一家里有个三长两短，你怎么办？这钱，我不忍心拿。"

王波说："既然我敢拿出来，遇到问题了我自然有办法。你尽管拿去用。"

向彩云说："就是我忍心拿了也不够，300亩啊！肥料、人工得用多少钱？村里的人谁愿凑这么多钱？"

王波说："我们帮你找政策、给补贴，再不够，我们到山下找合伙人。"

向彩云说："300亩土地，我也流转不了。土地是农民的命，谁都不愿意转让，哪怕贫困户也不见得能说动。"

王波说："我们扶贫队帮你做工作，和你一起完成土地流转任务。"

听了王波这一串真心实意的话语，向彩云沉默了。她又想起扶贫队驻村后，有的顾不上病中的妻子，坚持长期驻村帮扶；有的妻子要生孩子了，还在为村里招商引资奔波；有的因为扶贫任务重，没有时间与女朋友约会，与女朋友分手了……他们既不是本村人，与村民们非亲非故，他们图个啥？不就图个让村里的贫困户尽快富起来吗？他们是与前村坪村人贴心贴肺的人。而你向彩云，作为一个前村坪村人、一个村党支部委员，却在这里瞻前顾后、推三推四，你问心有愧吗？"别人认你是菩萨，你别把自个当泥巴！"向彩云心里狠狠地对自己说。

她终于说出那句大伙期待的话："好，我领着大伙干！"

向彩云是个典型的桑植女子，说出的话一言九鼎。开春后，她便像一只陀螺，在雪莲果基地上不停地旋来转去，可毕竟产业太大，哪怕她昼夜连轴转，也忙不过来。

她只好给在外打工的丈夫打电话："你回来帮帮我吧。"

丈夫说："早让你不接这事，最后还是接了，后悔了吧？"

向彩云说："他们是咱们前村坪村人贴心贴肺的人，是诚心来帮助咱们的，我再不接都觉得自己是罪人了。"

丈夫说："我在外打工一个月七八千，回去损失太大了。"

向彩云说："看你是要钱，还是要老婆吧。想把我累死，就别回来！"

没几天，丈夫回来了。到了夏天，管理任务更紧张，两口子忙来忙去，都忙不过来。而往后的秋天，既要收获，又要销售，管理任务更重。

向彩云又给在外打工的女儿、女婿打电话："你们俩快回来帮帮爸爸、妈妈吧。"

女儿、女婿很听话，双双回来了。向彩云开玩笑说："这些年，我们一家东一个、西一个，兵分几路，现在种植雪莲果，一家总算会师了。"

那年虽然气候不理想，但雪莲果还是丰收了。加之向彩云种植的雪莲果，是不用除草剂、不施化肥、不打农药的全天然产品，价格有优势，销路也畅通。虽然最后一结算，全家年收入与往年外出打工基本持平，但看着村民们数着手里的流转、分红、劳务费，脸上都露出灿烂的笑容时，他们也发自内心地笑了。

8. 法官眼窝里也有泪

2018年度脱贫攻坚表彰大会，在张家界市举行。

张家界市中级人民法院又一次登上光荣榜，这是他们连续第五次被评为先进单位。驻村扶贫队也连续第五次被评为扶贫工作先进集体。扶贫队队长李永祥，驻村工作三年，连续三年获嘉奖，并立二等功一次、三等功一次。

扶贫队副队长、驻村第一书记王波，驻村工作两年，连续两次荣立三等功。

大家给李永祥、王波送了一个绰号——“立功专业户”。这名号，对于李永祥、王波来说，可不是浪得虚名，他们那一块块金光闪烁的奖章，每一块都是用心血、汗水甚至泪水凝聚的。

前村坪村位于大山深处，平均海拔 800 多米，土地贫瘠，靠天吃饭，交通不便，基础设施薄弱，产业发展滞后，是桑植县远近闻名的贫困村。

李永祥、王波带着扶贫队驻村后，就成了前村坪村的“大家长”，要走访农家，问情况、摸家底，仔细甄别建档立卡户；要抓党的建设、文化建设、风气建设；要不停地跑市里、跑县里，要项目、要资金；经常爬山头、钻山沟，查地形、选路线，规划组织修公路、架电线、铺网线；既要搞外调，又要下地头，为大家寻找引进致富产业；要帮着大家修危房、搞搬迁……自从驻到前村坪村，他们就仿佛陷进了各种事务的泥沼里，实在难以脱身。

在王波工作日记上，记载着两个故事。

第一个故事：终见孺子有成时

村里有一个小孩，父母是智障，爷爷奶奶年过七十，我开始结对帮扶他们家时，他性格孤僻内向，整天玩手机游戏，成绩一塌糊涂，这个家脱离贫困的希望就在这个小孩身上，帮扶的关键就在于扶智扶志，我苦口婆心地劝说他、鼓励他，我捡起已荒废多年的英语，辅导他默写听读英语单词，讲解语法和时态，刚开始他还有一些抵触和厌烦，可是我不管这些，像管束自己的孩子一样管束他，只要一到他家就问他的学业情况。慢慢地小家伙发生了很大变化，2017 年下半年期末考由班上的三四十名，一下子前进到十八名，2018 年中考考上了桑植县四中尖子班，成为一名高中生。今天我又来到他家，和他分享成功的喜悦，他的弱项还是在英语，我鼓励他在这个假期将初中英语再过一遍，争取高中英语不再拖后腿。这个假期，每隔十天我会查一次他的英文学习情况，加油！

第二个故事：请停下脚步，等他片刻

今晚我宿村，趁着夜晚凉爽，我看了几户建档立卡户暑假回乡的学生娃，询问了解他们在校的学习情况，给他们以鞭策和鼓励。然后我又来到建档立卡户周永田家，当走到他家门前时我就有些不舒服，只看见门前塔子里长满了齐小腿深的荒草，砖、砂、石头、棍棒、垃圾堆得满满的，走在上面又怕摔倒又怕蛇。走进他家里一看，去年帮他新修的房子里面也是乱糟糟，堂屋里架个三脚撑、架口锅就当灶，燃烧过的柴灰就堆在堂屋中间，堂屋大门关得死死的，里面抵着门放着切菜条凳和锅碗瓢盆，外面抵着门放着打谷机和干柴、晾衣篙，好好的门楣竟然成了不能通行的死角。

我去年底去他家就提出让他搞好家庭卫生，现在还是这个样，我气不打一处来，刚坐下椅子，就对他一通批评数落。他一下子和我吵了起来，说这是我的家，我喜欢怎样就怎样，与你卵相干！我一听，当场气傻在那里，我拂袖而去，来到他家对面同样是建档立卡户的周明吾家，周明吾家也是去年在我们的资助下修的新房子，却收拾得干净整齐，我坐在明吾家但还想着永田家，慢慢地我气消了，我开始反省自己，我太性急了，说话有些冲，甚至在我内心深处还有施恩于他的优越感，我为自己刚才的所作所为感到羞愧。

想到这里，我再也坐不住了，我辞别明吾又返回永田家，我首先向他就刚才的不冷静表示歉意，我们开始慢慢聊，他说他老婆是个痴呆，唯一的一个儿子考上大学但只读一年就患上精神分裂症，已医治了六年，最近几天患病出走下落不明，他自己要养一百多只鸭子，又要种田种地，还要照顾痴呆老婆和做家务，实在忙不过来啊！

我听着他的诉说，心里好疼，也为自己的官僚作风愧疚，我边安慰鼓励他边检讨我自己，他连忙说，我不怪你们，只怪我命苦，你们都是大好人，你们是我见过的最好的扶贫队！离别时，我告诉他，家里环境卫生要搞好，越是运气不好，越要清清爽爽去晦气，大门无论如何要敞开，开门大吉嘛！他连忙说好好！马上整改！我和他约定，下周我再来检查。月上中天，挥手离别，一派祥和。这件事教育我，群众工作要深入实际，要打通内心最后一毫米距离，唯有心贴心才能心换心。等一下他，比挥鞭催促效果更好！

从这两则日记的字里行间，不难发现他们的扶贫工作有多难、多累，对乡亲们的关心关怀有多细致，大家的吃、喝、拉、撒、睡，他们几乎都要想到、管到。而在不停地忙碌中，他们对自己的家人，却在不知不觉中忽略了。

扶贫队队长李永祥除了分管扶贫工作，还分管了本院机关的其他十几项工作，为了做到统筹兼顾，他利用节假日和周末驻村宿村。妻子患肾病五年，每年要去几次南京军区总医院复诊，李永祥由于工作忙碌，不仅从未陪同前往，而且还让她包揽了照顾老小等全部家务。

2019 年 2 月 28 日，妻子给他打电话，着急地说："咱们爸爸突发心肌梗死，被送进医院了。你赶紧回来吧。"

李永祥听了心一沉，但当时他正在与企业洽谈合作开发村里农产品的事情，一时离不开。妻子知道这情况后，不仅没有怨他，还让他以工作为重，父亲有她照顾，不用担心。当他与企业老板谈妥协议，又陪同勘察完地形，最后送走客人时，已经深夜了。

李永祥在第一时间赶到医院时，父亲的病情已经得到控制，而始终守在病房里的妻子，却已累得几乎快虚脱，连和他说话的力气都没了，只能勉强地笑着向他点点头。

她也是个病人啊。那一刻，李永祥再也抑制不住泪水在眼眶里打转。

扶贫队副队长王波，一位风华正茂的副团职转业军官，从事扶贫工作两年多，几乎没休息过一天，天天在村里风里来、雨里去，熬白了头发，晒黑了皮肤，变成了一位地地道道的"老农民"。

2018 年 6 月，他的第二个孩子就要来临了，他特意请了公休假回家陪伴待产的妻子。哪知刚在家住了几天，突然接到企业家周耀成先生的电话，说第二天要来村里洽谈捐建村幼儿园事宜。

“你到底是村里的第一书记，还是省里的第一书记?”妻子一听他又要回村里，笑脸儿一下子拉了下来，“你一走，要是我要生了，怎么办?”

王波说：“我今晚去，后天回，不会这么巧的。”

妻子的恐惧与担心，他能理解。他的第一个孩子出生时，他正在部队参加演习，因为没有人陪产，孩子生下就夭折了。这是他心头永远的痛。

哪知，事情偏就这么巧了。就在他与客人谈到节骨眼上，十二岁的大女儿打来电话：“爸爸，妈妈肚子痛!”

王波一愣，连忙给亲属打电话，请他们帮忙送妻子进医院。等他和客人谈妥事情赶到医院时，妻子已做完剖宫产手术，是个儿子，母子平安。

王波轻轻抱过儿子，轻吻了一下他那细嫩的脸蛋，对妻子说：“老婆，咱们儿子长得像妈，将来有福气。”

妻子始终闭着眼睛，她还在生气。王波说：“老婆，给咱们儿子取个名吧。”妻子还是不理他。王波就对着儿子说：“你将来肯定是个小捣蛋。早不来、晚不来，偏偏挑了个你爸爸离开你妈妈的时辰来，真比你爸爸的精准扶贫还精准哪。我看你就叫王精准吧。”

妻子的两只嘴角往上翘了翘。她终于笑了。

2019 年 2 月，小精准已经八个月了。这天，又是一个多月没回家的王波，好不容易逮了个空儿回家看望妻子、孩子。

妻子说：“你好不容易回家一趟，要好好犒劳一下我们娘俩。”

王波说：“你说吧，怎么犒劳?”

妻子说：“你抱着儿子，陪着我逛商场。”

王波满口答应：“这还不简单?”

哪知两口子正准备出门时，简单的事情又突然变得复杂起来——村里又来急事，让他立刻赶回去。

妻子一听，把儿子往他怀里一塞：“今天你要回去，就把儿子一块带过去!”把门一甩，自个逛商场去了，一直到下午 5 点都没有回来，而且手机始终关机。

心急火燎而又无可奈何的王波，只能给侄女打电话，将小精准托付给她，自己赶紧开车往村里赶，一路上想着自己经历的种种艰难，泪水不知不觉就流了下来，到村里也没打住，直到走到扶贫队宿舍看见队长，才掏出手绢擦泪水。

“小王遇到什么难处了吧？”李永祥轻轻拍拍他的肩，安慰道，“心里想流泪就流吧。咱们当法官的，虽然意志坚强，可也不是钢打铁铸的，也是肉体凡身，眼窝里也有泪水啊。走吧，我陪你在村里走走，散散心去。”

两人没走多远，看见李队长结对帮扶的建档立卡户陈克明迎面走来。还远远的，陈克明就和他俩打招呼：“李队长、王队长，你们好！”

李永祥说：“老陈，你们家孙子学习成绩怎么样？”

陈克明满脸喜笑颜开：“李队长，通过你这段时间辅导，他的成绩进步太大了，原来在班上考倒数，现在已经考进年级前三十名了。”

李永祥说：“家里有啥困难就说啊。”

陈克明连忙摆手：“没困难、没困难，现在的日子越来越好过了。”

陈克明快步走过来紧紧地握着他们的手。握着这双传递着感激与感恩的大手，他们眼里的泪水就自然而然换成了脸上的笑容。

9. 胡总撑起我家一片天

澧源镇高家坪社区小田冲六组建档立卡户陈冬英，一家七口人，父母年迈体弱多病，两个儿子读书，外加一个患有精神病、需人照料的兄长。这样一大家子的生活、医疗、教育等费用，不是个小数字啊。

可他们家田地贫瘠，收入微薄，压根儿糊不满一家七张嘴。她也曾想过和别的夫妻一样，把孩子交给父母，夫妻双双外出打工挣钱。可父母自己还需要人照顾，哪管得了两个孩子，还有那患精神病的兄长，又扔给谁呢？他们就近在县城打工，也由于文化水平低，找不到长期工，只能找些零活干。

一想到这些，陈冬英就抑不住叹气："这苦日子，何时才是个头啊?"

2015 年初，中电国网张家界供电公司原总经理胡亚军带领扶贫队走进该村，并与她家结成帮扶对子，陈冬英才终于看到一线生活的希望。

胡亚军第一次来到她家时，她有些惊慌，甚至有些恐惧。家里太穷了，条件太差了，她想给客人倒杯水，又担心人家嫌杯子不干净；想给客人搬张凳子，又怕人家坐着不舒服，一时愣在那里不知说什么好、做什么好。

哪知曾为总经理的胡亚军，压根儿就不把自个当个官，自己端过旁边一张凳子就坐下，还把另一张凳子递给她："小陈，你自己也坐呀。"

见胡亚军行事随和、说话亲切，陈冬英慢慢不再拘束，壮起胆子与他交谈起来。

"胡总，你是给我们家扶贫来的吧?"

"是啊，我是来帮助你们脱贫致富的，这是党组织交给我的任务。"

"听别人说，你是在市里当大经理的，在桑植一定认识很多人，你就帮我在县城找份工资高点的长期工呗。"

胡亚军听了，哈哈笑道："为什么非要去打工呢？难道脱贫致富就只有出去打工这条路?"

陈冬英说："我读书少，除了打工卖苦力，别的事情做不来。"

胡亚军告诉她，现在国家精准扶贫惠农政策好，老百姓在家乡发展，既立足长远又可以照顾家庭，若是没有专业技能强项，出外打工未必比在家里挣钱多，何况孩子的健康成长离不开良好的家庭教育。

胡亚军了解到陈冬英家养过山羊这一情况后，为她家制定了发展养殖业的脱贫思路。

在扶贫组帮助下，陈冬英买回了几头羊，并渐渐发展到一定规模。然而，由于只凭经验喂养，而没重视饲养技术、疾病预防、繁殖培育知识的学习，养殖缺乏科学性，加之那年羊肉市场低迷，养羊不仅没赚到钱，还倒亏了 5000 元。陈冬英刚刚树立的养殖致富信心，又像一只漏气的皮球缩了回去。

听到她养山羊亏了的消息，胡亚军第一时间赶到陈冬英家，从身上掏出2000元塞进她手心："这次失败了，我们重新再来。你放心，有我们扶贫组在，就没有你们家揭不开锅的时候。"

离开陈冬英家，胡亚军又往银行跑，为她争取了5万元小额贴息贷款，让她购买30只种羊，2头小牛，并出面为她承包了该镇仙娥村利榔子山做养殖基地，然后亲自组织志愿者，给基地无偿安装了水电设施。

虽然重新养殖的这批山羊，也并非一帆风顺，但有了前车之鉴，加强了养殖知识学习的陈冬英，及时发现了苗头，胡亚军又及时带来了养殖专业技术人员，帮助分析原因、及时诊治，顺利渡过了难关。

2017年，陈冬英的养殖规模，已经发展到228只黑山羊、4头黄牛、150余只土鸡。年底除了三成留种培育外，其余全部出栏销售，产生利润60000余元，并获得扶贫产业发展奖金1万元。除此之外，她家还享受到危房改造的政策帮扶金和每年1000元的教育帮扶资金。

2018年初，陈冬英家盖起一栋两层楼房。2018年9月底，她被评为县里的"脱贫之星"。

上台领奖那天，大家恭喜她成功脱贫致富。陈冬英感动地说："我要感谢胡总。每次我家遇到困难时，他总是最早来到我家，帮着出主意、想办法。胡总为我们家脱贫致富撑起一片天!"

第四章 桑植基因

他们是贺龙家族传人。他们说："做好脱贫攻坚，帮助老百姓过上好日子，是贺家传人的使命。"

他们是桑植县委、县政府机关和基层乡镇干部。他们说："作为贺龙家乡人，建设好家乡，帮助家乡父老摆脱贫困，是一种义不容辞的责任。"

1. 贺家传人，传的是使命

桑植洪家关有一间显得有些矮小的木板屋。屋前悬挂着开国元勋之一、改革开放总设计师邓小平题写的"贺龙故居"四个大字。单从外表看，夹杂在星罗棋布的各式小楼房之间的这间木板屋，极不显眼，甚至有些简陋，让人难以与声震中外的"贺龙"二字联系起来。然而这间在 100 年前也只能算寒舍的小木板屋，却是贺龙祖祖辈辈繁衍生息的地方。

1896 年 3 月 22 日，贺龙就诞生在这间木板屋里。

贺龙的曾祖父贺廷宰，是名秀才，在家乡教书，热爱公益事业，立志要在村庄前边的玉泉河上架一座“便民桥”，但他终其所有、耗尽一生，也未了心愿，只能将遗愿托付后人。贺龙的祖父贺良仕，能骑善射，一身武艺，是个武状元。他继承父志，修路架桥，几乎耗尽家财。到了贺龙父亲贺士道辈上，家里只剩了三亩薄田、半头耕牛。虽然家人早出晚归，辛勤劳作，农闲季节，有着缝纫手艺的贺仕道，又四处替人缝衣制被，挣些银两补贴家用，但依然难以填饱一家三代十一口人的饥肠。贺龙一生下来，就开始饱尝饥饿的滋味。

40 多年后，贺龙带领红二方面军长征过草地，部队面临饥荒，为节约粮食，熬过难关，从方面军总指挥、政委到每一名战士，不仅野菜充饥，而且每餐只吃半饱。一天午饭时，警卫员往贺龙碗里多抓了一把青稞面。

贺龙问：“为何让我多吃一把?”

警卫员说：“您是总指挥，不能饿垮了，您肩上担子重啊。”

贺龙轻轻把碗里多出的青稞面倒了回去，微笑着说：“没事，我是饿大的。我记得我的童年就从没吃过一餐饱饭。”

湘西这片充满苦难的土地，敢于抗争的家风，舍己济众的家传，给了贺龙强壮的体魄、倔强的性格、不屈的血性和善良的心灵。

为了自己和家人“能吃上饱饭”，贺龙小小年纪就离家在外当佃户，可累死累活一年下来，也挣不回几个钱、几斗米，家里依然过着“辣椒当盐，苞谷壳叶当棉，推碗混合渣算过年（黄豆渣熬浆伴青菜）”的穷苦日子。

为了自己和家人“能吃上饱饭”，贺龙 12 岁跟着姐夫谷绩廷去赶马，当了小骡子客，受尽官府层层盘剥、贪官敲诈勒索，土匪明抢暗夺，家里的日子依旧经常揭不开锅。

为了自己和家人“能吃上饱饭”，贺龙 20 岁那年登高一呼，带着一伙和他一样渴望“能吃上饱饭”的难兄难弟，用两把菜刀起家闹革命，砍了芭茅溪盐局税卡，夺得12支毛瑟枪，开启了戎马人生。他加入革命党，带着自己拉起的队伍，参加护法战争，哪怕遭受挫折、身陷囹圄，也矢志不移。

贺龙对革命党忠心耿耿，带着队伍东奔西杀，可他最后看到的是“扳倒一个袁世凯，站起一批大军阀”，各方军阀倚兵自重，相互倾轧，抢占地盘，把中华大地搅得昏天黑地，百姓日子苦不堪言。

在黑暗中摸索多年却始终未能迎来光明的贺龙，思想上陷入了极度的迷茫和痛苦。他一次次问自己：跟谁闹革命才能让穷苦人民有田、有地、有饭吃、有衣穿？

直到1921年，他听了共产主义分子花汉儒的一席话，才如梦初醒、豁然开朗。

花汉儒告诉贺龙：“苏俄已经推翻了沙皇政权，消灭了剥削阶级，没收了大资本家和地主的土地财产，建立了社会主义制度，工农当家做主了。苏俄的社会主义革命，是由苏俄布尔什维克共产党领导的。”

贺龙听了，心里为之一喜，对苏俄革命充满了向往，迫不及待地问：“我们中国也有共产党吗？”

花汉儒说：“现在中国刚刚成立共产党。”

从那时开始，贺龙思想上就开始转向能让穷苦百姓有田有地、当家做主的社会主义，开始寻找中国共产党，终于在国民革命军打响北伐战争前夕，认识了共产党员周逸群，并通过周逸群找到党组织。从此，贺龙把整颗心、整个生命都交给了共产党。

国民党反动派叛变革命，大肆屠杀共产党员。共产党中央决定以革命的武装反抗反革命的武装，以贺龙所部为主力举行南昌起义。起义前夕，周恩来前来看望贺龙，紧紧握着他的手说：“疾风知劲草，我们共产党员对你非常钦佩啊。”

贺龙说：“我坚信，共产党是真正能让工农大众过上好日子的政党。我认定了共产党，就会一心一意跟党走，我的队伍随时听共产党指挥，请你们相信我。”

两个多月后，起义失败了，共产党领导的中国革命进入第一个低潮时期。在这艰难时刻，贺龙没有怀疑革命，而且经周逸群介绍，毅然加入了中国共产党组织。后来有人问贺龙："在革命低潮时期，很多人都退党了，而你为什么要求入党呢?"

贺龙说："因为共产党是为让穷人过上好日子而奋斗的党，定能得到人民大众支持，最后一定会取得胜利。"

跟着共产党闹革命，让工农大众有田、有地、有饭吃、有衣穿，是贺龙一生的追求与理想!

为了革命，贺龙曾五次被捕入狱。那年，贺龙在常德被捕，被革命党人营救出狱后，父亲前来迎接，劝他回家务农，图个一家平平安安，再不要在刀尖上滚打。

贺龙劝父亲说："爷爷给您改名叫立堂，是盼你能立起宗堂。妈妈给我改名叫振家，是盼我能振兴家业。结果呢，您七立八立，揭不开锅；我七振八振，当了骡子客。后来，我们父子拥护孙中山，明白了打倒贪官污吏、建立民国的道理，明白了平均地权、让贫苦农民有田种、有饭吃、有衣穿的道理，活着就该为这个道理干!"

父亲说："你赶骡马时，人家关过你两次；参加革命党，又坐了三次牢，算是死里逃生了。不如好好收场，莫干了。"

贺龙说："莫干了？我不拖枪，上对国家不忠，下对祖宗不孝。我就不相信队伍拖不起来，孙中山搞队伍，还不是拖了垮，垮了拖，最后才搞出民国的。"

父亲叹口气说："道理是蛮对的，只是搞不好就会掉脑壳，既然你横下心干到底，我这年过六十的人，就豁出去了，和你一块儿干!"

就这样，本想来说服儿子的贺仕道，反过来被儿子说服。他返回家乡后，带着老幺儿子贺文掌加入贺龙的队伍，横下一条心，跟着儿子干革命。他的几个姐姐妹妹也全部加入了革命行列。

1920 年春，贺龙让父亲贺仕道和弟弟贺文掌，带领数十名士兵执行押运枪支弹药的任务，途中不幸遭到敌人伏击。贺士道身中数弹，壮烈牺牲。贺文掌和数十名士兵不幸被俘。残忍的敌人竟将贺文掌五花大绑，放进用于蒸米饭的大甑中，活活蒸死。数十名士兵也无一幸免，全被枪杀。

贺龙的兄弟姐妹，除了贺文掌为革命献出生命外，其他两个姐姐、一个妹妹也无一幸存：大姐贺英、二姐贺戊姑，在战斗中壮烈牺牲，四妹贺满姑被处以五马分尸。

贺桂如，桑植洪家关人，贺龙的堂侄儿。1916 年 3 月，他与堂叔贺龙等 20 多人，用两把菜刀攻下芭茅溪盐税局，夺得 12 支步枪后，一直跟着贺龙闹革命。1926 年夏，贺桂如任国民革命军第九军第一师第一团团长。同年 8 月，加入中国共产党，是“贺家军”的一员虎将。

1929 年，敌独立 19 师驻永顺之敌进犯桑植。贺桂如率领一团数度设伏，粉碎了敌人的进攻，取得了红四军成立以来第一次巨大胜利。

这年 10 月，贺龙决定红四军向北推进。部队行至内半坡时，后卫被追兵咬住，发生激烈战斗。由于有利地形已被敌抢占，我军官兵处境十分严峻。为尽快摆脱危险局面，贺龙命令贺桂如率领一团掩护大部队继续北上。贺桂如身先士卒，拼死阻击敌人，战斗异常激烈。

“同志们！为了下一代能吃上大米饭，冲啊——”

贺桂如像出山猛虎，抡着手中的驳壳枪，带头迎着密集的弹雨，向敌人冲去，最后身中七枪，永远倒在了他挚爱的这片热土上。

贺龙的堂弟贺锦斋，是个读书人，为了劳苦大众“能吃上大米饭”，也毅然加入堂兄贺龙的队伍。当兵前，他赋诗一首，以言壮志。

黑夜茫茫风雨狂，
跟随堂兄赴疆场。
流血身死何所惧，
刀剑丛中斩豺狼。

正如诗中所云，贺锦斋在风狂雨骤的茫茫黑夜里，“流血身死何所惧、刀剑丛中斩豺狼”，很快由贺龙警卫员成长为南昌起义主力——第20军第一师师长，成为我军“马上能打仗、马下能吟诗”的诗人战将。

南昌起义失败后，贺锦斋跟随贺龙重返桑植，帮助贺龙重新拉起自己的队伍红四军，并担任第一师师长。不幸的是，贺锦斋最后也在一次突围战斗中，倒在了这片土地上。

2008年，贺龙的外孙女贺来毅，回到爷爷革命起家的桑植，翻山越岭，走家串户，寻访革命烈士踪迹，摘抄、整理并自费出版了一部跟随贺龙打江山的革命烈士名录。几乎每一个看到这个名录的人，都为之心头颤抖：从大革命到全国解放，光是贺龙家族五服以内有名有姓为国捐躯的烈士，就有几百人！如果算上远近亲戚，竟有数千人！

习近平在中央党校2010年秋季开学典礼上的讲话中说：“革命战争年代，革命先烈在生死考验面前，之所以能够赴汤蹈火，视死如归，就是因为他们对崇高的理想信念坚贞不渝、矢志不移……贺龙元帅的贺氏宗亲中有名有姓的烈士就有2050人，革命前辈们为什么能够无私无畏地英勇献身？就是为了实现崇高的革命理想，为了坚守崇高的政治信仰，为了彻底推翻黑暗的旧制度，为了实现民族独立和人民解放！”

抛头颅，洒热血，坚定不移听党话，这是桑植人的信仰，也是贺龙家族的基因。

桑植县走马坪白族乡党委书记向臻，是贺龙元帅最小的妹妹、革命烈士贺满姑的曾孙。在向臻的记忆里，他几乎在认识自己父母的同时，就认识了曾奶奶贺满姑，曾舅爷爷贺龙、贺文掌，曾姨奶奶贺英、贺戊姑，以及曾祖爷爷贺仕道……

“这是你曾舅爷爷贺龙，年轻时带领大伙，在我们家乡两把菜刀闹革命、拉队伍，后来成为新中国开国元帅！”

“这是你曾奶奶贺满姑，跟着他哥哥贺龙闹革命，被反动派抓住了。在牢房里，她宁死不屈，最后被敌人五马分尸……”

“这是你们曾祖爷爷贺仕道，他老人家也跟着儿子贺龙闹革命，在一次运送弹药的行动中，不幸中了敌人的埋伏，被敌人乱枪打死了……”

“这是你曾舅爷爷贺文掌，在战场上被敌人抓住后，敌人将他五花大绑放进蒸米饭的大甑中，残忍地将他活活蒸死……”

“这两个是你曾姨奶奶贺英、贺戊姑，她们姐妹俩在一次战斗中同时壮烈牺牲……”

……

拿着一张张照片，给孩子介绍贺家祖上的一个个英雄、英烈，这是贺家人的传统，也是贺家传人接受的第一堂人生教育课。贺家前辈的信仰与荣光，就这样一代一代传承下来。

近 100 年来，夺去亲人生命的子弹撕裂空气的尖啸，马蹄在地上踏出的急促的“得得”声，大甑“突突”冒出的一缕缕气雾，时刻撕扯着贺家后人敏锐的痛觉神经，先辈们为大众谋福祉而不惜抛头颅、洒热血的崇高理想，也时刻激励着他们为实现先辈遗愿冲锋在前、奋斗不止。

正如向臻所说：“贺家传人，传的既是生命的血脉，更是使命的符号，这种使命的符号，就是党的利益至上、人民利益至上。这是我们贺家的特殊基因。”

也许是出于这样一种贺家基因，向臻始终把“一切听从党组织安排”，当作自己的行为准则。

作为贺家子孙，向臻从小就有尚武从军的愿望，哪怕因为小时俏皮不慎摔伤胳膊，难以通过军检，此梦依然如此执着，愣缠着父亲带他去北京，找到曾舅奶奶薛明帮忙，让自己穿上军装。曾舅奶奶薛明高兴地说：“咱们贺家的曾孙想参军，好啊，我支持你到部队锻炼。但咱们部队是讲纪律的，这违纪的事，咱们贺家人不能做，这‘后门兵’咱们不能当。”

参军不成，向臻就想当警察，并在高中毕业后考上了湖南警察学院。结果大学毕业后，由于种种原因没能成为警官，而在 2004 年考进了公务员队伍，被分配到县司法局机关工作。

参加工作不久，局领导对他说："年轻人一开始就待在机关，很不利于成长进步。"

这正好说到了向臻的心坎上。他很想到基层政府摔打历练一番。他的这一愿望得到了组织上的赞赏与支持，并让他在芭茅溪、麦地坪、八大公山三个乡（镇）政府中选择一个。

芭茅溪，是他的曾舅爷爷贺龙"两把菜刀劈盐局"的地方。到祖辈闹革命的地方去工作锻炼，有一种特别的价值与意义。麦地坪，离县城比较近，离家乡洪家关也不远，回家进城方便，也是个不错的选择。但向臻最终选择了八大公山，之所以选择这里，不为别的，只为这里最艰苦。

八大公山，位于桑植北端，距离县城近 80 千米，绝大部分是乡级公路，而且要翻越几道高高的山梁，道路崎岖，路面坑洼不平，到县城一趟要坐好几小时车，巅得腰酸背痛，浑身似散架。乡政府下辖各村组，散落在偌大一个八大公山里，地处遥远，而且基本上不通公路，下乡全靠两条腿，爬坳下坡十几、二十公里，常常累得两腿打颤，身子骨发软。乡政府地处深山沟，前后是山，左右还是山，物质生活艰苦，文化生活枯燥。这里是全县工作生活最艰苦的乡（镇）政府之一。

向臻走进了八大公山，也开启了他在桑植县最北、最南、最西、最东的"四最"任职历程。

对八大公山这个苦得出奇的地方，向臻像海鱼酷爱苦涩的海水一般，深深地爱上了它。他就像这山里的攀缘藤，将自己的枝叶伸向悬崖峭壁，在最缺水分和养分、最险峻、最难以立足的地方，尽情展示自己葱翠的身姿、青春的魅力。哪个村组最偏远、道路最艰险，他就选择哪个村组作为自己的联系点；哪家农户遇上困难了，他就主动靠上去排忧解困；哪项工作最难做，他就主动承担什么工作。从农民群众到乡政府领导，都向他竖起了大拇指："向臻这个年轻人，敢负责、能担当，吃得苦、耐得劳，十足的桑植小伙性格。"但大家谁也不知道，他竟是贺龙家族传人、革命烈士贺满姑的后代。

在艰苦的磨砺、汗水的洗礼中，他渐渐读懂了自己家族举家跟党闹革命的密码，也找到了自己的信念与理想。2006 年 7 月，向臻郑重地向党组织递交了入党申请书，深情地向党表达了自己的心路历程：

> 我是听着祖辈的革命故事长大的新一代年轻人。我们家祖辈从曾舅爷爷贺龙、贺文掌，到曾祖爷爷贺仕道，再到曾奶奶贺满姑，曾姨奶奶贺英、贺戊姑，全部参加革命，而且百折不挠、宁死不屈，他们为什么要这样？又为什么能这样？对此，过去我的认识是模糊的。通过这些年党的教育，尤其是这两年基层工作的锻炼和与广大人民群众的广泛接触、交流，以及对群众思想、生活状况的深入了解，我渐渐理解了他们。他们为什么坚贞不渝跟党走？因为他们心中有大志向、大理想，那就是为后代子孙谋未来、为广大人民群众谋幸福，因为他们懂得只有坚定不移跟着共产党闹革命，天下老百姓才能过上好日子。
>
> 我是生在新中国、长在红旗下，在蜜罐里成长起来的新一代青年，同时我又是贺龙的曾外孙、贺满姑的曾孙子。我的身上流着革命烈士的血脉，这既是一种荣光，更是一种责任，那就是要传承他们的理想与信仰，继承他们的遗志，像他们那样把心交给党，把青春交给党的事业，全心全意为人民大众谋福祉。
>
> 为此，我申请加入中国共产党，像我的祖辈那样，为党的信仰、党的事业，为共产主义奋斗终生！

2006 年 7 月，向臻成为一名中国共产党预备党员，2007 年 7 月转为正式党员。也就在这一年，经群众推荐，向臻晋升为西莲乡政府政法委书记。

西莲乡位于桑植的最南端，离县城和家乡洪家关，比八大公山更远，交通更为闭塞，回一次家要坐四个多小时车，感觉比去一趟省城长沙还难，生活条件也更加艰苦，工作任务更加艰巨。

赴任前，组织上找向臻谈话，征求他的意见。他说：“我是党的人，一切听从党安排！”

西莲乡地处偏远，加之治安管理一直没跟上，社会治安状况欠佳。嫉恶如仇的向臻，走马上任乡党委政法委书记后，深入村组调查研究，下气力整肃社会风气，对害群之马敢于出手，处理各种纠纷公平公正，积极帮助群众排忧解难，西莲乡社会治安得到根本扭转。向臻也赢得广大群众的信任，与大家结下了深厚感情。

忙忙碌碌中，向臻在西莲乡又待了三年。三年中，他回家的次数屈指可数，有一段时间甚至一年没有回家看望父母。父母非常支持他的工作，经常叮嘱他："咱们是贺家人，为人做事就得有个贺家人的样。"只是这时向臻已经 28 岁了，还没处着一个女朋友。此前，虽然好心人为他介绍了几个对象，但不是别人一听说他在偏远的西莲乡政府工作就摇头，就是见面后由于没有时间回去约会，相处一两个月就吹灯熄火，这不仅让他父母很着急，而且乡政府领导也很关切。

这天，一个朋友又在县城为他物色了一个女朋友。乡政府领导听说后，把向臻叫到办公室说："明天你回去休假，而且给你批一个月长假。"

向臻听了，一脸懵懂："批我一个月假？让我回家干吗？"

乡政府领导说："回家谈恋爱。这次一定要把握住机会，不谈成恋家不回来。"

虽然向臻的爱情来得稍稍晚了一些，但爱神对他依然非常眷顾，让他这次遇到了一位好姑娘。她是名人民教师，不仅人长得灵秀俊俏，而且通情达理、孝敬老人，更难得的是，她非常支持他在基层乡（镇）干事业。向臻终于牵手了一位情感相倾、心灵相通的知心爱人。

2011 年，向臻的人生事业即将迈上新的台阶。经群众推荐，组织上决定让他到四方溪乡政府任乡长。

四方溪乡与湖北交界，位于桑植的最西端。这里地势险峻、交通不便自不必说，仅办公条件就远远超出人们的想象，几十个政府工作人员共用一台电脑，整个乡政府竟没有一间会议室，上级来人检查工作、听汇报，乡政府工作人员集中学习、传达文件，只能挤到一间地下室里进行。

把他从桑植最南端的乡（镇）调整到全县最西端的乡（镇），而且办公条件在全县 39 个乡（镇）中不是“最差”也是“最差之一”的地方任职，向臻愿意吗？组织上特意派人来征求他的意见。

向臻还是那句话：“我是党的人，一切听从党安排！”

条件艰苦，对于乐于吃苦、勇于挑战自己的向臻来说，很快就可以适应。让他一时难以适应的是角色的转换。此前担任乡政法委书记，专业性强，工作相对单纯。现在成为一乡之长，需要主政一方，要规划、管理一级政府的全面建设，要带领全乡人民奔小康，这对年仅 29 岁、扶贫经验严重不足的向臻来说，的确是个不小的挑战。

不久，他成家了。一年后，他们有了女儿。也就在这时，以习近平总书记为核心的党中央做出“精准扶贫”“脱贫攻坚”战略部署。桑植县是这场战役的重点战场，四方溪乡则是重点中的重点。向臻全身心投入脱贫攻坚战役中，常常几个月才回家一次，而且每次回家都是待一两天就返回单位，把照顾孩子、伺候老人等家庭重担，一股脑儿撂给妻子一个人。

那天，思妻念儿心切的向臻，破天荒请了几天假回家探亲，好好享受了几天天伦之乐。假满离家时，妻子和往常那样替他收拾好衣物，把他送到门口，拉着他的手叮嘱说：“安心工作，不要担心家里，家里有我呢。”

向臻走出不远，巧遇姨妹。姨妹说：“姐夫难得回来一次，怎么不在家多待几天？”

向臻说：“假期满了，现在脱贫攻坚任务重，我得赶紧回去。”

姨妹说：“别看我姐嘴上说得硬，其实她最怕一个人待在家里。姐夫不知道呢，她好几次想姐夫想得流下了眼泪。”

他何尝不知道呢，就在刚才，她拉着他的手久久不想松开，就在她让他不挂念家里时，她的眼里还在闪动着泪光。他也想天天待在她娘俩身旁，但他不能，因为他是党的人，是一乡之长，脱贫攻坚还有很多新情况、新问题需要他带领大伙去破解，那是他的梦想，是他的诗与远方。

响水洞村民组，是四方溪乡距离乡政府最远、地势最高的村庄，而且村民驻地与他们耕种的土地相距近十千米。村庄的四面是万丈深渊，从悬崖峭壁上凿出的一条羊肠小道，是村民走向外边世界的唯一通道，村民每天早晨从这里下山，到近 10 千米外的地方耕种，傍晚又挑着谷子、玉米、红薯等各种收成，沿着小道上山回家，日子过得非常艰辛。险要的地形地貌，导致该村迟迟没有通车、通电，极大地阻碍着村民脱贫致富。

2013 年，四方溪乡政府把响水洞村民组通车、通电列为脱贫攻坚重点项目。可是通过专业队伍勘察预算，发现通车项目费用竟需要 150 多万元，通电项目也需要 90 多万元。这近 250 多万元开支，对于一个乡政府，简直是天文数字，就是对于整个桑植，也是一笔巨资，压根儿就没法解决。

再说即使能筹到这笔巨款，把公路修通了，电线架通了，让村庄敞亮了，山里的木头可以运到山外了，但山上的 18 户村民依然需要每天上山、下山，到数公里外的地方去耕田种地，村民的日子依然没有得到根本改善。

通车、通电项目难以为继之际，向臻突然来了个反向思维：为什么非要把公路、电路往山上修？为什么就不能让山上的村民整体搬迁到山下距离城镇、耕地近些的地方呢？

思路一变，万紫千红，海阔天空。经有关专家估算，响水洞村民组整体搬迁费用，比通车、通电项目费用大幅节省！

县委、县政府大力支持四方溪乡政府的创新扶贫方案。响水洞村民拍手称好，村支书陈克达更是热烈响应、积极支持，自发地把自家在乡政府附近、有五六亩宽的责任地无偿捐了出来，用作大家的宅基地。

不久，两排 18 户青瓦白墙二层小楼，以可爱的容颜出现在大家面前。响水洞的 18 户村民，终于告别了无电、无公路的近乎原始的山顶生活，集体乔迁山下，开始了新的日子：这里，耕地近在咫尺，大家不再忍受长途爬山过坳的苦累；这里，孩子就近求学，大家就近求医；这里，道路通畅、排水顺畅，电子设施完备，照明齐全，夜如白昼，仿佛镶嵌在大山里的一颗夜明珠，焕发出夺目的光华。一名游客无意中发现并拍下了这道亮丽的风景，放到网上后，迅速引来四方游客，这个新兴的小山村，一时间人头攒动，如五星景区般繁华。

响水洞村民组整体搬迁项目总投资只有 68 万元，还不到原计划的通车、通电项目投资的三分之一！

响水洞村民组集体搬迁项目，开创了桑植县脱贫攻坚的新模式。县委、县政府及时推广了这一扶贫新样本，成为“一方水土养不活一方人”地区贫困户脱贫致富的重要保障。

2016 年，全国性的乡（镇）改革开始了。桑植县的 39 个乡（镇）政府要合并为 26 个，精减三分之一，乡（镇）党委书记、乡（镇）长的安置成为大家关注的话题。向臻想，自己已在偏远基层乡（镇）工作十几年，与家人两地分居也五六年了。四方溪乡政府被裁撤了，全县乡（镇）主官的位置又那么紧俏，自己就别想了，该是与家人团圆的时候了。

但组织上派人来征求他的想法时，他依然是那句话：“我是党的人，一切听从党安排。”

结果，他又从桑植最西的四方溪，来到了桑植最东边的乡（镇）竹叶坪乡担任乡长。

竹叶坪，是向臻曾祖爷爷贺仕道牺牲、曾舅爷爷贺文掌被俘殉难的地方。这片祖辈、先烈抛头颅、洒热血的土地，让他有些伤感，更让他血脉贲张，他一次次勉励自己：“一定要努力工作，绝不能愧对了祖先，愧对了这片热土。”

那天，我驱车前往走马坪白族乡采访一年前升任该乡党委书记的向臻，告别时我问他：“夫妻两地分居的生活苦不苦？”

向臻坦诚地回答：“很苦，有时甚至觉得痛苦。”

我又问：“想过早点结束牛郎织女的生活吗？”

他说：“想过。但我想得最多的是，我是党的人，要一切听从党安排；我是贺家子孙，无论党叫我到什么地方，都要好好工作，不能愧对曾奶奶、曾舅爷爷、曾姑奶奶他们。”

2. 不优秀，不配做贺家人

湘西陈家河镇，是个载入史册的地方。

当年，红二、六军团会师后，贺龙率领部队经过一番艰苦奋战，到1935年春，形成了以永顺、大庸、龙山、桑植为中心的湘鄂川革命根据地，并呈现不断扩大趋势。

湘鄂川革命根据地的燎原之势，极大地震惊了蒋介石。1935年2月，他纠集重兵，分六路对湘鄂川革命根据地实施“围剿”。

为避敌锋芒，中共湘鄂川省委决定，红二、六军团总部撤离塔卧，向桑植西北方向转移。4月16日，红军前锋在桑植陈家河地区遭遇前来阻截的敌58师172旅。

红二、六军团总指挥贺龙得知这一情况，当机立断：“有狗挡道必须打!”

贺龙立刻调兵遣将，集中优势兵力，向敌发起猛攻。经一天激战，全歼敌172旅2000多人，并击毙敌旅长李延龄，生擒敌旅参谋长周植先，史称“陈家河大捷”。

陈家河大捷，恢复了塔卧以北的根据地，反“围剿”斗争出现重大转折，为红二、六军团展开新的战略攻势奠定了基础。

几十年后的今天，人类的公敌——贫困，又阻挠着陈家河广大人民群众迈向小康的步伐。陈家河是桑植人口最多的乡（镇），有36700多人，其中8个自然村（有3个深度贫困村）没有摆脱贫困行列，是桑植县脱贫攻坚任务最重的乡（镇）之一。在这场与贫困开战的特殊战役中，陈家河能否再创一个“陈家河大捷”呢?

带着这个问题，我顶着七月流火的阳光，驱车前往陈家河镇政府，采访该镇镇长、贺龙最小的妹妹贺满姑烈士的曾孙女婿陈进虎。上午10时，当我走进陈家河镇政府时，陈进虎正在组织一个紧急脱贫攻坚会议，直到12时左右才散会。两人顾不上吃饭，立刻畅谈起来，两个多小时谈下来，我惊讶地发现坐在面前的这位年轻镇长，不仅思路清晰，而且脑子里有思想，工作有思路，人生有成就，便抑不住赞美一声："陈镇长，你很优秀。"

陈进虎微微笑了说："我必须优秀。不优秀，就不配做贺家人。"

1979 年出生的陈进虎，配做贺家人。他在自己的人生路上留下的每一个脚印，都写着"优秀"二字。

陈进虎也是从小就有一个从军梦，而且在 18 岁高中毕业那年顺利走进军营。让他没想到的是，他刚穿上军装就遇上我军 50 万大裁军，两年后又恰逢国家兵役制改革，三年义务兵改为两年义务兵，让他失去了报考军校的机会。

可当不成军官，并不影响他成为一名优秀的军人。他工作积极主动，苦练军事本领，很快在连队里脱颖而出，成为连队同年兵里唯一入伍第一年就担任班长的士兵。1999 年，他又代表连队参加师级科技练兵大比武，并被评为"优秀新四会教练员"，是所有获奖者中最年轻的班长。

虽然 1999 年连队被裁撤，集体脱军装，他的从军之路被迫中断，但这并没有中断他继续谱写优秀人生。退伍两年后，他通过高考，进入湖南师范大学人民武装学院学习。大学毕业后，陈进虎汇入了外出打工的人潮，很快受到老板的赏识，跻身"高薪"族。腰包渐渐鼓起来了，但他心里总觉得少了点什么，变得越来越空乏，感到越来越不踏实。

为让心里踏实起来，陈进虎仅打了七八个月工，便毅然返回家乡，重新拿起书本参加公务员考试，并于 2006 年跻身公务员行列。在基层乡政府工作仅两年，便被推荐参加领导公选考试，先后担任马合口白族乡副乡长、澧源镇人武部长。在此期间，他屡次参加各种比武或重大活动，屡创佳绩：2008 年参加张家界市"四会教学大比武"，夺得全市第一名；2009 年参加张家界市"民兵应急能力建设现场会"，担任两项重大项目的总指挥，表演取得圆满成功，受到市领导赞扬；2011 年参加全省"人武干部大比武"，勇获"军事理论"单项第一……

比赛场上不服输，危急时刻顶得上。无论在部队，还是在地方，陈进虎都是这个样。

2015 年 3 月，桑植县马合口白族乡马鸿塔炭质页岩矿突发透水事故，6 名矿工被困井下。陈进虎接到救援指挥部命令后，带领 330 多名民兵，在第一时间赶赴现场救援，连续奋战三天两晚，成功堵住透水点。

2016 年 6 月，桑植地域突降暴雨，江、河水位暴涨，八斗溪河段突发险情。陈进虎带领抗洪人员连续奋战 50 多个小时，成功排除险情，确保人民生命财产安全。

2019 年 8 月 11 日（周末），一辆运送煤气的大型罐车，在陈家河镇附近发生侧翻，随时都有爆炸危险。正在陈家河镇政府值班的陈进虎闻讯，第一个赶到事故现场，头顶烈日，冒着危险，果断指挥人员疏散、火源管控，配合随后赶来的交警、消防人员处理事故现场，终于化险为夷。

……

在我国基层乡（镇）政府，曾流传这样两句顺口溜：“两个老大难，一个更比一个难”。这两个老大难，一个是计划生育，另一个就是扶贫工作。现在国家放开二胎了，计划生育不再难，只剩了扶贫这个“难上难”。

喜欢挑战自己的陈进虎，对这个“难上难”情有独钟。2016 年，他由澧源镇人武部长改任澧源镇人大常委会主任后，主动提出分管扶贫工作。凭着一股子吃苦耐劳的韧劲、敢干敢试的闯劲，积极落实党的各项扶贫政策，推动镇里扶贫工作走在全县前列。

2017 年，上级派来工作组，抽检乡（镇）脱贫攻坚工作情况。大家都很担心抽到自己单位。而陈进虎却主动站出来说：“欢迎检查组到我们澧源镇指导扶贫工作。”

检查组经过一番翻箱倒柜式的检查对照，对澧源镇扶贫工作给出了一个字：优！

2018 年，桑植脱贫攻坚进入最后突击阶段。在这节骨眼上，陈进虎奉命担任陈家河镇政府镇长。陈家河，是陈进虎向往已久的地方，是他心灵的圣地。

陈家河，是烈士鲜血染红的土地。这里有陈家河大捷纪念塔，有红 18 师遗址，有剿匪战斗 18 烈士陵园，有“仓关峪贺龙桥”。陈家河，是绿色的陈家河。澧水河纵贯南北，清清的河水滋润着这片肥沃的土地，两岸的山坡、山峦，披彩吐翠，郁郁葱葱，绿色覆盖率达到 80%以上，是个发展水产业和绿色产业的黄金地域。

到先辈战斗过的、多姿多彩的陈家河工作，是一种自豪与荣幸，也是一份沉甸甸的使命与责任。

来到陈家河镇任职后，他一边低下头颅虚心向镇党委书记等老同志们请教取经，一边俯下身子，走村入户调查研究。他发现，陈家河镇东西两头，绿色产业、特色养殖发展势头很好，农民群众脱贫致富形势喜人，但中间地段产业发展基本处于停滞状态，贫困村、贫困人口也相对集中在这一地域。

针对这一情况，陈进虎与党委书记共同研究提出了“抓两头、促中间”的产业脱贫思路：通过各种激励措施，推动东西两头绿色产业、特色养殖产业继续做大做强，影响带动中间地带产业发展，将全镇绿色产业、特色养殖产业连成一片，带动全镇广大群众共同奔向小康。与此同时，镇党委、政府还积极推进诚信计划，要求所有绿色产业不洒农药、不打除草剂、不施化肥，坚持人工除草、施用家肥，确保进入市场的产品环保、生态、抢手。

通过大家的艰苦努力，以茶叶为主，猕猴桃、特种水果、中药材为辅的绿色产业，以水产品为主的特色养殖产业，正逐渐覆盖全镇各村组，全镇产业脱贫呈现出良好势头。

对于 2019 年底陈家河镇能否按时完成最后脱贫攻坚任务，陈进虎作为一镇之长，把胸脯拍得嘭嘭响：“保证按时摘帽，一天不拖！保证整体脱贫，没一个人掉队！”

一时摘帽易，永久脱贫难。这是大家对扶贫工作的共识。对此，陈进虎也同样敢拍胸脯：“以后，我们陈家河镇党委有信心、有决心、有能力，确保不让一个贫困村、一家贫困户返贫！”

陈进虎之所以如此胸有成竹，那是因为他和镇党委书记已经带领镇党委、镇政府，酝酿谋划好了陈家河未来奔小康的“三篇文章”。

一是做好强化党建、提高执政能力的文章。镇党委是镇里政治、经济、思想、文化建设的“指挥部”，村党支部是脱贫攻坚的“桥头堡”，党员干部是人民群众奔小康的“领路人”。只有把各级党组织建好、建强，党的执政能力才能有效发挥、执政水平才能不断提高；只有把党员干部这个群体的榜样效应、模范力量用好、用足，广大人民群众保富防贫才能得到有效保证。为提高全体党员干部使命意识、思想水平，陈进虎通过精心准备，给大家讲了一堂题为《从陈家河大捷看共产党员初心》的党课，用当地生动的革命故事、感人的英雄事迹，教育大家继承先烈遗志，牢记党的初心，履行党的使命，永远为人民群众谋福祉。

二是做好市场培养的文章。随着贯穿桑植全境的两条高速公路及高速铁路的开通运营，并在陈家河交汇，陈家河将成为重要交通枢纽，成为连通湖南、四川、重庆的西大门，成为三省（区）物资运输、交易的集散地，为集镇形成、市场发展提供了广阔空间，前景十分可观。镇党委、政府将抓住机遇，把扩大集镇规模、培养发展市场这篇文章做实、做强，把人民群众致富的路子做新、做宽。

三是做好产业发展的文章。继续完善、扩大绿色产业、特种养殖业，坚决落实“户户有产业、村村有产业园”的要求，让老百姓不离家门能就业、不出远门能致富；村集体年年有收入，农户腰包一天更比一天鼓。

陈进虎豪迈地说：“坚信在不远的将来，陈家河所有老百姓都能过上老有所养、幼有所教，夫妻团圆、老少互敬、家庭和美的幸福生活！”

3. 车子慢些开，让他好好睡会儿

国家级深度贫困县桑植县，2019 年底摘掉贫困帽。这是党中央和省委、市委的期盼，也是县委、县政府坚定不移的决心、坚如磐石的硬杠杠。乡

（镇）政府既是这场脱贫攻坚战的“前线指挥所”，也是战斗在最前沿的“桥头堡”，他们肩负的任务最重、承受的压力最大。用这些乡（镇）党委书记、乡（镇）长们的话说：“现在泰山已经压顶，我们这些基层领导，不管个高、个矮，这时候都得踮起脚尖，第一个顶上。”

桑植县八大公山镇，由原来的八大公山、蹇家坡、细砂坪三个乡（镇）合并而成，是全县管辖面积最大、地势最险峻的乡（镇），也是生活最艰苦、脱贫难度最大的乡（镇）之一。

这里的脱贫攻坚形势如何？我决定亲自驱车前往探访。

早就听说，桑植的山纵横交错，山高坡陡，极为险峻，是个打伏击、打游击的好地方，因此贺龙当年就选择在自己家乡拉队伍、干革命。来到这里采访，果然发现这里的山峰都是“A”字形、山谷都是“V”字形。峰峦高突、山崖陡峭，兜不住泥土，也许正是这个缘故，桑植的平地弥足珍贵，因此桑植很多地名包括乡（镇）政府所在地，均含有“坪”字：走马坪、细砂坪、刘家坪、竹叶坪、沙塔坪、龙潭坪……

这天清晨，迎着山区特有的非常凉爽宜人的夏日清风出发。在省道上驶不多远，座驾便进入茫茫苍苍的八大公山腹地。这里的山，“A”与“V”型的尖顶或尖底，顶得更高、凹得更深，两边的斜线，立得更笔直、更陡峭。号称县道但大部分路段仅能容下一辆车的盘山公路，在峰峦间或直上直下，或急左急右，而且由于近年全县交通建设资金基本用于村、组道路建设（仅2018年村组道路建设里程就相当于过去10年总和），县、乡（镇）道路多年未予修整，很多路面坑洼不平，个别路段甚至破烂不堪。我双眼紧盯前方，双手紧握方向盘，一路小心翼翼……道路一侧，可是万丈深渊啊！

座驾跳了两个多小时“摇摆舞”，终于到了八大公山镇政府所在地——细砂坪镇。

镇政府大院在哪呢？疑惑间，发现前方有条整洁的街道，路面宽敞，两旁的二层楼房精致漂亮。心想，镇政府大院一定在这条街上。哪知，把车开到街上一问，方知这是新建搬迁安置小区。镇政府设在一个极为普通的老院子里。

“搬迁安置小区，可是我们镇上卫生最干净、风景最美的地方呢。”负责接待采访的镇办公室主任尚健介绍说，然后他一脸歉意地对我说：“教授，真有些对不起。过几天县里要来镇里检查脱贫攻坚进展，书记、镇长这几天都在开会布置迎检工作。”

但书记彭南京、镇长谷旭东，听说一位大学教授前来采访，立刻宣布休会一刻钟，与我见个面。彭南京、谷旭东大步迎上来，一抓住我的手就表达歉意：“教授，不好意思了，您大老远来指导工作，我们却不能陪您去参观，只能中午在食堂陪您吃个工作餐。待会就让尚主任给您带路吧。”

我说：“我这个时候来采访，给你们添乱了，叨扰了。”

我决定去看看这里的养牛大户、脱贫之星马长明。马长明家住深山，有近 30 千米路程，且崎岖难行。为确保路上快捷安全，尚健请来镇里驾驶技术最好的农机站站长亲自为我们开车。尽管这样，我们参观了马长明养殖场，从山上返回时已近午时。快到细砂坪时，发现一辆越野车迎面驶来，并在会车时“哧”地停下。摇下车窗，原来是镇党委书记彭南京。他向我招招手说：“教授，我又不能陪你吃工作餐了。”

我说：“书记这个时候，还往哪赶?”

彭南京说：“对口联系村出了点事，我得马上赶过去处理。”

我说：“你吃饭没?”

彭南京从副座上拿起两根玉米棒子：“食堂刚煮的，可以填饱肚子了。”

告别彭南京，我说：“什么事这么急啊，让彭书记饭都顾不上吃。”尚健说，现在农村工作不好做，尤其脱贫攻坚，再小的事也是大事，且不说书记、镇长这些一方诸侯每天如履薄冰，就是他们一般政府工作人员，也是整日忙得上蹿下跳，吃不好、睡不好算不了什么，有时还得受委屈。

然后尚健给我讲了一个故事：那天，他到自己的联系村办事，发现一个平时喜欢讲霸道的人，正与村民扭打在一起，便立刻上前劝架解围。哪知那个霸道人立刻把矛头转向他：“你是谁呀？你管什么闲事啊?”

尚健说："你欺负人，我就要管。"

霸道人说："你问问他，我欺负他了吗？"

被欺负的村民竟然低着头嗫嚅："他没欺负我。"还看了尚健一眼："我们家族里的事，你管啥嘛。"

"我现在就敢揍你，你信不信？了不得到号子里蹲一个星期，"霸道人竟然指着尚健的鼻子说，"你敢还手吗？你要还手，你这公务员还能干下去吗？"

尚健是不敢与群众打架，因为他是政府的人，代表着党的形象。就是觉得心里憋得慌。可心里再憋屈，工作还得继续干，因为这不仅是他生活的饭碗，还是党交给他的任务。

这事听起来，让人觉得有些荒诞、滑稽。然而，这是中国农村的真实存在。

在镇政府附近的搬迁安置小区里，又见镇长谷旭东这里瞧瞧、那里摸摸。"谷镇长，你在检查工作呀？"

谷旭东闻声转头看见我们，拍拍手上的尘土说："这个安置项目是去年冬天建的，那时温度低，现在夏天气温高，热胀冷缩，来看看房子有什么问题没。有问题要及时整改。"

我说："谷镇长，你想得真细。"

"不细不行啊。搬迁安置，是党的爱民项目，是千载难逢的大好事，好事就要做好，不然影响党的形象和威信。"谷旭东认真地说，然后就问尚健："你们下午要去哪些地方？"

尚健说："我准备带教授去看洗泡河村的搬迁安置项目，以及那一带的两名养殖大户。"

谷旭东说："等会我搭个便车，正好要去洗泡河村搬迁安置小区处理一些事情。"

由于路途较远，加之山路难行。我们在食堂吃过午饭，顾不上休息片刻，立刻向洗泡河村进发。

镇长同车前往，这无疑是最好的采访时机。于是，一上车便问起了他的家庭情况。谷旭东说，他家住县城，有一个女儿，正读初三。由于长期在偏远乡（镇）工作，事多路遥，他很少回家，也极少在家长住，基本上都是住个三五天就回单位。女儿一生下来，他基本没管过，都是妻子一手拉扯大的。也许是很少看到爸爸的缘故，女儿对他特别亲，他一回家女儿就像“跟屁虫”，黏着他不放，让他心里很受用，而又愧得慌。

“谷镇长，你有多长时间没回家了？”

“快三个月了吧，”谷旭东说，“在这脱贫攻坚节骨眼上，哪顾得上回家呀。”

“那你妻子没意见？”

“她非常支持我的工作。但这次她真生气了。”

“相距不到一百公里，却连着几个月不回家，换了我也会闹意见。”

“她闹意见不是为这个，”谷旭东说，“女儿牙没长好，年初就说好等女儿放暑假时，让我请几天假，一块带女儿去长沙给女儿做牙矫正手术。没想到女儿暑假期间，正是脱贫工作关键时刻，工作忙得连挪脚的时间都没有。一直等到前不久，妻子才一个人带着女儿去长沙做了牙科手术。前几天，我一直给她打电话，她都不接。”

“这下你着急了吧？”

“但今天早上，她给我来电话了。”

“看把你幸福的。”

“我的确很幸福，却把她坑苦了，”谷旭东说，“给我们乡（镇）干部做老婆的女人，都是苦命人。”

……

两人谈兴正浓，车子轻轻一点头，停下了。洗泡河村到了。首先映入眼帘的，又是那一排排搬迁安置房。它们风格一致、整洁精致，在村子里仿佛鹤立鸡群，格外亮丽夺目。

谷旭东下车找到搬迁项目承包人，带着他逐户查看安置房。

谷旭东摸摸墙面，皱起眉头：“你这 888 刮得不够光滑，是手艺不精呢，你请师傅不能光图便宜，要请技术水平高的。”

他跳进排水沟，眯眼瞄看房前的水泥地面，说：“这水泥坪铺得也不十分平整，一下雨会积水的，村民进出很不方便。”

他又拿起铁锹拨拉一下正在拌和的水泥浆，说；“水泥的分量可要放够，不能偷工减料哇。”

……

临别时，谷旭东把项目承包人拉到一旁，严肃地说：“修建房屋，是一辈子就一回的事，是百年大计，你一定要保证质量，让大家住得舒心。你把质量搞到位了，工程款一天不拖、一分不欠，我这一镇之长敢给你拍胸口。而要是质量不到位，搬迁户有意见，我这一镇之长也敢给你唱黑脸，让你偷鸡不成蚀把米!”

“猎豹”越野车继续沿着在茂密林间时隐时现的盘山公路爬上爬下、左摇右晃。正想继续采访谷旭东，忽然听到前排副座传来鼾声。

我笑了说：“睡功真好，这样颠簸也能睡。”

“他累了，”一旁的尚健附在我耳旁说，“这几天，书记、镇长连续几个晚上开会开到很晚，昨晚凌晨三点多才散会，镇长睡了还不到三小时。”

然后，尚健轻轻拍拍前边的农机站长的肩膀：“车子开慢点，让他好好睡会儿。”

“猎豹”越野车走得很平稳，谷旭东睡得很香，“呼——呼——”

4. 当书记当上了“瘾”

桑植县五道水镇茶叶村，是县安监局的对口扶贫村。驻村第一书记人选，让局党委非常挠头，先后考虑的几个对象，不是局领导摇头——难以胜任，就是当事人摇头——怕干不了。

茶叶村和湖北省鹤峰县交界，是五道水镇最偏远的贫困村，下辖 9 个村民组、270家农户、900多口人。这里自然条件恶劣，脱贫攻坚任务艰巨，而村党支部却是全县有名的“老落后”。同时，茶叶村还是远近闻名的“上访村”，村里的老百姓遇到点事就上访，而且还喜欢越级上访，动辄去市、省里，甚至去中央，被人称为“马蜂窝”。在这样的地方当书记、搞扶贫，弄不好就“羊肉没吃着，惹得一身膻”。

“侯先华倒是能胜任，就是不知道他干不干？”讨论驻村第一书记的局党委会上，有人不经意地嘟囔了一句。局领导一听，眼睛一亮：“我怎么就没想到他呢？”接着，局领导又沉吟道：“但让老侯去当这个第一书记，也太委屈他了。”

局领导抱着试试看的想法找到侯先华。侯先华一听，爽朗地笑了，然后回答说：“感谢组织上的信任，但让我想想吧。”

他是需要好好想想。侯先华1984年参加工作，一步一个脚印，从乡（镇）秘书干起，先后历任副乡长、乡长、乡党委书记，撤区并乡以后先后担任“八乡八镇”的党委书记，1998年调县城工作后，又担任过几个县直单位党组书记、党委书记、局长，2015年职级并行时享受副处级待遇退居二线休息。作为一名乡（镇）干部，能干到这个份上、晋升这个职级，也算功德圆满，只待退休，静心养老了。

但他只在办公室静思了一个多小时，便回复局领导说：“既然局里没有合适人选当这个第一书记，那我去干！”

同事们听说他要去当驻村第一书记，都用异样的目光看着他：“放着好好的清心日子不过，偏去碰这天下第一难事，是傻了吧？”

一些老领导听了他的想法，惊讶地问：“一个快退休的副县级领导去当村里的书记？你是疯了还是傻了？”

就连家人知道他的想法后，也嘿嘿笑话他：“你这当了25年的老书记，是当书记当上‘瘾’了吧？”

那天晚上，自从退居二线休息就再未失眠的侯先华，又失眠了。在他大脑里不停地晃来晃去，让他无法入眠的，既有那一双双异样的目光、一副副怪异的表情，也有他非常喜欢的曹操笔下的《龟虽寿》："神龟虽寿，犹有竟时；腾蛇乘雾，终为土灰。老骥伏枥，志在千里，烈士暮年，壮心不已……"

他欣赏老英雄笔下的万丈豪气，而他更渴望继续扬蹄千里。现在这种机遇已经摆在面前，应该感到荣光与幸运，岂能徘徊与犹豫？

当了 25 年乡（镇）、局党委书记的侯先华要去当驻村第一书记的消息传开后，都说他得了"书记病"。侯先华也承认自己得了"书记病"，但病症并非大家传的那样——"侯先华是当官当习惯了，现在退下来有失落感"，而是诗人李纲在《病牛》中所吟唱的那样："耕犁千亩实千箱，力尽筋疲谁复伤？但得众生皆得饱，不辞羸病卧残阳。"

"有病"就要良医治，医治侯先华的"书记病"最好的良药，就是党和组织的信任。

从几万人大乡（镇）党委书记，到几百人的村党支部第一书记，虽然连降了好几级，跨度有点儿大，但侯先华豪情、干劲不亚当年。一进茶叶村，放下背上的行李，脱下脚上的皮鞋，换上胶鞋，就开始走街串巷、下地上山，深入田间地头，拜访困难户、老党员，与大家拉家常、谈心里话，足迹遍布茶叶村山山水水，沟沟坎坎，各种村情民情记满 5 本厚厚的笔记本。在此基础上，他在驻村两个月后，拿出了《茶叶村三年扶贫方案》。

侯先华的工作效率，让大家非常惊讶："侯书记，您做事咋这么快？"

侯先华说："2019 年全县要摘帽，咱们村脱贫工作历史上欠账多、任务重，我们再不急，就要拖全县的后腿了。"

党的十九大向全党发出"不忘初心，牢记使命"伟大号召。在学习贯彻党的十九大精神的党支部大会上，侯先华对大家说："我作为茶叶村的第一书记，我的初心和使命，就是要扎扎实实为老百姓致富办实事，认认真真帮茶叶村脱贫出实招，这既是我的初心，也是我的使命。"

带着这样的紧迫感、使命感，侯先华把茶叶村脱贫攻坚的第一仗放在党支部建设上。

说起茶叶村党支部，那是县、镇领导都头疼，群众也摇头。理想信念丧失，组织软弱涣散，纪律观念淡薄，不仅不能发挥战斗堡垒作用，个别党员干部甚至因一己私利，使反劲、拖后腿。因此县直单位都不愿意到这里驻村帮扶。

侯先华利用2017年村支两委换届时机，通过反复深入群众调查摸底，与局党组、五道水镇党委反复汇报、研究，遴选了几名政治上靠得住、工作上有本事、群众中有威信的支部成员，组建了让老百姓满意的党支部。然后带领新的支部成员，完善党组织管理机制，落实村干部周例会和值班制，热心接待群众来访，提供各种便民服务，村支部的战斗力、凝聚力逐渐显现出来，茶叶村脱贫攻坚终于有了“领头羊”。

不知不觉中，侯先华当第一书记还真当上了“瘾”。他发现村里交通状况非常差，村部公路一直没打通，6千米村道是早期修建的“机耕道”，难以适应脱贫攻坚紧迫任务。他不知疲倦地在县里、村里来回跑，向领导汇报、求有关部门支持、请专家进村考察，愣为茶叶村争取了300多万元资金，拉通了“断头路”，拓宽了“羊肠道”，实现了组组通公路、路路通汽车。

哪知脱贫攻坚刚有起色，一场百年难遇的洪灾，突然洗劫了茶叶村，冲毁公路，淹没农田。侯先华撸起袖子、卷起裤腿，带领村民风里雨里抗洪抢险，连续奋战几个昼夜。洪水退去后，他又立刻村前屋后、田间地头查看灾情，连夜赶写出六份灾情报告，三番五次上县城，不停地奔走在民政局、水利局、交通局、国土局之间，终于打动了各级领导，交通、民政、水利、国土、残联等单位纷纷伸出援手，得到水毁项目修复资金130多万元，整修了近8千米水毁公路，并落实村里水毁地质灾害项目15万元，帮助茶叶村老百姓渡过了难关。

茶叶村，顾名思义盛产茶叶。茶叶，是茶叶村的名片，也是茶叶村脱贫致富的希望。侯先华带领大家做大做强茶业产业，全村老茶园、新茶园达到2000多亩，每年产茶5万多斤。为提高茶叶产业效益，侯先华经过多方联系，筹集资金30多万元，办起了茶叶村生态有机茶厂，大大提升了茶叶价值，充实了茶农腰包，而且为村集体增收两万多元，让小小茶叶变成了脱贫致富的

“黄金叶”。

在做好茶叶这一传统产业的同时，侯先华还积极联系本村到北京创业致富的老板黄兴元，回村成立了桑植兴元养殖合作社，利用村里良好的生态环境，成立生态黄牛养殖场。公司先后投资 500 多万元，养殖黄牛近 300 头，产值 300 多万元，流转土地 200 亩，带动村里近 30 多个建档立卡户脱贫致富。

已 80 高龄的刘小妹，是侯先华的结对帮扶贫困户。由于体弱多病，行动不便，刘小妹一直居住在女婿家中。年前，侯先华去走访她时，刘小妹无意间说起，家里那些田土没人种，已荒废多年，非常可惜，要是能种上一些树，以后多少会有些进项。侯先华暗暗把她的话记在心里，通过走访林业专家，根据她家海拔高于 1000 米的特殊地理位置，确定种植经济价值较高的黄柏树，并到五道水集镇购买了 320 株黄柏苗，在给刘小妹拜年时，作为礼物给她送上门去，还给她几百元红包，让她雇工把树种到地上去。

刘小妹接过红包时，感动得哗哗掉眼泪：“我不经心的一句话，你就记在了心里，这么快就把事情办了，我的亲人也没侯书记您这么上心呢!”

侯先华轻轻拉过老人的手说：“老人家，您就是我的亲人啊!”

侯先华确实把茶叶村当作自己的家乡，把村里的事当作自己家的事，把村里的每一个老百姓当自己的亲人，甚至比亲人还亲。

村民田美英的孩子患有脚裂病，不能上学读书。侯先华得知这一情况后，立刻把孩子接到县城，亲自找中医治疗，为她垫付 257 元药费，治好了孩子的脚疾，重新返回学校。

贫困户余凯刚出生的孩子脑部严重积水，需要马上住院治疗。侯先华在第一时间，带着余凯赶到县残联，联系扶贫助残项目，争取到两万多元的资助。

贫困户熊先朋，是个残疾人，也是全县有名的上访户，领导们见了他就厌，村民们见了他也烦，大家都唯恐避之不及。侯先华为了和熊先朋交朋友，不仅主动找他拉家常，而且帮他解决实际问题。熊先朋腿部残疾，侯先华主动到县残联帮助解决500元资助；他家缺衣少被，侯先华主动到县民政局帮助解决一套棉被；他想到城里租房打工，侯先华又主动帮助他到县房管局联系申请公租房……渐渐地，侯先华与他成了无话不谈的好朋友。

熊先朋向侯先华保证："以后我再也不上访！"

由于一心扑在扶贫上，侯先华对自己家人却在不经意间忽略了。侯先华父母早逝，结婚后一直视岳父母为父母，每个月都要抽出时间去看望，可自从当了驻村第一书记，去看望老人的次数越来越少，甚至岳父过生日，也没时间去祝寿。等忙过那阵，特意请假去探望老人时，老岳父一把抱着他，眼泪汪汪地说："先华，你怎么好久没来看我了？"说得他愧疚万分，眼泪一下子滚下来。那天夜里，他儿子肾结石突然发作，儿媳正在医院值班，他夫人一个人在家六神无主，儿子给他打电话："爸爸，你啥时候回来啊，我痛得实在受不了啦……"说得远在近百公里外驻村扶贫的侯先华，整夜以泪洗面……

这天，已有一年多没上访的熊先朋，又跑到县信访部门去了。和他已经是"老相识"的接待人员，见了他就问："熊先朋，今天你申的什么冤？告的又是谁呀？"

熊先朋说："我要告侯先华。"

接待人员一愣："他什么事得罪你了？"

熊先朋："不是他得罪我，而是他的扶贫工作做得太好了。你们要给他记功、评先进。这样的好干部、好书记不评先进，就是不公平，我就要到市里、省里告你们！"

接待人员高兴地说："今天你这个状告得好，我们一定反映上去。你就等着好消息吧。"

2018年，侯先华被评为"湖南省脱贫攻坚先进个人"、张家界市科技帮扶精准扶贫先进个人、桑植县"最美扶贫人"。

领奖归来，侯先华一个人坐在五道水镇茶叶村窄路加宽项目的工地上，百感交集，抑不住诗情喷涌——

二十五年书记情，
为民服务践初心。
一颗红心为宗旨，
牢记使命学做人。

5. 不负家人，更不能负人民

2018 年底，桑植县洪家关白族乡花园村如期实现“户脱贫、村出列”目标后，在这里先后担任驻村第一书记两年的许文正，特意把在外地上大学的女儿叫回家，带着她到自己的扶贫村参观，给她介绍这里发生的翻天覆地的变化，脸上露出了少有的喜气与豪情。

回到城里，他又与女儿一道去看望姐姐，真诚地向她表达谢意：“姐姐，我的扶贫任务完成了，你辛勤照顾这么多年的侄女儿，也上大学了，这都多亏了你呀。”

回家前，他在街上买了一刀纸，又特意到花店买了束鲜花。家里客厅的墙上挂着一帧中年妇女的黑白照片，她端庄秀美，眉宇间写满慈祥，照片四周围着一圈黑纱……这是他的妻子、孩子她妈妈。

他给妻子献上那束康乃馨，又点上那刀纸：“老婆子，我今天是向你报喜来的，我的扶贫任务完成了，你在那头不要再牵挂这事了，你放心吧，安息吧，在天堂一路走好啊……”

2017 年初，组织上让许文正到花园村担任驻村第一书记时，许文正一时真有些六神无主、不知所措——他妻子已身患重病多年，需要他照料；女儿在市一中读高二，马上要进入高三，即将面临高考，需要他陪伴。

他平时就睡眠不好，那个晚上更是彻夜难眠——“我志愿加入中国共产党，拥护党的纲领，遵守党的章程，履行党员义务，执行党的决定，严守党的纪律，保守党的秘密，对党忠诚，积极工作，为共产主义奋斗终生，随时准备为党和人民牺牲一切，永不叛党!”鲜红的党旗，铿锵的誓言，紧握拳头、高高擎起的手臂——“老婆子，你静心调养，一定会好的。”“老头子，我身体不好，拖累你了。”“别这么说啊，我们是夫妻，是孩子她妈、她爸，一根藤上的瓜。”“我这身子，也不知要拖到啥时候啊?”“老婆子放心，什么时候我都会好好照顾你。”——“女儿，你学习成绩太棒了。”“爸爸，我一定要上大学。”“好样的，爸爸一定当好你的坚强后盾。”“爸爸说话算数?”“爸爸说到做到!”“那咱们拉钩。”“拉钩。”父女俩尾指相钩，拇指盖印——泥泞不堪的泥土路，低矮破旧的木板房，人畜混居的脏乱，一碟咸菜外加几个土豆的餐桌……这些，就像电影胶片上的一个个画面，不停地轮番在他的脑海里转悠。

许文正是个心不藏假、至真至纯的湘西汉子，从不轻言，言出必行。

他怀着愧疚、鼓起勇气，将组织决定告诉妻子。没想到病弱的她听了，竟坦然地笑了：“文正啊，我病了这么久，也拖累了你这么多年，你尽心了，组织上对我们的照顾也够多了，也该让你出去好好工作几年了。”

许文正把年迈的老丈母娘接到家里，专门照料病中的妻子，又请求姐姐租住在一中宿舍，照顾女儿一日三餐、生活起居。

驻村之前，领导找他谈话：“你家里的情况，大家都知道。但花园村的驻村书记不好干，党委考虑来、考虑去，还是派你去比较合适，领导比较放心。家里遇到难事，就跟组织上提，大家帮着解决。”

许文正说：“谢谢组织关心。我没什么大困难，一些个小困难，我自己能解决。”

“文正，我今天是准备听你诉苦的，”领导感叹道，“没想到你答应得这么痛快，好同志哪。”

许文正说：“我不能辜负家人，更不能辜负组织、辜负人民群众。”

许文正就这样把病中的妻子托付给岳母、把冲刺高考的爱女交给姐姐，带着被子行李、带着脱贫攻坚的使命，住进花园村，担起了第一书记的重担。他吃在村里、住在村里，每天一身汗、一身泥，与村民一道修公路、铺水管、忙家事；撒开双腿，四处为村里跑项目、跑资金、跑市场、跑销路。

让许文正没想到的是，他刚刚驻村两个月，脱贫攻坚刚刚打开局面，妻子的病情突然加重，住进了张家界市医院，然后又转到长沙市医院。许正文不得不请假照顾妻子。可即使这样，他也没有放下肩上的担子，每天给村支书、村主任等村支两委委员打电话，布置任务、督促工作，与市、县职能部门电话联系，谈项目、要资金，一个月打掉 600 多元电话费。妻子病情稍有好转，他又立刻赶回花园村，与大家奋战在脱贫攻坚第一线。

让许文正更没想到的是，妻子走了，走得这般突然，让人猝不及防。许文正强忍巨大悲痛，料理完妻子后事，又坚强地回到驻村第一书记岗位上。

这些日子，是他四十多年人生中最艰难、最艰苦的日子，强壮的身子骨，一下子消瘦得几乎一阵风就能吹倒。扶贫队同事、村干部见了都很心疼："这段时间把你累成了这样，你就回去休息几天吧。"

许文正轻轻摇了摇头："咱们村要在 2018 年退出贫困村，时不我待。孩子他妈，我没有留住，已经非常遗憾了。我不能让村里的扶贫工作再受影响，再留下遗憾。"

6. 最美书记，不是秀出来的

在这场脱贫攻坚战役中，县、乡（镇）两级政府，共向全县各村组派出近 250 支扶贫队、600 多名扶贫队员。在这支浩浩荡荡的脱贫攻坚队伍中，县食品工业质检局的秦一群、县委组织部专干金红，是少有的两名被评为"最美扶贫人"的女驻村第一书记，赢得了"最美书记"雅号。

利福塔镇官庄村紧邻集镇，高速公路连接线穿境而过，是一个自然环境较好，但村情十分复杂的贫困村。2018 年 1 月，秦一群来到这里担任驻村第一书记。

秦一群，虽已入中年，却并不显老，五官端庄，容貌姣好，皮肤白白嫩嫩。因此她一到官庄村任职，一束束不信任的目光便撵上了她的背影。

“这样白白净净、文文弱弱的女人，一看就是坐机关的料子，哪是做农村工作的人哪?”

“这样一个弱女子，能带领我们脱贫致富？趁早别想这好事了。”

“人家是来镀金，攒资历、捞资本的，来咱乡里走一趟，回去好高升。”

……

秦一群神经敏感、耳根子尖，背后传来的悄悄话，她都听到了。但她没有辩解。时间和行动是最好的回答。

官庄村16个村民小组608户家庭、1168亩耕地。她甩开双臂、迈开两腿，逐家逐户走访，只用不到四周时间，就把每个家庭访了个遍，到每块耕地上走了一遭，对哪家几口人、有哪些收入、责任田里种了什么，以及村里基础设施建设、产业发展等情况了然于胸。她分门别类筛选出富裕户、发展户、贫困户，分别建立了详细的档案。

看着秦一群起早贪黑，蜜蜂般在村里转来转去的身影和她渐渐消瘦的身子骨，对她的各种议论渐渐销声匿迹了。

接着，秦一群就开始思考村里的产业发展问题。官庄村气候湿润，年平均气温18.06℃，年降雨量1300毫米，全年无霜期能达到280天；土壤肥沃，平均有机质含量达1.5%。她到县农业部门拜访。专家们认为，官庄村的土质、气候特点，极其适合优质水稻种植。村里也曾有农户尝试过优质水稻种植，均获得不错的经济效益。

经过与村支两委班子多次调研后，秦一群决定引导村民发展优质水稻。但消息传开后，又一个个皱起了眉头。“官庄村祖宗十八代，都围着这几块土地动心思、打转转，都转了几百上千年，都没有转出个新名堂，官庄村还是贫穷的官庄村。现在还围着这几块土地转，就能让官庄村转出个新模样?”

能不能转出新模样，口说无凭，还得用事实说话。她带领村支两委，动员27户村民，种植150亩优质稻，开展产业引导，并同时成立了官庄村合作社。她从当年20万元产业引导资金中拿出6万元，无偿为这些农户提供种子、农药、化肥等生产资料；邀请县农业部门专家走进田间地头，进行技术培训指导；请家家红商贸公司上门签订收购合同，让种植户吃了“定心丸”；扶贫队员每天与大家一块忙碌，帮着村民平地栽秧、田间管理、割禾晒谷。

开秤收购这天到了，村民们将收获的稻谷从家中运到村部，以每斤两元的价格出售给家家红商贸有限公司，当天就收购了三万多斤优质稻谷。参与种植的 27 户贫困户和 72 户非贫困户都增收数千元，同时为村里增收 5.1 万元，填补了村集体收入的空白。

一花引来百花开。官庄村优质稻种植面积迅速扩大，很快实现了规模化、基地化，成为村里脱贫致富的支柱产业。

从此，官庄村的老百姓遇到她，都向她点着头，亲切地叫一声“秦书记”。她背后那些已平息了一些时日的悄悄话，又来了：“这女人，别看她个子不大，脑袋大——有脑子。看来她真不是来做秀的，而是来指点我们致富的。”

村民们的腰包开始变圆了，但秦一群依然没有停下在村道上、田垅间走访调查的脚步。

那天，她看见路旁一株椿树正冒春芽儿，红红嫩嫩的，煞是好看，便停下步子，细细观赏起来。她突然想起，在菜市场这种椿芽，要论两甚至论克卖，价格贵得骇人，但却十分抢手。继而她又突发奇想，要是能把它移进大棚，成为反季节蔬菜，价格更要翻番……顺着这一思路，她引导村民发展了 3.4 亩反季节香椿产业，让村民的腰包又鼓起了一层。

天天在村里转悠的秦一群，一直在思考着一个问题：这里土壤肥沃，交通便利，进城容易，要是动员村民发展家庭小菜园，由村合作社统一收购，集中销售，大家岂不又多了一条致富渠道吗?

她是个行动派，说干就干，通过奖励部分群众领头示范，带动其他人纷纷加入，很快在村里形成 100 多亩家庭小菜园，群众的腰包又再次鼓圆了一些。

……

在广大村民腰包渐渐鼓起来的同时，道路崎岖不平，垃圾堆积，一到雨天，便泥泞不堪的官庄村，也一天天变美了：过去的一条条“肠梗阻”组间小道，变成了平坦的水泥路；河畔低洼地带，建起了400平方米规范化公共服务平台、800平方米庭院，成为集便民超市、农作物仓库、文体娱乐场所、党群服务中心于一体的综合村部……过去环境脏乱的落后村，变成了路面宽敞整洁、绿树成荫、庄稼喜人，被誉为“利福塔镇第一景”。

官庄村如期退出贫困村，在这里奋斗了500多个日夜的秦一群离开官庄村，村民自发前来欢送，并有人朝她高声喊道：“秦书记，你是我们的好书记!”

马合口白族乡刘家寺村第一书记金红，在2017年初走马上任时，村民更有理由怀疑她是来做秀的：28岁的年轻姑娘，清纯美丽的容颜，林黛玉般纤秀动人的身姿，武汉大学硕士学位，活泼流畅的文笔……这些，哪一样能让人与艰苦的农村工作联系起来?

其实，群众的这些疑问、猜测，金红自己早就想到了。因此那天领导找她谈话，让她担任刘家寺村第一书记时，她心里不禁“咯噔”了一下，抑不住问自己：“金红，你能行吗?”但这只是那么一瞬，她又问自己：“一年前，你从武汉大学硕士研究生毕业，放弃那么多留在大城市发展的机会，却偏要返回家乡工作，为的是什么?不就是为这片养育了自己二十多年的家乡改变落后面貌贡献自己的力量吗?现在党组织给了自己这样的机会，为什么又徘徊犹豫了?”

领导问：“对完成脱贫攻坚任务有信心吗?”

金红回答：“有信心!”

回答得咯嘣溜溜脆，丝毫不含糊，但到职开展工作后，她才发现脱贫攻坚的难度远远超出了想象。

位于马合口白族乡西北部的刘家寺村，自然条件极差，基础设施非常薄弱，是个典型的“双无村”（无村集体收入，无基础产业），村民文化教育程度普遍偏低，交通、饮水、居住及生产生活条件，不是全县倒数第一，恐怕也是全乡最差!

就这样的家底，让全体村民都过上“两不愁、三保障”的日子，谈何容易啊!

忐忑不安的金红，常常彻夜难眠，时常一个人半夜三更从床上爬起来，走出房门，在黢黑的夜色里，时而静静地仰望着星空，时而围着宿舍徘徊又徘徊……

村民们把这一切都看在眼里。他们都在为她担心——如此沉重的担子会把这个清瘦的小姑娘压垮吗?同时又为自己的未来担忧——她能带领大伙脱贫致富吗?

但大家发现，几天后，她的脚步再次变得坚定、勤劳起来，每天跑农户，做调查研究；跑市里、县里，要资金、要项目；带着村支两委跑外调，向兄弟单位学习取经……

然后，刘家寺产业扶贫思路形成了，村里100亩莓茶园，开始绽放出嫩嫩的枝叶……

再然后，刘家寺农民经济合作社成立了，《刘家寺农民专业合作社总章程》《刘家寺农民专业合作社财务管理办法》《刘家寺农民专业合作社藤茶种植管理办法》《藤茶宣传手册》先后与大家见面了。

再然后，900万元扶贫资金下来了，狭窄的村组道路变宽、变硬了，村前村后建起了花园，作为临时村部的木板屋变成了多功能综合村部……

再然后，居住在“一方水土养不活一方人”的深山沟里的一家家农户，告别了深山老林，搬进了一间间崭新别致的新居，开始了新的生活……

……

刘家寺村变了，变美、变富了，村民们看金红的眼光也变了：“金红这小姑娘，不仅人长得漂亮，写文章有一手，做起农村工作来，也有两把刷子呢!”

而金红每当说起与刘家寺老百姓的感情，就抑不住眉飞色舞、心涌豪情：“乡亲们过年杀年猪，都要拉我去吃杀猪菜呢!”

第五章 桑植乡愁

对于在外地创业的桑植人来说，故乡那一双双茫然、无望的目光，父老乡亲餐桌上那碟咸萝卜、那几个红薯，那个背着沉重背篓的老人艰难爬行的身影，是他们心头挥之不去的乡愁。他们的乡愁，是那万水千山，他们在这头，故乡在那头；乡愁是那都市繁华，他们在里头，故乡在外头……

1. 只为心里那丝淡淡的忧伤

瑞塔铺镇人民政府党建办主任叫吴不为。父母之所以给他取这个名字，顾名思义，就是不图孩子有什么大作为，健健康康就好，平平淡淡才是真。可长大后的吴不为，却一心想着“力争在农村工作上有所作为”。

吴不为从小聪慧，尽管父母管教宽松，任其自由成长，但他从小学、初中到高中，学习成绩在班上出类拔萃。2005年高考时，吴不为考取南京理工大学。

大学毕业后，吴不为前往连云港、宁波发展。这里发达的经济、灵通的信息、富裕的生活，为他施展才华提供了良好的平台和机遇，参加工作一年多便成为单位技术骨干，拿到让人羡慕的高薪。如果没有那次和高中同学的桑植“悬崖村”之游，也许吴不为就在那里结婚生子、安居乐业了。

“悬崖村”，其实也不是该村的村名，是游客们给送的雅号。吴不为在沿海工作两年，回到湘西老家过年，与几个高中同学聚会时，有人提议到桑植“悬崖村”旅游，得到大伙响应。次日，吴不为便和几个同学驱车来到“悬崖村”悬崖下。

这里果然是一片好风光。同学们兴高采烈地沿着那条在悬崖上凿出的羊条肠小道攀登而上，走进“悬崖村”。这时他们才发现，身处悬崖的“悬崖村”，风景虽美，却生活艰难。村里的大部分年轻人都外出务工了，村里只有留守老人和儿童。他们推开位于村口的村小学——一间破旧木板屋的门，只有一个年迈的老先生、五六个孩子，无论是先生还是孩子，注视着他们的目光，都写着茫然和无望；他们走进一家农户，两个老人正吃午饭，餐桌只有一碟咸萝卜、几个红薯；在离开“悬崖村”时，看见一个背着背篓、拄着拐杖的老人，从羊肠小道的那头迎面走来，腰背低低地弯着，几乎把脸贴到了前边的石阶上……

吴不为问老人：“老大爷，你们在这住了多少年了？”

老人抬头笑着说：“我们祖祖辈辈都住这，有几百上千年了吧。”

吴不为听了，真不知道这是故土难离还是生活无奈，是生命的奇迹还是生命的悲剧。只是忽然觉得心里像老人背上的背篓一般沉重，让他油然想起自己喜欢的那首诗《乡愁》：

小时候　乡愁是一枚小小的邮票
我在这头母亲在那头

长大后　乡愁是张窄窄的船票
我在这头新娘在那头
……

吴不为离开家乡湘西回到宁波，“悬崖村”那一双双茫然、无望的目光，餐桌上那碟咸萝卜、那几个红薯，那个背着沉重背篓的老人艰难爬行的身影，也如影随形地跟随他来到了宁波。他知道，这就是他的乡愁。

他的乡愁，是那万水千山，他在这头，故乡在那头；乡愁是那都市繁华，他在里头，故乡在外头……

不久，吴不为出人意料地辞去了宁波的工作，回到家乡湘西，先后受聘担任桑植县白石乡李坪村、双狮村、莲花村的村主任助理。

他的选择，让很多人大跌眼镜、大惑不解。但吴不为理解自己，正如他在一篇散文中所写的那样：“自从到悬崖村走了一遭，我心里便有了一丝淡淡的忧伤。从此后，每当我走在姹紫嫣红的街道上，就会抑不住问自己：‘这里为什么不是我的故乡？’每当夜幕降临，繁华悄然隐去，我就会从都市这头走进故乡那头；在月末领到高薪，也不再有从前的那种兴奋感、成就感，而是悄然涌上一丝淡淡的惆怅……”

村主任助理，比芝麻还小好几个档次的官，每月工资只有一千多元，几乎是他在宁波那边的零头。但他干得很欢，心里觉得很踏实。

2016 年，扶贫工作进入最后攻坚阶段。这年 9 月，吴不为通过公务员考试，加入国家公务员行列，担任瑞塔铺镇党建办公室主任，几个月后成为瑞市居委会驻村干部，成为脱贫攻坚战役前沿尖兵。

2018 年，距离“县摘帽”最后日期只有两年了，而东旺村脱贫攻坚依然停滞不前。造成这一局面的主要原因，是村党支部成员党性观念不强，个别的甚至自私自利思想严重，导致党支部工作完全陷入瘫痪。打破东旺村脱贫攻坚僵局，当务之急是建立一个坚强的村党支部。

镇党委把这一艰难任务交给了年轻的吴不为。临难受命的吴不为来到东旺村，发现村支两委在广大村民中口碑很差，一些群众甚至说他们是“共产党身上的毒瘤”，纷纷建议立刻清除。在此情况下，吴不为果断建议镇党委免去村支两委几名主要成员的职务，自己代理村党支部书记，亲力亲为村里的一切事务。与此同时，吴不为通过深入走访，广泛征求群众意见，发现并确定了几名党性观念强、群众威信高、乐于献身农村工作的“80后”年轻党员，作为党支部后备人选。

这时，已经春耕时分，这是一年农事最为紧要的季节。这天，原村支书突然对吴不为说：“去年在村里流转了几十亩土地做项目的那个老板，今年不流转了，让各家各户自己耕种。”

吴不为一听，不禁一愣。这情况可太严重了，流转土地每亩四五百元，几十亩就是几万元哪。春耕季节都快过去了，才让各家各户自己耕种，种子、肥料、农药、劳动力，大家毫无准备，怎么耕种？这每亩四五百元、每家几千元流转费，村民们向谁要去？在农村，这可是一笔不少的收入啊。

老板为什么早不通知、晚不通知，到了这时候才通知？这让他这代理村支书如何向大家解释？吴不为仔细一想，立刻明白了其中的套路，便笑着问原来村支书说：“你是不是早就接到那个老板的通知了？”

原支书回答支支吾吾：“我没……没接到通知。”

吴不为说：“那你把他电话给我，我去问问情况？”

原支书一下子把头低下了：“我也……没他电话。”

事已至此，把事情弄个明明白白又如何？现在已经够忙了，又哪有这精力？吴不为便向他挥挥手说：“我知道了，你回去吧。”

就在他转身悻悻离去时，吴不为突然想：别人给你拆台、难堪的机会，不也是自己和未来新党支部成员树党员形象、立群众威信的好机会吗？

吴不为找到那几名后备支部成员通报了此事，并强调说：“咱们不能让群众利益受损失。”

几名后备支部成员非常赞同：“吴书记，你说怎么办就怎么办！”

吴不为说：“咱们几个人把那些土地承包下来，把大家的流转费挣回来。”

几名后备干部说："好，我们跟着你干。"

吴不为带着几个"80后"党员，通过向农业专家咨询，确定种植季节稍晚、市场销路较好的优质水稻。此后在东旺村田野上，经常看见吴不为和那几名年轻党员，每天起早贪黑，赤着两脚，甚至光着膀子，天晴一身汗水，下雨一身泥水，不停地在田间地头忙活。村民们被这几个朴实的年轻人感动了，在插秧、收割等农忙季节，不要一分报酬，主动给他们帮忙。

辛勤的付出，迎来了可喜的收获，金黄的优质稻谷在仓库里堆成了山。为把这些优质大米销售出去，吴不为和几名年轻人，不仅开通了网上销路，请亲戚朋友帮助销售，还每人一辆小三轮，在县城里走街串巷，扯开嗓门吆喝："卖优质大米喽！不用化肥、没打农药的优质大米，物美价廉哪！"只要有求购电话，他们立刻风雨无阻送货过去；只要有人买，不管楼层多高，他们立刻把米袋子往肩上一扛送到楼上去……

数万斤优质大米很快销售一空。最后一结算，利润正够那些农户的流转费。吴不为有些不好意思地对几名年轻党员说："原以为会有些结余，给你们发些补贴的，没想到一分多的都没有。我是公务员，有工资，可你们……"

几名年轻党员听了，哈哈笑着说："我们的初心，就是不让群众利益受损失，压根儿就没想过要赚钱。"

以这几名年轻党员为基础组建的新的东旺村党支部，深受群众欢迎，村里的脱贫攻坚很快开创了新局面。

东旺村出现了新气象，可潮水河村的脱贫攻坚依然存在"肠梗阻"。镇党委又决定把吴不为调过去，加强该村驻村扶贫队力量。

潮水河村的"肠梗阻"，梗就梗在那条先后修了八年、现已停工两年的公路上，而最主要的"梗塞点"，就是那位独自留守在家的老人。他家位于公路无法绕开的位置，必须拆迁腾地。老人有些文化，但性格却出奇的倔强。政府工作人员找他谈，他说："要拆我的房，除非把我杀了，让我横着出去。"动员他的儿女做工作，他说："我生下来就住这房子，几十年了，我的骨肉都与房子的砖瓦连在一块了，你们是想让我早点死啊？”反正谁去谈，都是一句话：“除非我死了，否则谁也别想拆我的房！”

做通老人的工作，让他拆迁腾地，是吴不为的主要任务。面对油盐不进的老人，如何打开突破口？他坚信，人非石头，总有柔软的地方。

通过向老人乡邻打听，吴不为得知他喜欢喝酒。于是每逢周六、周日，吴不为就邀上主管镇领导，提上一瓶红星二锅头，外加一包花生米，或是一袋酱牛肉，来到老人家里，喝酒、聊家常。

十几场酒喝下来，老人终于开口了：“我知道，你们也是为拆我房子来的。但你们和别人不一样，你们只请我喝酒，却从不提拆迁的事，让我把酒喝得很舒服。喝酒的人最讲一个义字，你们懂我，对我义道，我对你们也不能不义。”

最后，通过政府领导与老人多次磋商，在政策框架内，尽可能满足了老人的各种诉求，问题终于得到圆满解决。

“梗阻”了八年的公路终于拉通了。吴不为也被评为“最美扶贫人”。

2. 带着女朋友去下乡

“你整天就是忙、忙、忙！你看别人谈恋爱，花前月下，成双成对，多甜蜜。你再看看我们俩，不说陪我压马路、逛公园，就是给我打个电话，每次也说不上几句话……”

刘家坪白族乡扶贫办副主任卓著的未婚妻来电话了，又是一顿抱怨。长期这样确实没办法，但又能怎么办呢？把这扶贫工作辞掉？这可不行！他就是奔着这来的。

生于1989年11月的卓著，2012年大学毕业后，与同学们一起去了沿海城市发展。凭着过硬的专业知识和自身的聪慧，他很快便在人才济济的沿海站稳了脚跟，谋得了一份高薪，成为同学眼里的“成功人士”。

可不知咋的，他却觉得自己像株浮萍，心里整日空落落的。尤其到了晚上，很多时候两眼一闭，就看见连绵的群山，冒着袅袅炊烟的吊脚楼，金浪翻滚的梯田……可当那束从窗口斜射进来的阳光照在脸上，他睁开眼睛时，听到的却不是清脆的鸟鸣，而是街道的嘈杂。这时，卓著心里就会涌起一丝惆怅——哦，我是一名异乡游子、他乡客。

卓著也曾多次想到回湘西老家创业，可都由于创业思路不成熟而一次次放弃。2016 年，卓著从媒体报道中了解到，从中央到省里对湘西脱贫攻坚非常重视，决心在 2020 年前让湘西群众一个不少，全部过上小康生活，心里不禁怦然一动：这是湘西人民千载难逢的幸事、喜事，也是自己造福家乡父老的难得机遇，岂能再错过？

卓著果断返回家乡，参加脱贫攻坚任务最重的桑植县公务员考试，并成功入围。

组织上找他谈话，问他未来有什么志向。他说："我想参加扶贫。"于是，组织上把他分配到基层乡（镇）工作。

那天，他刚到刘家坪白族乡报到，领导就对他说："明天国家有关部门要到新阳村检查脱贫攻坚工作，我们要赶到那里走访核查有关档案，你去不去？"

卓著把行李一放，胸脯一挺："我去，一定要去！"

这是卓著成为公务员的第一天，也是第一次参加扶贫工作。毫无工作经验的他，细心观察同事如何走访农户，如何与群众交流，认真做好走访记录，一直持续到凌晨两点才回到乡政府，累得他往那些尚未打开的行李上一倒，就呼呼入睡了，而且睡得很香。

第二天，乡党委书记正式找他谈话、分配岗位："现在乡政府就数脱贫攻坚任务最重、最紧，你就到乡扶贫办工作吧。"

正中下怀呀。做自己喜欢做的事，卓著对每一件事都做得非常细致。上班第一个月，他舍弃所有周末，协助领导摸清摸准刘家坪白族乡的扶贫对象，逐户入户填好每一张家庭情况统计表，在此基础上，对建档立卡户进行重新评议，将原鹰嘴山村贫困户比例，由原来的 1.5 整改为 3.4，解决了该村分户、拆户和识贫不准的问题，受到当地村民称赞。为让自己尽快融入工作环境，他晚上加班加点学习相关政策法规，快速提高自己的理论政策素养，白天走村串户了解群众在脱贫致富中遇到的问题，与百姓打成一片，不到一个月时间，便能熟练地说出全乡扶贫基本情况、存在问题、贫困户基本状况，而且还养成了一个习惯：组织分配的任务、领导交代的工作，他绝不推诿，而且无论工作再繁忙、任务再重，都坚持准时、高质完成任务，哪怕“五加二”、“白加黑”，也绝不拖延，深得乡党委、乡政府领导信任。“交给卓著的事，尽管放心。不管什么事，他都会给你一个满意的结果。”

参加工作当年，他就被任命为乡扶贫办副主任。

对自己对口联系的三家建档立卡户，卓著更是上心、用情。哪怕工作再忙、时间再紧，卓著都坚持每周去每家走走，拉拉家常，问问有什么问题，有困难就及时帮助解决。那天，他突然听说建档立卡户刘经海读初二的儿子辍学了，心里不禁“咯噔”了一下，立刻给在广东打工的刘经海打电话询问原委。刘经海叹着气说：“孩子没有妈妈，自己又常年在外打工，让孩子一个人在家没人管，不知哪天就学坏去，还不如现在就让他到广东来，和我一块打工。”卓著劝说道：“初中，是国家规定的必须完成的义务教育。再说，一个没文化的孩子去打工，既影响他未来前途，也找不到好工作，挣不到多少钱。难道你不希望孩子将来有个好前程吗?”刘经海说：“哪个当爹的不想自己的孩子将来过得好？可现在谁来替我管教他?”卓著说：“这个问题我来帮你解决。”放下电话，卓著立刻找到学校领导。经协商，校方同意孩子周一到周五住校，由班主任管束。卓著又走进孩子伯伯家，当场给孩子父亲打电话商量，给老兄一些经济补偿，请老兄在周六、周日，给侄儿提供食宿，并代为管教。辍学的孩子，终于回到了教室。

2019 年，为到脱贫攻坚第一线战斗锻炼，卓著主动请缨到犀牛村驻村帮扶。到村里不久，一个叫朱声浓的返乡妇女找到他说，她在广东甘蔗基地打过工，发现甘蔗种植经济效益好，她积累了丰富的甘蔗种植经验，想在村里发展甘蔗种植基地，但因为常年在外，不懂产业发展相关流程。卓著非常赞赏她的创业勇气和思路，四处帮忙联系，成立了合作社、找好了办公场所、规划了种植区域，然后又通过大量思想工作，做通了那些不理解、不支持的农户思想，为她流转了40多亩土地，作为甘蔗种植基地，吸纳29名贫困户务工，促进了当地农民增收。

扶贫工作，卓著样样都做得非常圆满。可无形中，他对女朋友有些疏远了，因此卓著对她的抱怨非常理解。她年轻活泼，非常漂亮，且懂事明理，他非常爱她。他知道，她也深爱着自己。如何让两颗深爱着对方的心相互靠拢呢？

卓著灵机一动，计上心来。他甜蜜地对她说："亲爱的，其实我也很想你呀。"

"又假了吧？"她说，"想我怎么两个多月不来看我？"

"你可以来看我呀。我们乡政府，你还没来过吧？刘家坪是红二、六军团长征出发地，风景名胜可多了。"

第二天，她来看他了。他带她参观了红军灶、红军食堂、红军长征纪念馆后，她说："没想到你工作的地方这么美。"他说："比这更美的地方，你还没看到。""在哪？""在我们下乡的地方，去不去？""去！"

第二天一大早，卓著便带着她出发了。同事们见了，便问："卓著，这么早带着女朋友上哪去？"

卓著神秘地朝同事眨了眨眼："我带着女朋友去下乡！"

卓著带着女朋友走访了对口联系的建档立卡户，参观了扶贫队帮助村组建设的莓茶、棕叶、反季节蔬菜基地。所到之处，乡亲们都给他们倒茶递座，热情备至，都对党和政府感恩戴德，对扶贫工作赞不绝口，说扶贫干部是"现世菩萨"。

最后，他带她来到新阳村"脱贫之星"刘义心家。只见刘义心正手脚和臀部并用，时而坐在电脑边点击网站，时而翻越门槛在塔院里收拾土特产，瘦小的身体里仿佛蕴含着永远使不尽的力量。

刘义心虽在读高一时被查出患有肌营养不良症，不能走，也不能坐，考上大学后也因身体原因，被迫休学，曾一度整日以泪洗面，自暴自弃，几乎丧失生活信心。

2015年初，扶贫队进驻新阳村，发现刘义心虽然身残，但头脑灵活，喜爱上网，便把他送到县电商培训班学习，并与县邮政公司协商，无偿为他添置有关设备，引导他走上农村电商之路。

重新树立起生活信心的刘义心，开设了“农家阿哥”网店，经营野蜂蜜、土家腊肉、油茶、土鸡蛋、木瓜丝等土特产，并代收水电费、邮政快递，代售飞机火车票、打印材料等，每月收入3000多元。

告别刘义心返回乡政府的路上，卓著抱歉地对女朋友说：“对不起，我哄你了，没让你看到好风景。”

“不，今天我看到了最美的风景线，看到了你们扶贫干部的风采，”她说，“像刘义心这样的残疾人，也能帮助家里脱贫致富，你们扶贫工作创造了人间奇迹啊。”

从此，她对他的抱怨变成了鼓励。

后来，在外资企业工作的她，报考了公务员，成为一名基层乡（镇）干部。

再后来，她和他一样，也成了一名驻村扶贫队队员。

3. 乡愁书记覃鸿飞

兴许是文化人易动感情的缘故吧，曾当过几年报社记者的桑植县八大公山镇筲箕池村第一书记覃鸿飞泪窝子特别浅。他刚到筲箕池村担任第一书记时，就连着流了好几场泪水。

当他来到中岭组、上村组、曹坊组，看到这里的道路非常狭窄。村民们向他诉说，每到雨天，山坡上的泥土冲到路面，土路变成“水泥混合路”，湿漉漉，滑溜溜，压根儿没法下脚，已有村民脚下打滑摔到山下，险些丧命。听到这里，覃鸿飞心里一揪，泪水就掉了下来。

当他去探访建档立卡户、67 岁的罗仕清，看着这个住房破旧、一贫如洗的家庭，听着因疾病缠身长期卧床的老人不住地向他诉说："只怪我的身体没用啊，治病把家里的钱都花光了，害得儿子 30 岁了，还没钱给他娶媳妇……" 老人说得泪水汪汪，让覃鸿飞也跟着眼泪止不住往下淌。

每次走进建档立卡户家里，看到他们生活的艰难与窘迫，覃鸿飞心里就有一种莫名的伤感，就抑不住眼角湿润。

一名记者了解到覃鸿飞流泪的故事后，便以"乡愁书记覃鸿飞"为题报道了他的事迹。

男人的泪水，不全是软弱。动心、动情了，才有泪水。心动、情动了，才有行动，才有动力。

带着乡愁的泪水，覃鸿飞与村支两委一起，为罗仕清申请了危房改造资金，把那间罗家居住的几代人的破旧木板房整修一新。他每次进城回来，都要带上一些药品，或是买上两件新衣，给罗仕清送去，与他嘘寒问暖一番，每次让罗仕清感激涕零："共产党就是好，共产党的干部就是亲啊!"

带着乡愁的泪水，覃鸿飞到市里"诉苦"，到县里"哭穷"，到友邻单位"求情"，先后筹集近 200 万元，完成了 10 千米村组公路整修，硬化道路 3.3 千米，拓宽道路近 3.5 千米，疏通硬化道路近 2 千米。看着出门的道路一下子变宽、变直、变硬了，乡亲们笑得嘴都合不拢："这下好了，不仅出门再也不用担心天上下雨，走路打滑摔跤，而且还通了汽车，把山里的东西运出去，再也不用肩挑手提，过去几十趟才能挑出去的货物，现在汽车马达一响、油门一踩，一趟水就出去了!"

带着乡愁的泪水，覃鸿飞带领村支两委，想方设法给大家寻找致富路。

全村有林地 7950 亩。覃鸿飞引导村民开垦林地 1000 亩，种上各种经济林，并相应成立 5 个专业合作社，把林地变成了村民的致富地。

筲箕池村的地形是"两坡夹一坪"。覃鸿飞与村支两委因地制宜，充分利用地形特点优势，引导村民在“两坡”上种植高山青钱柳有机茶600亩、高山有机猕猴桃150亩，实现了“一家一庭院，一户一产业”；在“一坪”上，引导优质高山水稻种植“能人里手”向延学，率先以“农机专业合作社+农户”模式，发展优质高山水稻400多亩，让建档立卡户在家门口打工就业，实现产业共富。

覃鸿飞刚担任驻村第一书记时，筲箕池村集体经济几乎为零。覃鸿飞多措并举发展集体经济，建成50亩猕猴桃基地、60千瓦光伏发电、3亩清水鱼塘等重点产业，当年村集体收入近10万元，还给每户村民分了红。

覃鸿飞在走访中发现，由于青壮劳力出外打工，村里的很多土地都荒废了。而这些土地可是寸土寸金哪。

筲箕池村距离桑植县城60千米，处于八大公山腹地，是全球200个优质生态区之一。这里平均海拔800米，年平均气温18.2℃，早晚云雾缭绕、昼夜温差大，拥有得天独厚的高山优质水果种植气候，更为珍贵的是，这里的土壤富含锌、硒等微量元素。

锌，是人体必需的微量元素，补锌能够促进人体生长，增强免疫能力；硒，也是人体必需的微量元素，有着提高人体免疫，抗氧化、延缓衰老，防治心脑血管疾病，保护肝脏，保护、修复细胞，防癌、抗癌等众多功效。因而人们对富含锌、硒的果品和饮料趋之若鹜，格外青睐。

为把这些荒废的土地变成筲箕池村脱贫致富的金土富地，覃鸿飞找到了村上的尚自英、尚海林姐弟俩，与他们商量发展高山优质水果种植，带动村民共同致富。这对姐弟俩已种植高山水果多年，积累了一定的经验。

尚海林说：“最好是发展葡萄种植，好吃，市场大，一般葡萄都五六元一斤，还不愁卖，咱们这儿的葡萄，粒大、味甜，还富含锌、硒，更受欢迎，销路更广，价格也更具优势。”

覃鸿飞听了很高兴：“瞄准了就干，带着大伙一块，全村干他100亩。”

尚海林说：“我没这么宽土地。”

覃鸿飞说：“我帮你做工作，动员大家流转土地。”

尚海林说："大面积种植，我缺技术。"

覃鸿飞说："我给你请专家来指导。"

尚海林说："我缺资金。"

覃鸿飞说："只要带着大家致富，我帮你落实贷款。"

就这样，在覃鸿飞帮助下，尚自英、尚海林姐弟俩流转村里100亩闲置土地，投资130万元，成立水果专业种植合作社，引进甬优一号、阳光玫瑰等高糖优质品种，建成了高山优质富硒葡萄基地。

秋天来了，基地里那一排排葡萄架下，缀满了沉甸甸的果实。那天，覃鸿飞从县里开会回来路过基地，看着这一串串诱人的葡萄，抑不住钻进去，像观赏艺术品般细细欣赏起来。

这一串串、一粒粒果肉鲜嫩，翡翠般鲜亮的葡萄，实在是太可爱、太诱人了，可不能让它们"藏在深山人未识"啊。

覃鸿飞脑海里突然冒出一个念头：举办高山富硒葡萄节！

他说干就干，立刻组织尚自英、尚海林姐弟俩和村支两委商量谋划，然后上上下下跑协调，四处奔走做宣传，紧锣密鼓做准备。

高山富硒葡萄节，终于在葡萄最佳采摘季节——八月中旬，隆重拉开序幕。数十家媒体记者来了，水果销售商们来了，葡萄种植专家来了，四面八方的葡萄"好吃鬼"也来了，往日寂静的筲箕池村骤然热闹起来，汽车马达轰鸣，山坡上彩旗飘扬，村前村后人山人海。村民们载歌载舞欢庆丰收，游人们穿梭在葡萄藤间采摘品尝，销售商在村部忙着签订购销合同……

高山富硒葡萄基地，当年实现产值40多万元！尚自英、尚海林姐弟俩赚大了，当地25家贫困户、83个贫困人员，不仅得到分红款，还在家门口就业增收，正如建档立卡户覃芳所说："在葡萄园做了几个月，我就赚了近8000元，从未有过的好事啊。"

说到基地未来前景，覃鸿飞脸上的笑容无比灿烂："明年高山富硒葡萄基地，将扩大规模，让产值翻三番，达到150万！"

4. 辞去“高管”当“猪倌”

又是一年新春来，官地坪镇梯市村的张鹏飞，又从城里回家过年了。村支两委得知这一消息，大年初一就集体来到他家拜年，给张鹏飞弄了个措手不及。往年，干部也来拜年，但一般都是初五、初六，而且都是村支书、村主任两个人来。“你们是我的父母官，大年初一兴师动众给我拜年，我张鹏飞承受不起啊。”

村支书开玩笑说：“我们是黄鼠狼给鸡拜年，不安好心呢。”

村主任补充说：“别人来拜年，是祝你发财。我们来拜年，是让你带我们发财。”

张鹏飞听了一头雾水：“此话怎讲啊。”

村支书说：“现在正搞脱贫攻坚，咱们桑植县要在 2019 年甩掉贫困县帽子，咱梯市村在此之前要实现全村脱贫。而要脱贫，首先就要把咱们村的产业搞大搞强，就需要一个领头人带着大伙干。你看咱梯市谁能领这个头啊？我们村支两委在村里头扒拉来、扒拉去，觉得只有你能领这个头。我们村支两委今天来你家，一是拜年，二是跟你商量，看你能不能辞去城里的工作，回来带领村里的父老乡亲发展产业，共同致富。”

张鹏飞听了，沉吟半晌，说：“感谢各位父母官和乡亲们对我的信任。但容我想想再答复你们好吗？”

这事来得有些突然。张鹏飞现就职于某网络公司的高层管理人员，工作稳定，环境整洁，而且收入可观，一年赚个几十万没问题。让他突然丢掉这样一只“金饭碗”，回来捧个“泥饭碗”，在家乡这片山多地少的土地上扒饭吃，他心里的确有些舍不下。

当然，张鹏飞对此也不是从来没想过。每次回家过年，看着家乡面貌年年如故，看着村里绝大部分村民生活没有任何改善，看着乡亲们目光里那种看不到希望的茫然，听着过去的小伙伴们一句句对他羡慕至极的话语：“鹏飞，你倒是好啊，从山沟里走到了大城市，捧上了‘金饭碗’，可我们还在家里受穷啊。”他心里也多次出现过“帮帮乡亲们”的念头，可如何帮？张鹏飞始终没想透。

张鹏飞陷入极度矛盾之中。辞去网络公司高管一职，他心里一万个不情愿。且不说这一职位工作体面、薪水优厚，就说他为了得到这一职位，曾付出了多少汗水甚至泪水，只有他自己知道。如果在这里继续干下去，他一辈子都可以过上城市中产阶层的安逸日子。如果辞去这份来之不易的工作回家创业，就要从头来过，成败也难预料，而如果失败了，结局就是“辛辛苦苦十几年，一下回到解放前”。

可是不辞去城里工作回乡创业，带领大家脱贫致富。他如何回答村支两委？如何面对乡亲们？又怎样面对那些儿时的伙伴？难道就对他们说“我现在日子过得好好的，不想丢掉城里的‘金饭碗’，至于你们日子过得怎么样，跟我关系不大”？

张鹏飞还小的时候，是村里的“孩子头”，经常带着小伙伴们爬树掏鸟窝、上山捣蜂巢，白天到塘里游泳，晚上在村里捉迷藏，是出了名的“小顽童”。在学校里，张鹏飞也是出了名的学习尖子，小学、初中、高中，成绩均名列全班前茅，高考时成功考上了大学，成功地从桑植的深山沟里走进繁华都市。现在乡亲们希望他回乡发展产业，带领大伙共同奔小康，他能置若罔闻吗？他能这么冷血吗？

那几天，张鹏飞天天在村子里转悠，不是与村支两委交流，就是到乡亲们家里走访，要么就在村前村后的田埂、山坡上，边走边思考……

返城上班前，张鹏飞答复村支两委：“我回公司把工作辞了，回来与乡亲们一起干！”

那些儿时的伙伴听到这个消息，呼啦啦涌进张鹏飞家：“鹏飞，小时候，你带我们玩。小学时，别人欺负我们，你帮我们打架。现在，你又领着我们脱贫致富，太好啦！”

发展产业，项目是关键。项目找对了，就顺风顺水、芝麻开花节节高；项目不对头，就逆水行舟，轻则进展缓慢，重则人仰马翻。因此，回乡头一年，张鹏飞专门跑调研，考察产业项目。他发现，黑猪肉肉质细嫩，口感香醇，而且富含钙、铁、锌等营养元素，能有效帮助人体降血压、降血脂等，且营养价值极高，在市场上非常走俏。桑植大地富含硒元素，在这片土地上养殖的黑猪，就是“富硒黑猪”，比普通黑猪更优质，市场上一定更抢手。

市里驻梯市村扶贫队听了张鹏飞的产业发展计划，非常赞赏：“为了带领大家脱贫致富，你辞去‘高管’当‘猪倌’，不仅精神可嘉，而且有眼光、有头脑，你一定能在家乡这片土地上闯出一片新天地！”

方向确定之后，张鹏飞立刻行动。张鹏飞拿出多年积蓄，在村里建起了“张家界黑猪生态养殖示范基地”，并通过市、县畜牧局技术员指导，掌握了家养黑猪和野猪杂交二代繁育技术。

张鹏飞引进了第一批 100 多头黑猪。不出所料，这些“富硒黑猪”出栏时，一下子就吸引了市场的目光，不仅价格比普通黑猪高出许多，而且需求爆棚。张鹏飞当年就收回了所有前期投资。

“富硒黑猪”养殖成功，张鹏飞立刻带领乡亲们共同致富。他与村民们联合成立专业合作社，开创了“老科协＋公司＋合作社＋农户”养殖模式：他将自己的黑猪崽以低价卖给村民养，黑猪长大后，他再以 14 元每斤的价格进行回收，确保村民每养一头黑猪稳赚七八百元，让越来越多的村民享受“富硒黑猪”养殖的红利。

梯市村建档立卡户张贵华，由于身体不好，家里一贫如洗。他看着别人养黑猪赚了钱，心里很羡慕，可家里又拿不出买猪崽的钱，感到很苦恼。这天，张贵华壮着胆子来到黑猪养殖基地，找到张鹏飞说：“我也想养黑猪，你能卖我几头猪崽不？”

张鹏飞知道张贵华家里情况，便说：“我不仅卖给你，还要最低的价格卖给你。”

张贵华怯怯地说：“这敢情好，可我……现在拿不出钱。”

张鹏飞说："没关系，我先赊给你养着，等养大回收时咱们再清。"

张贵华高兴地把赊来的 20 头黑猪崽挑回家。到了冬天腊月张鹏飞上门回购时，除去所有成本，张贵华净赚 10000 多元。

第二年春上，尝到甜头的张贵华，又找到张鹏飞说："今年我还想多养几头黑猪。可是去年赚的钱，过个年就用光了，又拿不出……"

不等张贵华说完，张鹏飞就拍拍他肩膀说："没关系、没关系，今年我多赊几头猪崽给你。"

张鹏飞的富硒黑猪养殖基地，不仅带动了梯市村村民共同致富，而且还扶持了瑞市村、青龙溪村等多个贫困村产业发展。2018 年，张鹏飞的黑猪产业带动全县建档立卡户 38 户 120 余人，平均每户增收达 5000 元以上，一大批贫困户因养殖黑猪脱贫致富，被大家喻为桑植"黑猪王"。

5. 回到家乡就心酸

2017 年 9 月 3 日，桑植县芙蓉桥白族乡合群村举办的首届开镰节隆重开幕了。

爽人的秋风似乎也善解人意，加入了庆祝的行列，肆意摇摆着柔软的身姿，在田野卷起金色的稻浪，在山坡上拂起翠绿的波澜。

场面好壮阔、好热闹啊。这边刚传来"丰收喽！开镰喽"的吆喝，那边就有嘹亮的歌喉唱起桑植白族儿女庆丰收的民歌《挑担香米下苏州》——

桑木扁担儿软溜溜哇，软溜溜哇。
叶儿一个软呀，软溜溜哇，衣得儿呀呀。
挑担香米下苏州哇，幺幺儿精呀，
啧啧啧儿精呀，啧啧啧儿蹦呀，下苏州哇。
苏州爱我好香米呀，好白米呀。

叶儿一个软呀，好白米呀，衣得儿呀呀……

这边坐着省人大机关离退休人员党总支，市住建局、市直机关工委等上级单位领导以及县领导、驻村扶贫队成员；那边坐着来自姊妹村——云南周城村的兄弟姐妹、媒体记者、商家、游人。

这边是稻草艺术、娃娃鱼展，那边是挑谷进仓、稻田捉鱼。

这边是合群村民在向游人传授收割技法，那边有人在体验收获的乐趣。

这厢笑语盈盈，那厢舞姿翩跹。

……

在仿佛蜜蜂炸窝般热闹的田野上，合群村党支部书记钟白玉仿佛那只“蜂王”，迈着轻盈的步伐，带着喜人的笑意，飘动曼妙的身姿，在熙熙攘攘的人群里不停地穿梭，给领导介绍情况，向商家推介产品，与那个招招手，朝那个点点头……直至傍晚，开镰节落下帷幕，她依然被一群工蜂般勤劳的媒体记者围堵在田野上，不停地问这问那。

记者：“请问钟书记，合群村优质香米优在哪些地方？”

钟白玉：“我们村的香米，从播种到收割，实行全过程、全原生态管理，治病除虫采用环保方法，施肥不用化肥，用农家肥，是100％原生态大米。还有，我们的香米是富硒大米，因为我们村的土壤富含硒元素，这在全国不是独一无二，也是极其稀少的。”

记者：“你说的这些，都通过权威部门检验吗？”

钟白玉：“我们的土壤通过省农科院检验，证明是富硒土壤。我们的大米到农业部化验，结果富含硒元素，没有任何化肥、农药残留。”

记者：“你们的香米主要销往哪些地方？”

钟白玉：“现在主要销往北京、长沙、深圳、香港，但今天又接到来自澳门、上海、广州等好几个地方的电话，纷纷向我们求购富硒香米。”

记者：“今年你们大约能收获多少斤香米？”

钟白玉：“今年我们的种植面积是200亩，每亩产量900～100斤，总起来也就19万斤左右吧。”

记者：“今年与商家签了多少份合同?”

钟白玉：“今天签了十几个订单，有3万多千克。按照这样的市场前景，明年将大面积推广优质香稻。”

记者：“签的什么价?”

钟白玉：“每千克40元。”

“一千克40元?”记者一愣，“是你口误，还是我听差?”

钟白玉沉吟地笑笑：“我没说错，你也没听错，每千克……40元!”

记者们不约而同地“啊”了一声：“40元一千克！普通大米价格的六七倍！天价呀！能全部销出去吗?”

钟白玉高兴地说：“在此，我可以告诉记者朋友的是，今天收获的香米不仅已经全部销完，而且有的订单已经没货，只能明年秋天才交货。我可以负责任地告诉大家，我们的香米，潜在市场非常大，永远都是高端消费者的抢手货。”

记者们又是一阵惊诧：“亩产950斤左右，出米650斤左右，每亩毛利润13000元，简直就是黄金米啊!”

……

记者终于离去，夜幕悄悄降临。已有些倦意的钟白玉，来到村旁那口小潭边，坐在那块牛背石上，想歇会儿、静会儿。热闹了一整天的合群村，就像一个早已疲倦的人，此时特别安静，甚至稍显些许慵懒，唯有那条溪水依然在叮咚流淌。溪水，从大山深处走来，一路活蹦乱跳走到这里，大概是累了，便在村口的小潭歇下来，显得出奇的安静、温柔，水面平静如镜，是合群村女孩子们梳妆打扮的好地方。

钟白玉从小喜欢来到这里，坐在这块光溜溜的牛背石上，对着平静明亮的潭水，给自己扎辫子。潭水中的辫子慢慢长长了，都快搭到腰上了，她的身影也长高了，脸庞儿也从瓜子脸长成圆润的鹅蛋脸。她已经出落为一名楚楚动人的大姑娘了，可潭水中的自己，每天都穿着那几件老衣裳。

溪水虽好，溪水两旁的土地虽肥，却始终未能让这块土地上的儿女，摆脱千百年来的贫困。

20世纪80年代，山里的小伙姑娘开始涌向山外的城市，去寻找梦想，创造新的生活。那天，钟白玉穿上那件自己最喜欢的衣服，来到潭水边细细打扮一番，然后加入了进城务工的人流。

凭着山里姑娘吃苦耐劳的韧劲、这汪绿水赋予的灵秀与聪慧、这片青山赋予的真诚与纯朴，外加机遇的垂青，她成功地从钢筋水泥丛林里挖到了人生的“第一桶金”，从数以千万计的进城务工者中脱颖而出，成功入围“中国十大杰出进城务工青年”。

钱有了，名也有了。唯一的遗憾，是离家太远，父母望穿了双眼，她也难得回家探望一次，难得亲近一回故土。

母亲说：“女儿，回来吧，我们老了，想你们。”她向母亲点了点头。于是，她带着家人从遥远他乡，回桑植县城开了一家宾馆，不仅生意顺风顺水、红红火火，而且能够随时回家看望老人了，经常亲近这方养育了她的土地。

每次回家，她都和小时候一样，每天要来到潭水边转一转，对着潭水久久流连顾盼。她对这里的山山水水，这里的每一寸土地，有着太深、太深的依恋。

可渐渐地，她每次回家时，心中的喜悦里就有了一丝淡淡的苦涩与心酸。因为她发现，村里年轻人越来越少，最后只剩下了留守老人和儿童。小溪里的水依然清澈，但小溪两边田野里的庄稼越来越稀，后来几乎全部荒废了，满目杂草丛生，春天不见了荡漾的绿波，秋天没有了起伏的稻浪。但合群村还是从前的合群村，全村竟还有57家农户、161口人，人均收入不到1000元。

2016年，湖南省人大机关离退休人员党总支，张家界市住建局、市直机关工委联手对合群村实施了精准扶贫，先后投入500多万元，新修200立方米水池，新铺设水管8千米，新建环形产业路18.2千米，硬化产业公路1.7千米，为合群村脱贫致富打牢了基础设施。

然而，基础设施的改善，并不等同于物质生活水平的提升。只有大力发展产业，才能推动合群村退出贫困行列。而要发动群众搞产业，首先需要建设一个凝聚力强的党支部，需要发现一只有目光、有威信、有能力的“领头羊”。

但村里的32名党员有一大半在外务工，党组织功能弱化，村里无人能担当此任。

驻村扶贫队领导，找到钟白玉说明来意后，说：“你不用急着回答我。你有这么一大摊生意怎么办，考虑考虑再说吧。”

哪知，钟白玉竟爽快答应道：“这个村支书，我乐意干！”

扶贫队领导似乎没想到：“这么快就决定了？”

“其实你们不来找我，我也要回去找你们毛遂自荐了，”钟白玉说，“这些年来，我每次回到家乡就心酸。那是一片好山、好水、好土地啊，可现在却都荒废了，乡亲们依然过着穷苦日子。”

处理完城里生意上的事，钟白玉立刻返乡担任党支部书记。在外务工的刘岩生、蒋岳武等一批党员闻讯，也纷纷放弃了高收入岗位，返回合群村创业。一个素质高、能力强、团结好的战斗堡垒终于建立起来。

这天，她又来到那汪潭水旁，听那叮咚的溪水声。溪水，是从山上流下来的，是从石头缝里渗出来的，是从树根、草根滴下来的，不掺丝毫杂质，不经丁点儿污染，那般清洌、那般纯净。因此，对水质要求近乎挑剔的娃娃鱼选择了这里，世世代代在这里生存繁衍，让合群村成为娃娃鱼的故乡、摇篮。

合群村脱贫，绝不能离开这片山水、这片土地。脚下的泥土是致富的金，脚下甘洌的水是致富的银。现在人们都向往环保生活，吃原生态食品，为何不顺应市场需求，发展精品粮食产业。这条清澈的溪水，能养育珍贵的大鲵，为什么就不能滋润出粮食中的精品。

钟白玉上网一查，立刻眼前一亮：网上出售的一种深受高端家庭青睐的富硒粮品，竟然一斤卖到20多元，还供不应求！

在村党支部会上，钟白玉发展合群村高端富硒香米示范项目的提议，得到所有支部委员一致赞成。对此，扶贫队也非常支持，积极帮助村里引进种子，请来专家指导。200 亩高端富硒香稻当年就完成种植，长势喜人。

打开了突破口，他们继续把产业做大做强，沿着“把绿水青山变金山银山”“生态种养、绿色发展”致富路子，充分挖掘这片好山、好水蕴含的财富潜力，又种植黄桃 1200 亩、丑橘数百亩，养殖大鲵数万尾、黑山羊上万只，先后成立了 4 个合作社。

起初，一些贫困户对产业发展没有信心，在土地流转中瞻前顾后、犹豫不决。钟白玉带着党支部成员，在群众大会上给大家拍胸脯承诺：“哪怕赔了，大家的务工工资照发，窟窿由党员补上；赚了，除了发工资，还与大家一起分红！”

为充分发挥广大党员产业发展中的先锋模范作用，钟白玉创造性地实行“党建融合”模式：把党小组建在产业链上，一个支委成员联系一个党小组，一个党小组长带领一支队伍、发展一个产业——

第一党小组：组长钟亮玉，党员 9 名，联系古方峪特色养殖基地。由古方峪家庭养殖农场经营管理，规划养殖黑山羊 3000 只、土鸡 10000 只、良种猪 200 头，养殖面积 4000 亩。带动 268 户、1254 人（含建档立卡户 57 户、161 人）脱贫致富。

第二党小组：组长吴志红，党员 10 人，联系特色优质水稻生产基地。种植面积 700 亩，创“七眼泉生态香米”品牌，带动 268 户、1254 人（含建档立卡户 57 户、161 人）脱贫致富。

第三党小组：组长钟尚龙，党员 10 名，联系黄桃种植基地。种植面积 1200 亩，2019 年开始挂果受益。带动全村 188 户、983 人（含建档立卡户 53 户、150 人）脱贫致富。

第四党小组：组长钟景凡，党员 8 名，联系丑橘种植基地。种植面积 300 亩，2020 年开始挂果受益，带动全村 57 户、275 人（含建档立卡户 16 户、46 人）脱贫致富。

党支部坚强，党员争先，群众拼命，推动村集体产业“芝麻开花节节高”：2017年该村高端富硒香稻实现利润200多万元；2018年，高端富硒香稻创收328万元，发放务工工资215万元，村集体经济收入达100万元，人均收入超万元。

2018年，合群村一举实现村出列、户脱贫！

在合群村采访时，钟白玉一脸自豪地向我介绍：“村里所有的贫困户，入股分红、土地流转、在村集体务工收入等三项，年均每人过万元！”

我听了，不禁问道：“你这个村里的领头人，年底拿到多少分红？”

“我们村干部不参加分红，”钟白玉说，“只有村里的贫困户，才能享受年底分红的特权？”

“那村干部每月多少工资？”

“我一个月将近1400元，这还是村干部中工资最高的，”钟白玉指着一旁的村文书说，“他们比我还少些，每月不到1200元。”

“那你们还有自己的产业吗？”

村文书说：“管理村里的产业还忙不过来，哪还顾得上发展私人产业？”

“你们是‘脱产村干部’啊？”

钟白玉说：“这几年脱贫攻坚，时间紧、任务重、会议多、检查多，我们村干部基本上全脱产。”

每月一千多元，如何维持家庭生计？钟白玉说：“我暂时还有些家底，每个月掏些出来做生活费。”

村文书说：“我没家底。但儿子在广东打工，混得还行。”

我说：“你这当干部的好意思向打工仔伸手？”

“这有什么难为情的？我是爹，他是崽，”村文书爽朗地笑了，“但他每次寄钱时，都调侃我：‘你这是当的什么干部？连生活费都搞不到’。我就跟他说，我当的是共产党的干部，哪能整天儿想着发财？”

听了他们的介绍，我的脑海不由得跳出毛主席的那句话——“全心全意为人民服务”——这是中国共产党的宗旨。

离开合群村时，钟白玉把我送到那口小潭边。她习惯性地往潭里探了探头，看了一眼水中的自己，轻轻拨拉一下飘到脸上的几根发丝。

我笑了说："钟书记依然漂亮着呢。"

她有些凄美地笑笑："不漂亮了，老太婆了。"

可我确实觉得她很美，尤其心灵更美。

6. 最差的庄稼，是书记家的

刘家坪村白族乡刘家坪村支部副书记、扶贫专干杨才保，这些年也是在"吃老本"。

杨才保初中毕业，就到外地一家大型工程基础固化公司务工。吃苦耐劳加之机灵好学，让他很快掌握了一项"独门绝技"，成为公司难得的"工匠"级人才，每月都能挣到七八千元，若是遇到活紧加班，还能过万，一家人衣食无忧，还有了一些积蓄。

这家公司参建了很多国家大工程，杨才保也跟着公司去过很多地方。每一个地方，他们刚去的时候都很荒凉，都是深山野岭、穷乡僻壤。可他们离开的时候，那里已经耸立着一排排楼房、一座座厂房，让他和工友们心里充满成就感。

可每完成一项工程建设，返回家里休假，看着家乡的山还是一片片荒山，家乡的路还是崎岖狭窄的泥巴路，家乡的房屋还是祖辈留下来的木板房，到了秋天或遇上干旱，乡亲们甚至连吃水都困难，要到几公里甚至十几公里的地方运水。

因此每次回家，杨才保心里都有一种说不清的失落与凄凉。每次离家时，脚下的步子总是徘徊又徘徊、踯躅复踯躅。

那年秋天，杨才保又回家休假了。一到家放下行李，他就习惯性地走向田野，沿着一条条田埂漫步，他喜欢听双脚踏在草地上的"沙沙"声，喜欢草丛渗出的那一缕缕带着泥土气息的清香。

这时，杨才保看见一个老奶奶担着一挑水，正从小路那头慢慢走来，瘦小的身躯难以支撑沉重的担子，双腿一抖一颤，随时都有跌倒的危险。他赶紧大步迎上去，想替她把水担回家。哪知就在他快走到跟前时，老人突然被脚下乱石一绊，身体朝前一扑，重重地摔倒了，好不容易从几公里外担回来的两桶水全洒地上。

杨才保奔上前去扶起老人。老人摔得很重、很疼，揉着两只受伤的膝盖，孩子般失声痛哭，泪珠哗哗流出来……就在这一刻，杨才保在心里对自己说："回来吧，回来帮帮父老乡亲。"

乡亲们对杨才保充满期待，把他选为村党支部成员，担任支部副书记，分管村里的扶贫工作。

为了改善村里的交通、供水条件，杨才保在驻村扶贫队、村党支部领导支持下，四方奔走、协调项目、筹集资金。在村里的日子，也是在贫困户之间穿梭，听听这家诉苦，给这家产业发展出出主意，帮那家解决困难。一天到晚忙个不停，整日不着家。

妻子说："你当了这管扶贫的村干部，还真把自己当个脱产的国家干部了？"

杨才保嬉皮笑脸地说："我本来就是扶贫专干呀！"

妻子说："你这么一专干，养家糊口的钱谁去赚呀？"

杨才保说："每个月那1200元村干部补贴，不都全给到你手上了吗？"

妻子说："上有老，下有小，全家要吃饭，孩子要读书，1200元就够了？"

杨才保说："家里不是还有点儿积蓄吗？先拿出来用了再说。"

妻子不再吭声。他继续跑扶贫项目，继续在村上的贫困户之间穿来钻去。一笔笔基础设施建设费终于陆续下来，一条条水泥公路铺到各组，乡亲们外出的"11"号，换上了电动车、摩托车；一条条引水管道铺到各家门前，大家把水龙头一拧，清澈的泉水就哗哗往外流……

这时，家里的积蓄也快掏空了。

妻子说："你再这样专干下去，家里的日子就没法过了。"

杨才保低头沉思了好久，说："我答应你回公司上班。但不是现在。"

妻子说："那要等到啥时候？"

"干完2019年，2020年再出去。"

"为啥呀？"

"那时，咱们桑植县就摘帽了。"

……

听说走马坪镇富平村党支部书记周树勋家，不仅有产业，而且规模不小：8亩莓茶，4亩优质水稻，3亩玉米，7亩苗圃。

那天，我慕名前往参观。哪知在村部找到周树勋时，他却满脸的不乐意："几块地，有什么好看喽。"

我开玩笑说："看看你这当书记的，是怎么带头脱贫致富的，庄稼是不是比别人的长势好。"

一旁的文书听了，一边窃笑一边说："你这一说，周书记更不好意思带你去参观了。"

"为什么？"

"全村长得最差的庄稼，就是书记家的。"

庄稼长得最差，是因为他在村里最忙，对地里的产业只能当"甩手掌柜"，全交给妻子一个人管理。"她一个妇道人家，要体力没体力，要技术没技术，能种好庄稼吗？"

在村部，我找到了周树勋《2018年述职报告》，特摘抄部分内容：

一、抓产业、促脱贫。全村种植烤烟1205亩，实现烟叶收入33万元，总收入535万元；莓茶200亩，收茶850斤，总收入13万元；养蜂586桶，产蜜2930斤，产值29万元；养羊3080只，产值18万元；养鸡3786只，产值23万元；养猪872头，产值16万元……

二、上级政府下达的各项任务。新农保完成率100%，新农合超额完成；按照国家法律法规，参照村规民约，做好矛盾纠纷户、上访户工作，调解各种纠纷15起。

三、基础设施建设。新修村部综合大楼1栋，蓄水池1个，洗衣池2个，光伏电站扫尾工程1项，农网改造4个组，公路加宽11千米。

……

这些项目、数据，读起来就觉得烦琐，而周树勋要带着大家一项一项去落实，要耗去多少时间、多少精力？这么大个家、这么大的产业，他和大家能管好都不容易了，哪还有精力管自己的“一亩三分地”？

妻子抱怨说：“再这样下去，村里贫困户脱贫致富了，而我们家又成了贫困户，要拖村里的后腿了。”

周树勋开导说：“哪会呢，我们不是已经致富了嘛，现在只是等等大家，一起致富。”

2018年，桑植县委、县政府，组织网上“最美扶贫人”评选活动，通过广大网民投票，60多名党员干部当选“最美扶贫人”——

胡龙顺　桑植县民政和民族宗教局募捐办工作人员
钟宏洲　沙塔坪乡大木塘村第一书记
蔡　娜　桑植县纪委监委常委
黄生勇　桑植县民政和民族宗教局军休所副所长
张玖荣　桑植县公益林管理站站长
谷成斌　桑植县人民医院驻瑞塔铺镇罗家边居委会第一书记
刘绍军　县政府办工作人员、驻村第一书记
侯先华　桑植县安监局正科级干部
金　红　县委组织部干部二组专干、驻村第一书记

刘家赞　县委办驻龙潭沟村第一书记
向左军　县环保局工会主席、驻新民村第一书记
唐芳雄　张家界市纪委监委第七纪检监察室案件管理中心副主任
袁　超　湖南省军区警备纠察队二中队副中队长
秦一群　桑植县食工质局驻利福塔镇官庄村第一书记
唐纯波　桑植县发展和改革局代建办主任
罗元庆　桑植县财政局驻河口乡两岔村第一书记
王　委　中共张家界市委组织部副主任科员、驻村第一书记
张　刚　湖南省核工业地质局三〇一大队副大队长
王　波　张家界市中级人民法院副调研员
许文正　中共张家界市委办公室信息科科长
钟　磊　芙蓉桥村村文书、扶贫专干
王富然　桥自弯镇龙潭村扶贫专干
刘绍凡　瑞塔铺镇定家峪村党支部书记
向金绒　龙潭坪镇银市坪村主任、扶贫专干
郑自敬　人潮溪镇淒阳村党总支书记
尚道春　廖家村村党支部书记
王亚力　龙潭坪镇人民政府副镇长、扶贫办主任
廖新丕　沙塔坪乡彭家湾总支书记
肖万里　走马坪白族乡人民政府党委副书记、扶贫办主任
熊　姣　桑植县利福塔镇金家台村村文书兼扶贫专干
黄　山　芙蓉桥白族乡人民政府扶贫专干
雷　雨　空壳树乡莲花台村村党支部副书记、扶贫专干
王　莉　廖家村镇人民政府副镇长、扶贫办主任
卢　慧　官地坪镇人民政府易地搬迁办主任、扶贫专干
贺　曦　洪家关白族乡洪家关村党总支书记
朱桂绒　河口乡塘坊村扶贫专干

陆大荣　陈家河镇云朝山村村支部书记

陈广义　上河溪乡东风坪村村文书、扶贫专干

明　恒　河口乡人民政府扶贫专干

蔡　辉　利福塔镇扶贫办副主任

王远凡　澧源镇兴旺塔村党委书记

陈小茜　竹叶坪乡扶贫办办公室主任

吴不为　瑞塔铺镇人民政府党建办主任

黎银花　竹叶坪乡茶垭村民委员会扶贫专干

王白易　凉水口镇人民政府扶贫办副主任

王奔宇　沙塔坪乡人民政府扶贫专干

向延凤　官地坪镇铜矿村党支部书记

杨才保　刘家坪村白族乡刘家坪村支部副书记

向芳云　陈家河镇人民政府副镇长、扶贫办主任

卓　著　刘家坪白族乡人民政府扶贫办副主任

邓　华　上洞街乡二户坪村村主任

刘　路　上河溪乡人民政府扶贫办副主任

满　丽　上洞街乡人民政府扶贫专干

陈克锋　桑植县人潮溪镇人民政府党委委员、副镇长

黄中进　桑植县五道水镇连家湾村支部书记

龚虹雲　走马坪白族乡桂竹垭村文书、扶贫专干

李成云　凉水口镇李家庄村支部书记

代小林　空壳树乡人民政府扶贫办副主任、妇联副主席、纪委委员

胡　辉　洪家关白族乡党委书记

姚　磊　中共桥自弯镇党委书记

蒋木书　桑植县五道水镇党委书记

陈德山　桑植县马合口白族乡马合口村支部书记

王玉成　澧源镇党委书记

赵凤英　八大公山镇笔架山村委会计育专干

陈彦任　八大公山镇扶贫办副主任

他们把忠诚、智慧、汗水，献给了这片红色土地，化作这里的浪漫山花、潺潺流水。他们的名字和贡献，也铭记在桑植人民心间，镌刻在这片绿水青山之上。

第六章 桑植性格

“霸得蛮，看湖南；湖南霸得蛮，还看桑植郎!”

好干的事情，干好；不好干的事情，想方设法干好；别人不愿干、怕干的事情，桑植人只要认准了，丢了性命也要干到底。革命战争年代，桑植人是这样。新中国成立后与自然环境抗争，桑植人还是这样。

1. 霸得蛮，还看桑植郎

“霸得蛮，看湖南；湖南霸得蛮，还看桑植郎!”

几十年前，桑植仍顽强地保留着一种叫“赶尸”的习俗。这种习俗最初就源于战争，就是对那些保家卫国牺牲在外的义士，哪怕远在天边，家人也要想方设法让他们叶落归根。

贺龙的堂曾祖父是大名鼎鼎的贺廷璧。当年，太平天国进入湖南，贺廷璧在桑植首先举义，率领数千起义农军，攻占桑植县城，杀掉县官，开仓济民。两年后，起义失败，贺廷璧父子被捕，被清政府砍头。行刑那天，贺廷璧夫人刘氏闻讯赶到刑场，双腿跪在丈夫面前。就在刽子手手起刀落那一瞬间。她双手掀起上衣衣襟，一把兜住贺廷璧的头颅，捧回洪家关，让子孙敬仰。以此昭示子孙：贺家祖先脑袋没落地，革命要继续！

桑植人就是这样霸得蛮！

桑植人贺龙，五次被抓、五次坐牢，还要继续闹革命：第一次在家乡组队伍失败了，第二次回家继续组；第二次失败了，第三次回家再继续……直到革命成功、人民解放。

这是怎样的一种信念和意志？怎样的霸得蛮？

五万桑植子弟追随共产党、贺胡子闹革命，革命不成功，宁死不返乡。第一批桑植子弟倒下了，第二批桑植子弟站起来，第二批拼光了，第三批又上……前方枪林弹雨，趴在堑壕里掩护撤退的官兵，明知站起来必死无疑，可为了大部队尽快脱离危险，他们毅然挺起胸膛，猛虎下山般怒吼着，迎着蝗虫般飞来的子弹冲向敌人，哪怕身中数弹牺牲了，身子也要向前扑，保持一种冲锋的姿势。

这又是怎样的一种精神？怎样的霸得蛮？

好干的事情，干好；不好干的事情，想方设法干好；别人不愿干、怕干的事情，桑植人只要认准了，丢了性命也要干到底。革命战争年代，桑植人是这样。新中国成立后与自然环境抗争，桑植人还是这样。

桑植县白竹溪村猫儿塔组驻地，曾被视为“生命的禁区”。这里怪石林立，岩壳成片，是个石头的世界，村民人均不到两分田。就是这样一个贫困村庄，在20世纪80年代初，愣凭着愚公移山精神，向穷山恶水宣战，在石头缝里凿石不止、造田不息，十八个春秋，猫儿塔人用鲜血与汗水，谱写了一曲可歌可泣、改天换地的新篇章，受到党中央的关注与称赞。

猫儿塔人的故事，是当代愚公移山的故事。

猫儿塔地处湘鄂边界——桑植县官地坪镇大山腰间的土家山寨，这里山凶水恶，地势十分险要。早年，这里先后有四个人在陡壁上砍柴时被摔死，还有一些人先后被摔成重伤。

在1981年农村实行联产承包责任制时，猫儿塔分到户的全是些乱石岗、岩壳地，他们除了靠刀耕火种生存外，有时还把自己的汗水和希望播进石头缝里等待丰收。可是不到几天，撒下去的种子却成了老鼠和麻雀的食物。

可生活再艰难，猫儿塔人始终不认命："天不让我们活，地不让我们活，连老鼠、麻雀也不让我们活，可我们偏要活下去！还要越活越好!"

哪知就在这时，桑植县政府于1991年下发了退耕还林、禁止砍伐的通知。有着一心跟党走光荣传统的桑植人，最听党的话。猫儿塔人不折不扣地落实了政府规定，可他们赖以生存的耕地却更少了。

即使这样，猫儿塔人"要活下去、要活得更好"的信念，依然不曾动摇。

1992年冬天，猫儿塔土家族青年向绪毫，带着300多个雷管和一些炸药，走进了分给自己的那片乱石岗，一手扶钢钎、一手抡铁锤，凿药洞，炸石平地造水田，忙碌了近200个日夜，愣是在一片杂草不生的乱石岗上整出了0.4亩水田，当年就收获稻谷500斤。

第二年，曾在贺龙队伍里当过童子兵的向化吉等一批老人，也上山摆开了炸石造田的战场。

镇党委、政府得知这一情况，号召全镇群众向老前辈向化吉学习，炸石造田，改变贫穷落后面貌，在全镇掀起了炸石造田的高潮。

28岁的土家族青年向延贵，全家三口人，分了五分岩壳地。他看见岩壳地旁有个大坑，突发奇想，要把大坑填满造田。为此，夫妻二人白天上山炸石，晚上挑石填坑，手上脚上满是血泡，与鞋袜沾在一起，每脱一次，都剧痛难忍。他们坚持不懈，整整干了两个春秋，终于填平了大坑，造出了两亩水田，收获稻谷1200斤。

石头缝里造水田，说起来豪气冲天，干起来满是血泪。

1995年，白族美女从外地嫁到猫儿塔，第三天就与丈夫一道炸石造田。

整天搬石头、抬石头，抬得她腰直不起、腿伸不直，不停地朝着丈夫发怒气："就是你把我骗到这鬼地方，让我受这个洋罪!"有时还哭哭啼啼闹离婚。可闹归闹、吵归吵，吵完、闹完了，夫妻照样炸石头、抬石头，吵吵闹闹中，夫妻俩造出了四亩田。

开山造田，要投资买钢钎、雷管、炸药、水泥。农民钱的来路少，拿不出这笔钱，他们就北上京城、西出上海、南下广东做苦力。土家族青年向才周，到河北沧州一家砖厂拉板车运砖，一车只赚三角四分钱，他苦吃苦做八个月，赚了1000多元，回家造了1.6亩田。

1995年，土家族妇女聂芙蓉，为了攒钱造田，只身南下广东做苦力，拼死拼活做了两年多，挣回4000多元，全部买了水泥、雷管和炸药。一次，她在造田工地上胃病突然发作，吐血不止，晕倒在地。年幼的儿子见妈妈病倒了，拿上大人平时给的零花钱，到镇上医院去拿药，结果回家的路上一不小心，跌到路旁的水沟里，摔得满头满脸都是血，两服中药也洒到了水里。孩子一边哭着一边捞水里的药，捞了半天加起来也不够一服药。路过的乡亲见状，把满身是血的孩子背回家，聂芙蓉抱着儿子失声痛哭……即使如此艰难，聂芙蓉夫妇依然坚持用自己的双手，在石头缝里造出1.5亩水田。

猫儿塔34户、117人，在十多年里共组织资金30多万元，投工5万多个，炸石12万方、挑石18万方，在怪石林立的石头缝里开垦良田115亩。

1998年，猫儿塔粮食产量由过去不够4万斤，增加到11万斤，烟叶收入9000多元，油菜收入4000多元，养猪收入5000多元，出售黄牛收入8000多元，养羊收入1.2万元。全村人平年收入从不足280元，增加到1400元!

1998年底，猫儿塔人又出新招，全村人集中来到山岗上，夜以继日平整屋场，将34户村民全部搬到山岗上，将腾出的老屋场全部改成良田，又增加水田30亩。

国家计委组织25个省（区、市）领导在猫儿塔召开现场会，大家被猫儿塔人不信天、不信命，敢叫石头变良田的精神所感染，纷纷向猫儿塔人竖起拇指、表达敬意。

时任中共中央总书记、国家主席、中央军委主席江泽民，在一次讲话中谈到贫困地区扶贫工作时说："贫困地区要改变面貌，需要国家扶持和社会帮助，但从根本上来说，还要依靠当地干部群众，发扬自力更生、艰苦奋斗的精神，坚持不懈地苦干实干，自强不息、艰苦创业，桑植县猫儿塔人以艰苦奋斗的实际行动，交了一份满意的答卷。"

2. 一座座高山，一匹匹骏马

在八大公山镇洗泡河村陈家咀组的张海涛眼里，再高的山峰、再深的山谷、再陡峭的悬崖，都不是致富禁锢与障碍，而是生活中的一抹抹风光、一道道美景。

他家旁边的那个山头，是附近最高的一座山峰。一有闲暇，张海涛就喜欢登上山顶。俯瞰四周叠嶂层峦、无边翠绿，他就像站在大海里的礁盘上，心旷神怡啊，这种感觉似乎让他忽然间明白了在大山里生活一辈子的父亲，为什么给他取名"张海涛"。而当他高高站在山顶的岩石上，山风呼呼地撞击他的胸膛、拍打他的脸庞、掀起他的衣裳，仿佛脚下的山峰是他骑下的骏马，带着他尽情驰骋、穿雨驭风、豪情冲冠："这一座座高山，是我的一匹匹骏马!"

可谁能想到呢，从前在他眼里，这些山是黑的，上山的路是黑的，山上的树是黑的，山上的花朵也是黑的。望一眼这些高高的山峰，就头晕和腿肚子发软。而让他最难忘、心怵的，还是上山砍柴。

那里，山里人家都穷。他哥哥长年生病，做不了事，还得花钱拿药，家里更穷。可家里再穷，父亲依然送他读书，指望他将来读到山外去，别再待在这山里受穷。但家里砍柴的事就落在他肩上了。

每到周六、周日的清晨，张海涛被母亲掴在屁股蛋上的几个巴掌唤醒，喝几碗清汤似的玉米粥，提上砍刀，攀上山顶已是气喘如牛，前肚皮紧贴脊梁骨，再忍饥扛饿砍上一挑柴梗往回走时，疲软如稀泥的身体，实在难支一百多斤重担，压得脑袋充血，脖颈暴筋，肩头剧痛，腰眼发酸，肚子揪紧，两腿打颤，脑袋发涨，眼前发黑，心里发慌，浑身虚汗……等回到家门口撂下柴担时，已是腿迈不过门槛、手端不住饭碗、牙咬不断豆腐了，那感觉就像趟过刀山火海，甚至如死去活来。

每当这时，张海涛就狠狠地对自己说："你一定要拼了命读书，一定要考上大学！"

他如愿了，他考上了大学，告别这一座座高山、一条条深谷，走进了大城市。可奇怪的是，此后他经常梦见家里的山、家里的水，而且梦中那片山，渐渐地由黑色变成了墨绿色、深蓝色。山峰一座比一座美，山谷一条比一条幽，山上的树，树干挺得直直的，树叶翠绿。山上的花朵，比岭下的开得艳丽、芬芳。站在山头上，看一眼天空，天空蓝得不带一丝杂质，深吸一口刚从树丛漫出的氧气，肺醉了、心醉了。美得让他每一次回家，都想多爬几次山。

张海涛大学成绩非常优秀，在大学毕业前夕到校外实习时，就在大城市里找到了一份满意的工作，干的是技术活，活儿不重，薪水也不低。

就在这时，他哥哥病情突然加重，需要一大笔医药费。张海涛得知消息，立刻回家探望，并把实习期间省吃俭用省下的几千元钱送回来。就在张海涛回家的第二天，镇政府也派人送来了救济款。

张海涛说："我从小就看着政府救济我们家，现在我都大学快毕业，这救济款，无论如何不能再收了。"

镇干部说："你现在还在实习，挣不了多少钱，你们家还是建档立卡户，政府救济你们是应该的。"

那晚，张海涛一夜无眠。第二天，他跟父母说："我想把城里工作辞掉，回家里来创业。"

父亲一听，懵了："什么？回家创业？读了十几年书，就为了回家创业？"

张海涛坐下，一五一十把昨晚想到的向父亲摊开："现在家里这个样子，哥哥又病成这样，家里花销多大呀？我在城里工作，一个月也就几千块。我自己要生活，将来还要成家，生孩子。就靠我在城里挣工资，咱们家永远都是贫困户。我们不能再要政府救济了。我知道自己在城里挣不到多少钱，还不如回家创业挣钱多。”

父亲说：“我们家祖祖辈辈住山里，祖祖辈辈都想发财，结果一代比一代穷，难不成轮到你就能挣大钱？”

张海涛说：“我是张家史上第一个大学生，是比你们上几辈人能呀。”

父亲说：“辛辛苦苦供你读书十几年，到头来回家种大田，这十几年书白读了。”

张海涛说：“怎么会白读呢？我学了知识，有了文化，就是种地也会比别人种得好。”

父亲犟不过儿子，只好扭头出去了。

回家发展养殖业。张海涛主意已定，立刻开始筹备。巧妇难为无米之炊。创业之先，就是筹集项目资金。他想，家里有几个家底殷实的亲戚，平时对他们家挺照顾的，他们会帮他的。哪知他向他们开口借钱时，这些亲戚们竟如出一辙地摇头摆手。后来一个表哥才告诉张海涛：“不是我们不借你钱，是你爸爸不让借。好让你知难而退，乖乖回城里上班去。”

向亲戚借钱不成，张海涛就向大学同学借。张海涛勤奋上进，为人实诚，人缘极佳，大家都了解他，二话没说，纷纷倾情相助，30 多个同班同学，一起为他筹集了 10 多万元。

养羊、养鸡，首先得建羊圈、鸡舍。张海涛一打听，这一项开支就得好几万。他转念一想，这山上多的是木材，何必花这冤枉钱。他向村里的木匠师傅借了一把斧头、一把凿子、一把锯子，砍树、锯木、凿孔、搭建，“叮叮当当”忙乎了一个月，终于盖起了几间羊圈、一排鸡舍，买回了 60 头黑山羊，成功地孵化了 500 只土鸡苗。

通过两年技术摸索，养殖规模迅速扩大，不仅还清了前期投资，还赚回了“第一桶金”。略显不足的是，本地市场价格太低。

难道就这样被市场牵着鼻子走，心甘情愿成为市场的奴隶？这可不是张海涛的性格。

他决定通过电子商务，拓宽产品销售渠道，让好商品卖出好价格。为此，他注册了淘宝，开设了自己的微店。果然，他的高质量产品，很快赢得广大用户称赞，订单数量不断刷新，价格也比本地翻了一番，商品还供不应求。张海涛开始以高出市场价很多的价格，收购村民的土特产，通过微店销售出去，让乡亲们增加一些收入。

由于山高路远，交通不便，运货出山都靠人背马驮。随着微店生意越做越红火，物流量急剧增加，再依靠人力搬运就有些吃不消。修路通车，他又投资不起。

怎么办？张海涛在山里转悠几天后，从城里买了些钢丝、滑轮等材料，自己在山上建起一个专用于运送山货的简易索道，运货出山比汽车还方便。

可至此，张海涛觉得货运还没有完全畅通。由于镇上没有快递，运到山下的货，还得再转运到县城发货，费力又费时。于是，张海涛灵机一动，在乡政府所在地开了一家快递店，交给一名中学同学管理，既方便了自己发货，也为父老乡亲提供了便利。

养羊、养鸡规模越来越大，羊圈、鸡舍旁的羊粪、鸡屎也越堆越高，严重污染环境。张海涛又决定变废为宝，带领两名实诚的村民，运用山里成片的荒地发展种植业，并打出了专施农家肥、不用农药化肥除草剂的“原生态食材”品牌。

产品果然深受广大网民青睐，价格高出市场价好几倍！

说起未来的产业发展，张海涛就抑不住精神振奋、滔滔不绝：“现在，很多做电商的朋友劝我不要种地了，说我这样太累了，以后就让别人去种，我提供技术指导，然后回收销售就行了。其实，他们不懂我的心，我的目标不仅仅是电子商务，我想把我们洗泡河村，打造成像千岛湖那样的，以文化为灵魂，以生态为基础，以旅游为中心的休闲加娱乐的生态村，让我们村成为自然生态旅游胜地。同时，我还在实践一种最高级的农法——自然农法。什么是自然农法？就是不用化肥、除草剂、农药、地膜这些化工品，完全依靠自然的力量，以最小的投入获得最大的收益，打造纯生态的农耕文化，带动全村发展，让乡亲们在家也能致富。让我们八大公山，成为‘生态有机’的八大公山，让绿水青山，成为名副其实的金山银山！”

张海涛这一番阔论，让站在一旁的父亲听得脸上溢满自豪：“这小子，心大呢。送他读了十几年书，确实没白送！”

3. 只要够坚强，身体就不残

刘家坪乡鹰嘴山村晒岭岗组的邹启锡，个头比常人矮得多，走路两脚还有些瘸，双手做事也不那么灵便，让人一看，就知道是个残疾人。然而，残疾人邹启锡，在桑植县却有个响当当的名号——“养蜂大王”。

邹启锡很小就知道自己是个残疾人。童年时，他为小伙伴们都不愿和自己一块玩耍苦恼过；长大了，他为旁人投来的那一束束怜悯的目光沮丧过。但邹启锡却从未有过自卑与抱怨。父母虽然没有给他一副健康强健的体魄，但给了他聪明灵敏的脑袋、自强不息的性格。他坚信，世上每一只鸟儿，都有一片属于它的天空。他坚信自己一定会找到那片适合自己的天空。

带着这样的自信，邹启锡开始寻觅他的那片天空。那天，他吃完晚饭后，和往常一样坐在堂屋里看电视。中央电视台七频道（农业频道），是他的最爱，几乎每天都看。这天播的是养蜂节目，荧光屏上鲜花朵朵，一只只蜜蜂在花丛中穿梭起舞，金黄的蜂蜜让他垂涎欲滴，解说员的旁白，更是清脆入耳：“我国山区、丘陵地域广阔，蕴含着丰富的蜂蜜资源，有着巨大的潜在财富，蜜蜂养殖已成为广大农民勤劳致富的好渠道……”

“养蜂也能致富？”他眼前突然一片敞亮。养蜂，不争田、不占地、投资少、见效快。桑植气候温和、雨量充沛、林地辽阔、植物茂盛，花源充足，蜜源密集，如此优越的生态环境，简直就是蜜蜂的乐园啊。

这些年，他苦苦寻觅的不就是这样一片天空吗？

一旦认准目标，邹启锡就扑下身子朝前赶。1988 年底，邹启锡买来蜜蜂养殖技术书籍，上网查阅各种资料，然后又到邻县、邻乡参观考察、拜师求教。当年饲养了 4 桶“东蜂”（本地蜂），通过精心照料，尝试获得成功，割蜜 100 余千克，纯收入数千元。

尝到了养蜂甜头的邹启锡，创业信心更足、目标更大。他想争取项目资金，扩大养蜂产业，联合乡亲们组建“桑植蜜蜂养殖专业合作社”，惠及全县百姓，真正让桑植“东蜂”飞舞九天，给父老乡亲“酿造”甜蜜的幸福生活。

养蜂不费力，但技术含量高。这正好让他那颗灵活的脑壳有了用武之地。

随着养蜂规模的迅速壮大，本地蜜源渐渐难以满足需求。通过上网查询和实地观察，邹启锡发现湘西植物品种繁多，不同地域有不同品种，不同品种有着不同的花期，一年四季都有蜜源。据此，邹启锡把固定式养殖改为移动式养殖，哪片山上花开正盛，他就把蜂箱运到哪里，赶完了这里的荆条花、杯子花、柃木花，又去追那里的樱桃花，四处追花，四季产蜜，蜂蜜产量空前提高。

仅出售商品蜜蜂一项，邹启锡每年纯收入就达到了 10 多万元，成为远近闻名的“养蜂大王”。

周围村民纷纷慕名来拜师，学习养蜂技术。邹启锡不仅毫无保留地将自己十几年积累的养蜂经验传授给乡亲们，并免费为徒弟们提供种蜂，到现场手把手传授技艺。现已先后带出 30 余名徒弟，成为当地村民脱贫致富的“空中产业”。

一次，邹启锡去一个徒弟的养蜂场传授自己独创的“断指灭螨”和“偷梁换柱”技艺，徒弟非要留他吃了饭再走。饭桌上，几杯酒下肚，已有几分醉意的徒弟说：“师傅，我有个问题早想请教你了。”

邹启锡说：“你尽管问，我尽量答。”

徒弟说：“我们这些徒弟早就在私下议论你，你知道吗？”

邹启锡说：“不知道。你们议论些啥？”

徒弟说："我们这些徒弟每次站在师傅跟前，脸上都臊得呢。我们这些好胳膊好腿的当你的徒弟，而你一个手脚不太方便的人却成了我们的师傅。师傅，你是怎么做到的呀?"

同样感到朦胧醉意的邹启锡，喝下了杯中酒，说："什么是残疾人?对这个问题，我这个残疾人，已经想了几十年。渐渐地，也想出一些道理。其实，看一个人是不是残疾，关键看他有没有想法，够不够坚强。若是有想法、够坚强，残疾也不残。"

桑植县刘家坪白族乡新阳村刘义心的命运，比邹启锡更坎坷。

刘义心从小就乖巧听话，上学后更是品学兼优。哪知到了小学四年级时，身体发育突然减缓，两年后竟比同龄人矮了许多。开始家人以为是孩子读书刻苦，用脑过多，影响身体，没引起重视，没及时带孩子去医院看病。哪知上了初中后，竟然出现肌肉萎缩，这时家人才感到问题严重，赶紧带他去医院。医生告诉他们，孩子患的是肌肉萎缩症，是当今医学界公认的"顽疾"，需要很多很多钱，治疗效果还不一定好。一个山区贫困人家哪付得起这昂贵的医疗费啊。虽然母亲经常拿些中药给他喝，但病情依然没有得到有效扼制。

尽管家庭贫困、疾病缠身，但刘义心的心灯始终敞亮。他依然勤奋好学，成绩突出，初中毕业以优异成绩考上重点高中，高中毕业时，又成功地考了大学。

可这时，他的病情已急剧恶化，十八岁的小伙子仅有十二三岁的小孩般高矮，双腿肌肉已萎缩成皮包骨，已支撑不起他瘦小的身躯，更难以支撑他远方的求学梦。

大学里整洁的校园，坐在宽敞的教室听教授们讲课，课后与同学们一起蹦蹦跳跳，开展各种体育活动，是他十几年来孜孜以求的梦想啊。现在这梦想，就像一个闪烁着七彩之光的很大很大的肥皂泡，"啪"的一声破灭了，他的心、他的灵魂也随之破碎了……

连续几年，刘义心每天以泪洗面，性格一下子变得特别暴躁，经常向母亲发脾气，甚至有过轻生的念头。好在后来村部有了一台电脑，并连通了互联网，让他找到了精神寄托，每天丢下饭碗，就到这里上网，用虚拟世界的快乐掩盖现实的苦痛。

2015 年春，湖南省军区扶贫队进驻新阳村。一天，扶贫队队长吴正平搬张椅子坐到刘义心身旁，问："你喜欢上网呀?"

刘义心说："喜欢。上网能学到好多东西。"

吴正平说："想不想到网上赚钱?"

刘义心笑了："吴队长就别逗了，上网不花钱算好的了，还能赚钱?"

吴正平说："上网不光可以打游戏，还可以开网店、做生意呀。"

刘义心说："我知道现在网店很红火。可吴队长，您知道我家情况的，哪有钱买设备。"

吴正平说："假如有设备，你干不干?"

刘义心黑暗已久的心灵，突然照进一线亮光，让他精神一振："干呀，为什么不干?"

第二天，扶贫队通知他参加县里的电商培训，又协调县邮政公司为他添置电商设备，引导刘义心走向了电商致富之路。

在新阳村村部后边的山坡上那间小木房里，刘义心的"农家阿哥"网店开张了。网店上，不仅有野蜂蜜、土家腊肉、茶油、土鸡蛋、木瓜丝等琳琅满目的土特产，还开设了代收水电费、邮政快递、代售飞机火车票、打印材料等业务。网店里的土特产，都是她母亲从老百姓家里收购的，是纯生态无污染的山里货，非常走俏，甚至供不应求。

每天一大早，刘义心就起床开始忙乎，时而坐在电脑边点击网站，时而翻越门槛在塔院里收拾土特产，虽然每挪动一步都需要手脚、臀部并用，但他那瘦小身体，依然像一只陀螺不停地在屋子里转来转去，把生意做得红红火火，网店每月纯收入 3000 多元。

知道自己的网店取得这样的经济效益时，刘义心激动得倚在母亲怀里又一次流下了眼泪："妈妈，我终于可以自食其力了！再不是您的累赘了。"

母亲也含着泪水，轻轻拍着儿子瘦弱的肩头说："多亏了扶贫队，多亏了吴队长他们呢。"

刘义心说："是啊，他们让我重新燃起生活的信心与希望，让我懂得了只要不放弃，风雨之后终会见彩虹。"

白族风格的易地搬迁安置房竣工后，作为建档立卡户，刘义心家分到了70平方米的新居，告别了那间破旧的小木屋。一搬进新房，他立刻设计布置村里首个"公共电子商务服务站"，与禾佳生态农业公司合作，继续把网店生意做大做强。

除了刘义心的网店利润，母亲每年还可以从禾佳生态农业公司拿到2.2亩土地流转费1000元、入股分红450元、务工收入8000多元。一年下来，母子俩纯收入达到三万多元，成功摘掉贫困户帽子。

刘义心也被评为桑植"脱贫之星"。

4. 活着，就要抬起头来活

八大公山镇洗泡河村陈家咀组村民、生于1972年5月的张儒君，虽然从小家境贫寒，生活艰难，无钱上学，只有小学文化，却是个很爱面子、心气很高的桑植汉子。

张儒君开始下地做事时，个头还没有锄头把子高，但干起活来却不惜力，大人做多少，他也要做多少。后来看到别人外出打工赚了钱，他把几个孩子交给父母，也带着妻子去广东打工。可终究文化水平太低，两口子只能做些粗活杂事，收入不高，只能勉强糊满一家七口的嘴。可随着父母日渐老去，孩子日渐长大，家庭经济开始入不敷出。

2016年，张儒君与妻子一商量，决定回乡寻找创业的机会。两口子返乡之际，正好遇上各级政府开展建档立卡户登记甄别之际。那天，张儒君两口子在下山赶集的路上，与一位刚从镇政府办事回来的同村老乡相遇。

老乡大老远就和他们两口子打招呼："儒君，要恭喜你们家呀！"

张儒君说："你真是我们家养的喜鹊呀，一大早就给报喜来了。那到底是什么喜呢？"

老乡说："你自己还不知道吧？你们家上了建档立卡户名单了。"

哪知张儒君听了，却把脸一拉："我还以为你在路上碰到一堆金子没捡，留给我们过去捡呢。"说得对面的老乡无言以对、满脸尴尬。

老乡走远后，妻子指责他："看你怎么跟人说话，人家好心向你道喜，你却把别人堵到墙边上。"

张儒君说："他这哪是道喜呀？他是在嘲笑我们家穷。"

妻子说："本来就穷嘛。现在成了建档立卡户，就可享受一些优惠政策，还有一些钱粮补助，这也是好事呀。"

张儒君说："一个人活着，就要抬起头来活。一个三尺大汉，靠国家给钱给粮过日子，人前都抬不起头呢。"

赶集回家，张儒君搬张凳子坐在门前，闷头思考如何甩掉头上这顶"建档立卡户"的帽子。这时，镇政府驻村干部正好上他家来了，张儒君连忙搬条凳子请他坐："现在家里这日子不好过，头上这顶贫困户帽子戴得更不舒服。你们当干部的有眼光，快来给我们家脱贫攻坚出出主意。"

镇干部坐到他边上说："心里想着要脱贫致富，问题就解决一半了。"

张儒君说："可你看眼前这山、这林子、这路，哪一样能让我脱贫致富。"

镇干部说："要致富，还得搞产业。俗话说，靠山吃山，靠水吃水。还得根据当地情况，制定自己的致富思路。"

张儒君说："我家靠门前这山，是靠不住了，靠水嘛……屋背后倒有一口好井，我们家祖宗十八代都喝这井水，一个个身强力壮，很少生病，甚至从不拉肚子。"

镇干部灵机一动，说："你带我去看看。"两人来到井边，果然高山出好水，清澈见底，喝一口，满嘴甘醇。镇干部赞不绝口："果然是口好井啊，你去有关部门检验过水质吗？"

张儒君说："前几年就有一家纯净水公司检验过了，说这口井里的水，比纯净水还纯净。但由于我们这山高坡陡，开发成本太高，没有经济效益，就放弃了。"

镇干部高兴地说："开发纯净水成本太高。你可以用这些纯净水养猪哇，把水变成猪肉再运出去，成本不是低了吗？再说，现在的人都讲究个生态、有机，用纯净水养大的猪，广大消费者多有稀罕呀！"

第二天，镇干部带着张儒君找到桑植县城最豪华的金豪宾馆餐饮部经理摸市场。经理一听是"喝纯净水养大的猪"，立刻表态："你养多少，我收多少！"镇干部说："用纯净水养猪，这在世界上是头一个，价格可能会高些。"经理说："价格再高我也敢要。有了'纯净水养猪'这名号，价格再高都不愁销。"当天，张儒君就与金豪宾馆签订了购销合同。

镇干部了解张儒君的家境，也知道他脸皮薄，不想低头求人，不愿向政府伸手，便主动靠上去服务。"纯净水养猪"项目启动前，把张儒君送到省城进行产业培训一个多月。学习回来后，镇干部给他办好贴息贷款。他小孩上学交不起学费，镇干部又把孩子列为阳光助学对象。他家老人生病住院后，为减轻他家经济负担，又给老人申请了大病救助。每当这种时候，张儒君都对党和政府充满感激，同时又在心里默默对自己说："你一定要尽快脱贫致富，好好回报党和政府的关爱。"

"纯净水养猪"基地建好后，他引进了第一批优质猪崽，当年就把养猪规模扩大到30多头母猪、100多头商品猪，年利润达到10余万元。

卖出第一批商品猪后，张儒君第一件事就找到镇干部，请求把他的名字从建档立卡户名单上划掉，并商量如何带领村里的人一起做好"纯净水养的猪"这一品牌，走共同致富之路。

镇干部向他竖起大拇指："张儒君，我没帮错人，你自己刚富起来，就想着帮大家。"

张儒君说："我一个人富不算富，大家富了才是富。"

5. 就不信，生来就姓“穷”

马长明似乎是个苦命人，而他又恰恰是个不认命的人。

1975 年，马长明出生在八大公山镇云鹤村郭家台组。那可真是个苦地方啊，山头连着山头，山沟连着山沟，而且山高、谷深、坡陡、林密，耕地稀少，仅占土地面积的 5%，尤其是水少，到了秋季或遇上干旱年头，且不说无水灌溉农田，就是人畜饮用水都要去很远的地方挑回来，或者依靠政府用水车送过去。

贫困的家境，让马长明读完初中就难以再续学业，断了他读书改变命运的念想。年仅 15 岁的马长明，放下书和笔，拿起了锄头、镰刀，脱下鞋袜，趟进泥田，当起了脸朝黄土背朝天的农民，夏天烈日暴晒，冬天寒风刺骨，可从年初忙到年末，家里的日子还是过得紧紧巴巴，依然粗粮当主粮、手无半文银。

面对家庭的窘境，马长明常常在晚上站在屋前的空坪上，问头顶上漆黑的夜空：“难道我生下来，就姓‘穷’吗?”

夜空沉默不语。马长明朝自己呐喊：“我就不信，谁生来就姓‘穷’!”

于是，到了农闲季节，十几岁的马长明开始跟着村里的牛贩子，钻深沟、爬高山，走村串户做起了贩牛生意。马长明不仅从中赚到了利润，家里开始有了一些积蓄，而且还发现，农民一年放养一头牛，可以赚到 3000 元左右。继而他又想：要是能养上十几、二十头牛，家里不就由穷变富了吗?

初生牛犊不畏虎。马长明想干就干，于 2002 年拿出几年贩牛攒下的钱，买回了 6 头湘西黄牛，利用家里的猪栏，办起了村里第一个湘西黄牛养殖场。哪知，由于不懂养殖技术，有几头黄牛先后得病，他又不知如何医治，先后病死了。另几头黄牛，到了冬天，也由于饲料储备不足，日渐消瘦，被迫低价出售。结果，马长明辛辛苦苦忙一年，却没赚到一分钱，还几乎血本无归。

面对着空空荡荡的牛圈，母亲叹着气劝他：“长明啊，我们生来就不是发财命，你还是老老实实当农民，安安生生过日子吧。”

马长明点了点头，回到一年前的生活轨道上：农忙时下地，农闲时贩牛。可凭此就认为，马长明已经放弃致富梦想，那可就大错特错了。他心里依然有一个声音在咆哮：“我就不信，我生来就姓‘穷’！”如果一次跌倒，就永远趴下，这还是他马长明吗？

晚上躺在床上，他细细总结失败的原因。每次去城里，他都要去书店逛一逛，看看有没有湘西黄牛养殖技术书。做牛生意时，他注意与那些养牛户交流经验。有空闲时，还到外地大型养牛基地参观，虚心请教各种问题，不仅增长了养殖知识，还结交了不少朋友。

2012 年，已蛰伏 10 年之久的马长明，决定东山再起。他吸取了第一次养殖时饲料断供的教训，决定“兵马未动、粮草先行”，首先在本村流转五亩土地，种上了牛草。然后又买回 10 头湘西黄牛。这些牛几乎成了他的心肝宝贝，天天形影不离，仔细观察它们的习性，甚至揣摩他们的一举一动。妻子和他开玩笑：“你把该给我的爱，都给了那些牛。”孩子们说：“爸爸对牛的关心，远远超过对我们的关心。”村民们也说：“做长明的牛，比做人还幸福。”

2013 年，10 头湘西黄牛终于出栏了。扣除人工、成本，马长明净赚 1 万多元！

虽然湘西黄牛养殖初步取得成功，但 2014 年建档立卡户筛选甄别时，马长明依然上了建档立卡户名单。为尽快摆脱贫困面貌，马长明加速扩大养殖规模。2015 年，黄牛数量达到 20 多头，利润从开始的 1 万多元，增加到现在的 9 万多元，成功摆脱贫困帽子。

马长明深知，创业就像逆水行舟，不进则退。他在村支两委和镇党委、政府支持下，向银行贷了 5 万元贴息贷款，把养殖规模扩大到母牛 10 头、商品牛 20 多牛，价值五六十万元，而且逐步实现了科学化、正规化、生态化养殖模式。

在马长明影响下，村里的廖吉生、马少青等人，陆续办起了 10 头以上的湘西黄牛养殖场，还有一些农户，也开始小规模养殖，村里还成立了湘西黄牛养殖专业合作社。

曾有过失败之痛的马长明，为让大家少走弯路，主动担任合作社技术管理员，经常在村里举办湘西黄牛养殖技术培训班，无偿向大家传授饲料需求量、饲料配比、牛舍条件要求、病情防治方法等知识。哪家养殖场出了问题，只要一个电话，他立马奔过去排忧解难。

2018 年，马长明被评为县里的“脱贫之星”。领奖回来，他在给乡亲们发表获奖感言时说：“拿了奖，当了明星，对于我们共同的致富梦才刚刚开始。如果我们大家都像习大大说的那样，撸起袖子加油干，更多的发财机会还在后边等着我们!”

与马长明同时登上“脱贫之星”领奖台的，还有另外一位“牛司令”——利福塔镇莲花垭村村民李祥念。

李祥念个头不高，身材敦实，力气挺大，掰手腕村里没一个是他的对手。他也很勤劳，一年四季都在田间地头忙活。可 2014 年，李祥念依然被列入建档立卡户名单。

当了建档立卡户，让李祥念又忧又喜。不高兴的是，过去穷，只穷在屋里，只有自己知道。可一当上建档立卡户，就穷到外头了，他这个大男人脸上有些挂不住。高兴的是，当了建档立卡户，就成了重点扶贫对象，就会享受到一些优惠政策，这是家里摆脱贫困的难得机遇。

那段日子，李祥念脑子里始终在转着一个问题——我人也不懒，脑袋也不笨，为什么就一直那么穷?

思考的结果是：天天只顾着侍弄那几块责任田，永远都富不了。要致富，需要走富路——发展养殖业。李祥念从小就跟着父亲放牛，对牛的习性非常熟悉。他决定养殖湘西黄牛。

2014 年，他试着买回了三头黄牛。边养边从手机上学习各种养牛知识，一年下来，三头牛不仅没生病，而且非常健壮。几个牛贩子争着买，还争着下第二年的订单。

价格优厚、销路畅通，大大激励了李祥念养牛致富的信心。2015 年，在扶贫队支持下，他成功申请到 5 万元贴息贷款，修建了牛舍，一次性买回 10 多头小牛，天天起早贪黑加油干，当年家里人均收入超过 5000 元，顺利摘掉“贫困帽”。

李祥念致富不忘乡亲们，他将学到的养殖知识、摸索出的养殖经验，毫无保留地传授其他贫困户，并帮助解决销售问题，带动大家共同致富。

目前，莲花垭村黄家院组，已有三户建档立卡户掌握了养殖技术，加入到养殖队伍中。

他们对脱贫致富也同样充满信心：“下次给‘脱贫之星’颁奖，该轮到我们上台了!”

6. 创业要像追女友，锲而不舍

在采访马合口白族乡梭子丘村岗儿洞组的“脱贫之星”刘峥华之前，我看到了一篇介绍他事迹的文章。文章标题就像晚上的月亮般吸引眼球——《牵手外地美女奔小康》。

第二天，在县扶贫办、乡政府干部陪同下，我前往刘峥华家采访。越野车在陡峭的简易乡道上盘旋了好一阵，远远看见丛林间坐落着一间显得有些陈旧的砖瓦房，一小伙站在门前正向这边张望。

陪同采访的乡干部说：“那就是我们乡的‘脱贫之星’刘峥华。我刚给他打了电话。”

我“哦”了一声，隔着车窗玻璃打量一眼刘峥华：身材敦实，笑容可掬，目光有神，一个挺机灵的小伙子。

下车与刘峥华握过手，在他家门前晒谷坪上坐下，一个年轻女子端着茶水走了过来。刘峥华介绍说："这是我老婆江丽秋。""就是你从外地牵手回来的大美女？""是的。"

接过茶杯，我打量着面前的年轻女子。果然是位大美女：五官精致，皮肤白嫩，身材匀称，长发飘逸，笑容可人。我的目光抑不住在他们夫妻之间来回切换。

刘峥华脑瓜子果然机灵，一下子就猜透我的心思："教授是觉得我配不上老婆吧？"

我赶紧掩饰："没有、没有，你们是郎才女貌。"

大家听了，哈哈大笑起来。正式采访在愉快的笑声中拉开序幕。"请问小江，你老家哪里的？""我是广东的。""你家乡很富裕呀。""是比这边好些。""你家也搞得不错吧。""还行。""那你怎么舍得嫁到这山区来呢？""也许是缘分吧。""那你们两个谁追的谁呀？""这……你问他吧。"江丽秋脸一红，跑到屋里去了。

"当然是我追她啦，"刘峥华坦然地说，"而且追得好辛苦。"

两人是在广东认识的。那年，刘峥华初中毕业后，看着家里破旧的木屋、闭塞的交通和入不敷出的经济状况，不忍再读高中，继续增加父母负担，毅然南下进了一家公司打工。在一个偶然的机会，他们相遇了。第一次看见她，他就抑不住两眼发亮，甚至灵魂出窍，就想让她做自己老婆，而且暗暗地对自己说："不把她追到手，绝不松手！"好在两人在一家公司上班，低头不见抬头见，为他发射丘比特之箭提供了许多便利。于是，他就有事没事往她身边凑，请她吃饭、散步、唱歌、看电影、逛商场。她倒也不拒绝，就是始终不答应做他女朋友。他不泄气、不灰心，一如既往穷追不舍。可她还是不答应。他不放弃、不回头，一门心思继续追。就这样，他终于用真诚与执着，感动了她的心，将广东美女江丽秋揽入怀中。

公司效益不很好，职工薪水也一般。刘峥华、江丽秋两人一年从头忙到尾，除了自己开销，攒不下几个钱，而家里年老多病的父母，还有 80 多岁的爷爷，都需要他们两口子供养。

2016年，刘峥华带着江丽秋回桑植过年，在梭子丘一下车，眼前的情景就让他怔住了：前次回来还是破破烂烂的梭子丘村，突然变成了一个街道整洁、商铺连排的白族风情小镇。回到家里后，父母又告诉他："现在农村正开展脱贫攻坚，要一个不落地让每一个贫困人口摆脱贫困，像我们家这样的建档立卡户终于有出头之日了。"

那晚，在返乡路上颠簸了一天，早已筋疲力尽的刘峥华，深夜了还在床上翻来覆去，没有丝毫睡意，索性把妻子从睡梦中摇醒："老婆，和你商量个事。"

"啥事呀?"江丽秋揉着惺忪睡眼嘟噜，"困死了，就不能明天再说吗?"

刘峥华说："不和你商量好这事，我睡不着。"

江丽秋说："那你赶紧说吧，说完了好睡觉。"

刘峥华说："我们回家乡创业吧?"

江丽秋一听，立刻没了睡意："我们回来创业？这深山老林有什么业好创?"

"你听我说呀，"刘峥华耐心地说出了自己的想法，"这次脱贫攻坚战，中央很重视，投入的人力、物力非常大，我们这样的建档立卡户，国家有很多优惠政策，有很多创业的机会。我们不能等着政府来帮我们，要主动靠上去，借着脱贫攻坚这股东风，拼一拼、搏一把。"

江丽秋沉默了一会，说："既然嫁了你，就只好跟你走了。"然后往被窝里一缩，"我要睡了，你也可以睡了。"

乡政府和驻村扶贫队，听说刘峥华带着妻子回乡搞产业，立刻上门帮助他出谋划策。通过仔细分析他家周边环境、交通状况及各种市场需求情况，最终决定发展行情较好、风险相对较小的土鸡养殖产业。不久，驻村扶贫队又为他办好了5万元贴息贷款，作为项目启动资金。

夫妻俩买回建材修好了鸡舍，从网上购回孵化箱，从外地养鸡基地买回了第一批鸡苗。看着小鸡满山坡撒欢，一天天长大，慢慢变成了中鸡，又渐渐长成了大鸡，夫妻俩心里满满的成就感，每天脸上都挂着收不拢的笑容。

哪知不久，他们脸上的笑容就换成了愁容。他们把母鸡生的400个鸡蛋放进网购孵化箱孵化，只孵出100多只小鸡，孵化率还不到50%！

问题出在哪呀？夫妻俩一边在网上查询、一边向专家咨询，竟然发现是网购孵化箱温度过高，大部分小鸡来不及爬出蛋壳，就被活活热死了。

“一朝被蛇咬，十年怕井绳。”刘峥华再也不敢相信那些商家出售的孵化箱。他决定自己做一个。一手捧着有关资料，一手握着制作工具，照着图纸、对着各种指标，时而沉思，时而叮叮咚咚、敲敲打打，忙碌了一个多月，终于制作完成“峥华”牌孵化箱。

把50个鸡蛋放进去孵化，居然孵出小鸡49只，孵化率98%！

随着孵化率大幅提升，鸡群随之迅速扩大，新的问题也接踵而来。先是幼鸡粮食成倍增长，购买鸡食资金跟不上。为增加家庭收入，刘峥华让妻子留在家里养鸡，自己白天出门做临时工，晚上回来料理养鸡场，勉强维持产业开销和家庭日用。

可一波未平，一波又起。随着春天的到来，幼鸡成活率突然迅速下降。这一次，妻子江丽秋有些泄气了：“养鸡怎么就这么难啊，我们还是回去打工吧。”

但乐观派刘峥华不仅不灰心，还和妻子开起了玩笑：“你忘了当初我追你有多难吗？这搞产业也像追女友，需要锲而不舍。”

他找来一堆幼鸡防病治病书籍，蹲在那群叽叽喳喳的幼鸡旁，一边观察它们的生活习性，一边寻找问题的症结。几天后，他不仅找到了原因，而且想到了一个解决问题的土办法。

一试，果然灵验，幼鸡成活率提升了两倍，生长期却缩短三分之一！

刘峥华的土鸡正式上市后，人们发现他用碎野草、玉米粉末混合饲料，再加上某种土办法养殖的土鸡，比一般土鸡肉质更鲜、更香、更有嚼头。街坊四邻、饭店老板纷纷上门订购，每天都接到上百个求购电话，鸡和鸡蛋供不应求，对客户只能按先后顺序，排队发货。

我问："你发明的那个土办法，是个什么法宝呀，这么灵验。"

刘峥华却说："我不能讲。"

我说："为啥？"

他神秘地笑笑："这是商业机密。"

第七章 桑植暖春

党中央脱贫攻坚、精准扶贫战略部署，是普照神州的暖阳。一支支驻村扶贫队，是一缕缕吹向贫困乡村的春风。春暖花开的季节，冻土将苏醒，小草会蓬勃，病树也发芽……

1. 浪子回头便是金

官地坪镇的罗显立，如今是村里的产业大户。但每当想起自己过去的那段赌棍岁月，他就想甩自己几个耳光，再狠狠踹自己几脚。

他原本有一个幸福的家庭，妻子美丽贤惠，女儿聪明漂亮，他也算个勤快人，田间地头的活儿做得利利索索，农闲时还到外边打些小工，补贴家用，一家人把日子过得和和美美、红红火火。那时，他唯一的爱好，就是在闲暇的日子，独自坐在山潭边钓钓鱼。

一个夏日的中午，太阳特别灼人。不便下地做事的罗显立，便提起钓竿来到山潭边的树荫下垂钓。但闷坐了一个多小时，水面上的漂儿始终一动不动。这时，邻村几个熟人走过来问："老罗，收获如何？"

罗显立说："天气太热，鱼不咬钩。"

熟人说："别钓了，跟我们去山洞里耍去吧。那里凉快，说不准还能发财。"

他知道，他们是去耍钱。过去他们在村里耍，派出所来逮过几回后，就躲到山洞里去耍。

罗显立说："我不会，再说身上也没带钱。"

熟人说："耍钱一学就会。没钱我借你，赢了再还我。"

罗显立想，现在没鱼咬钩，去山洞里凉快一下，看看热闹也好。到了洞里，熟人借了他 500 元，让他试试手气。没想到的是，他头一次耍钱，手气竟然出奇地好，一下午就赢了 3000 多元。此后，他连赌了几场，也是赢多输少，财运爆棚，往日空空如也的衣服口袋，竟然攒下了 1 万多元私房钱。

他做梦也没想到，耍钱居然来钱这么快。从此，他渐渐没了下地忙活的心思，每天一丢下饭碗就悄悄去和那些熟人耍钱。

他同样没想到的是，当私房钱快攒到 3 万元时，身上的口袋就再也不往外鼓了，开始一天一天地瘪，不到一星期，身上已分文不剩，还欠下熟人 1 万多元赌债。

他想收手不赌了。可这 1 万多元怎么还？只能继续赌下去，等赢了钱再还。他知道，此时自己就像山潭的那些鱼，已经咬住的鱼钩，松口已经很难，只能被人牵引着挣扎下去。

他的赌运越来越差，旧债未还，又添新债，几个月时间，就欠下赌债 5 万多元！那些赌友不仅不再借给他钱，还天天逼着他还债。无奈之下，罗显立只能向妻子坦白交代。

妻子含着泪水，从留给女儿置嫁妆的 10 万元中拿出了 3 万元："债，我们可以慢慢还。但以后你绝不能再赌!”

罗显立发下毒誓:“我再赌,你拿刀剁了我的手。”

哪知,他手里有了钱,赌瘾就抑不住地膨胀起来,早把还债一事抛之九霄云外。结果又把3万元输个精光。不久,赌友逼债找上门来,把家里闹了个鸡犬不宁。

这天,妻子没哭也没闹,默默拿出5万元交给债主。然后于次日带着初中刚毕业的女儿,南下广东打工去了。从此,妻子几年没有联系过丈夫。与罗显立偶有联系的女儿,也拒绝透露母亲的去向,而且从没回来看望过他。就这样,妻子就像一只断线的风筝,从罗显立的生活中永远消失了。两年后,女儿也嫁去了外省。

罗显立知道,女儿之所以嫁这么远,也是为了躲开他这个赌棍爸爸。

妻子、女儿出走后,无约无束、无牵无挂的罗显立,不仅沉溺于赌桌,还贪上了酒杯,整个破罐子破摔,整日浑浑噩噩。只是到了牌局散去、夜深人静时,阵阵凄凉便袭上心头。他知道自己的人生很失败,也多少次要求自己痛悔前非、从头再来。但最后他都对自己叹息一声:“我如今这副熊样子,还能回到从前吗?”

这天傍晚,罗显立打完牌后,逮了半斤谷酒、一包油炸花生米,独自坐在家里喝酒。这时一名干部模样的中年女同志带着一名年轻人,走进了他家,开口便说:“你是罗显立吧?我们是市法院驻村扶贫队的,我是队长周珍云。”

罗显立抬头看了她一眼,不知咋的,心里竟然怵了一下。这人好严肃啊,尤其她那目光,好锐利啊,仿佛一眼就能把人的心思看透。

然而她的声音却是这般柔和:“一个人喝闷酒,会把身体喝坏的。从明天起,不许再喝酒了。”

已经很久没有人这样关心过他了。罗显立不由得心头软了一下,轻轻点了点头:“好,从明天起,我戒酒。”

周珍云说:“还要戒赌。赌博犯法,难道你不知道?再说,你把老婆、女儿都赌丢了,该吸取教训了。”

罗显立答应道："好，从明天开始，我再也不打牌了，若再打，周队长你剁了我的手。"

周珍云说："手就留着吧，还要用它发家致富呢。"

罗显立说："就我现在这样，还能发家致富？"

周珍云说："你不仅能，而且一定要富起来，给乡亲们做个好样子。我们会帮助你富起来的。从现在开始，你要振作起来。"

罗显立不住地点头："是，你们干部这样关心我，我一定把日子过出人样来。"

哪知罗显立前天满口答应，次日又着魔般一起床就往麻将室里钻。

周珍云得知这一情况后，立刻来到麻将馆。但她并没有责骂罗显立，而是把他带到田野上，指着一个正在耕地的人，问罗显立："这个人，你认识吗？"

罗显立说："认识啊，我们村的胡新锦，大家都喊他胡独手。"

周珍云说："你看，他只有一只手，现在都准备种烟叶、玉米，养猪，搞危房改造，通过产业致富。你两只手、两条腿，一样不缺的大男人，就甘心这样浑浑噩噩过下去？就不怕人耻笑？"一席话说得罗显立面红耳赤。

这话还真戳中他的要害。这些年，没心没肺、每晚喝醉了就呼呼大睡的罗显立，头一次失眠了，脑子里不住晃动着胡新锦独臂耕地的身影，耳畔不停地回响着周队长急切中充满期待的声音，心里头一次次痛骂自己："你这混账东西，把好端端一个家都给赌没了。现在政府终于给了你重新做人的机会，再不珍惜，再不痛改前非，你就真不是人了！"

第三天，周珍云又来到了罗显立家。"昨晚想好没有？准备发展什么产业？"

罗显立说："我们这地方，少田少地，但山多草深，只适合养羊。"

周珍云说："这是个好主意。"

罗显立说："可主意再好，也只能是想想啊。我没钱，拿什么修羊圈，买母羊、种羊？"

周珍云告诉他，启动资金有帮扶，后续资金可以申请政府贴息贷款 5 万元，而且以后每卖一只羊，政府奖励 100 元。

罗显立首批就购买了 100 多只羊。他整日守护着羊群，与它们日升而出，日落而归，精心照料它们成长。乡亲们与他开玩笑："罗羊倌，好久不见你打牌了，我们耍两把去吧？"

罗显立就笑了说："现在你叫我去打牌，还不如先把我手指剁了呢。"

乡亲们说："要是你当年陪老婆孩子，像现在陪这些羊一样，他们就丢不了喽。"

罗显立听了不做声，只嘿嘿地笑。

几个月后，罗显立卖了 30 只羊，纯赚 1 万多元！尝到了甜头的罗显立，扩大养殖规模，第二批羊出栏时，又纯赚 3 万多元！此外，政府还向他发放奖金 1 万多元！

致富后的罗显立，逢人便说："要是没有周队长和扶贫队的真心帮助，我这个老赌棍，永远都成不了今天的产业大户！"

周珍云则称赞他："浪子回头便是金！"

2. 我开始尝到生活的滋味

"活了几十年，现在才开始尝到了生活的滋味。"

走马坪白族乡村民陈克明，接受媒体记者采访时，开口便叹了一口气。

陈克明今年 65 岁了，用他自己的话说："已是黄土埋到胸口的人了。"过去这几十年，陈克明的生活只有一个味，那就是汗水与泪水的苦涩味。他小时候家里苦，没过上几天好日子。自己结婚成家了，以为生活有盼头了，却没想到儿子是个残疾，连自己都养不活。但既然生了他，长大后就得给他成家，这既是为人父母的责任，也是为了延续香火。可这样一个残疾儿子，好姑娘哪个愿意上门来？不知托了多少媒人，才找到一个智障儿媳。老伴年轻时身体就不太好，现在更是三天两头生病。一家人生活的重担，全压在陈克明一个人身上，压得他两头都快弯成一头，几乎连气都喘不过来。

唯一让陈克明感到安慰和庆幸的是，儿媳生下的孙子陈方元，不仅非常健康，而且聪明懂事。孙子，是全家唯一的希望。陈克明暗下决心，一定要把孙子培养出来，哪怕全家少吃少穿，将来也要送他上大学。可他毕竟是年过花甲的人了，身体也一天不如一天，而家里经济负担却越来越重。这不，孙子这学期就要初中毕业参加中考，一旦升入高中，光学费就要好几千。眼下不说几千，几百他家也拿不出。这么多学费，他上哪找去？

正当陈克明急得团团转时，市里的扶贫工作队住进了村里，而且李永祥队长、王波副队长在次日上午就来到陈克明家走访。当李永祥问他家有什么困难时，陈克明就着急地把孙子的学费问题和盘托出。

李永祥当即表态："孙子的学费，你不用着急，我们来给你申请。如果你孙子能考上高中，保证你不掏一分钱学费。"

王波问："孩子学习成绩怎样？有把握考上高中吗？"

陈克明有些不好意思地说："我没文化，孩子读书的事我真不知道。"

这天正是周末，孙子陈方元在家。李永祥便把陈永元叫到跟前问："你的成绩在年级排名多少？"

陈方元摸着后脑勺说："不理想，比较靠后。"

王波问："为什么不理想？"

陈方元说："因为很多同学都请了家教，或参加了补课班。可我们家没钱。"

李永祥说："从明天开始，我们两个给你当家教，每天晚上给你补课。我们俩可都是大学生哪。"

从次日开始，扶贫队队长李永祥、副队长王波，轮流在晚上前来给陈方元补习功课，不断鼓励他努力上进，将来成为国家有用之才。陈方元这孩子也很争气，考试成绩呼呼往上蹿，几个月后便从落后生进步为优秀生，中考时不仅考上了高中，还被选进了重点班。

拿到录取通知书那天，陈克明高兴地摸着孙子的脑袋说："一定要给爷爷争口气，将来一定要考上大学。等你大学毕业的时候，我们家就熬出头了。"

送孙子去县城上高中的前一天晚上，陈克明杀了家里养了几年的老母鸡，无论如何也要请李永祥、王波喝顿酒。

李永祥、王波欣然应邀，并每人送给孩子 1000 元红包，嘱咐他不仅要把学习搞好，还要把身体锻炼好，将来考军校。

陈克明家，是村里深度贫困户之一，也是驻村扶贫队重点关注的对象。李永祥不仅把陈克明列为低保对象，还根据他们家劳动力、土地、住房等实际情况，精心制订了产业发展、房屋改造等一系列精准脱贫计划，并给他们发放了产业项目启动资金，申请了政府贴息贷款，让这个贫困了数十年的家庭开始走上致富之路。

2019 年春，陈克明面带笑容、掰着手指，给记者算起了自家 2018 年的收入明细："去年养牛 3 头、养猪 4 头、养羊 70 只，收入 38000 元，在雪莲果基地务工收入 11000 元，养老保险一年 2472 元，扣除农业生产支出 3500 元和养殖成本 4000 元，一家 5 口人均纯收入超过 8000 元。同时，村里还投入 1 万多元，对我们家实施了危房改造。这才是我们家有滋有味的生活!"

桑植县龙头村的张朝法，也是长期饱受疾病折磨，没有劳动能力，妻子 2014 年病逝，靠低保维持生计，生活的极度贫困，几乎让他万念俱灰。他现在唯一的安慰，就是女儿聪明勤奋，考上了大学，指望女儿将来毕业工作后，让家里的日子好过些，但目前女儿的学费也成了一道一时难以逾越的坎。那天，杨光荣来到他家，陪同的村干部介绍说："市委杨书记来看你了，是来帮助你改善生活、摆脱贫困的。"

他激动得不管书记是个多大的官，伸手就握住领导的手不放，泪水儿哗哗往下淌："我们家日子真的没法过下去了，现在总算盼来了活菩萨。"

村干部赶紧纠正说："咱们杨书记，是共产党的杨书记，不是菩萨。"

张朝法执拗地说："谁说不是活菩萨，现在共产党就是救苦救难的活菩萨。”

杨光荣握着他的手哈哈笑着说：“感谢你对我们党的热爱与信任。”然后回头对扶贫队说：“他家的困难比较紧迫，要赶紧解决。”

在杨光荣指导下，驻村扶贫队为张朝法量身定制了“医疗救助、助学帮扶、产业帮扶、亲帮亲”的帮扶措施和计划。

驻村扶贫队在第一时间解决了医疗费用、女儿上学费用后，为解决他的后顾之忧，杨光荣2016年8月3日又一次来看望他时，听说他侄儿张小平牛羊养殖产业做得很有成效，便提议张朝法用参股的方式，参与侄儿的养羊产业。

张朝法一听，立刻高兴地说：“这敢情好。”但接着又有些担心，“虽然他是我侄儿，但我这么个病壳子，他会要我不?”

杨光荣说：“你侄儿那边的工作，我们扶贫队去做。”

张小平是个通情达理之人。听扶贫队一说，立马就同意叔叔入股经营，只是希望扶贫队能协同叔叔解决一万元入股资金，并帮他落实5万元小额贷款，用于扩大产业规模。然后张小平每年给叔叔分红6000元，每年小妹开学时先付3000元，年底再分红3000元。在此基础上，再加上一家每年低保3600元，张朝法一家全年就有近10000元收入，人均数远远超出脱贫标准。

现在，张朝法家的房子也修好了，水泥路也铺好了，女儿也快大学毕业了。他做梦也没想到，自己穷了一辈子，到了花甲之年竟然摆脱了贫困，过上了好日子。

想起这些，张朝法脸上就整天挂着笑。

3. 一有阳光就灿烂

党中央脱贫攻坚、精准扶贫战略部署，就像那灿烂阳光，洒向神州大地、四面八方。从中央机关到省、市政府各职能部门的扶贫工作队，仿佛一缕缕轻风，带着阳光的温暖，吹向老少边穷地区的村村寨寨。

在贫困线上挣扎的乡亲们，终于迎来了久违的春天。春暖花开的季节，冻土会苏醒，小草会蓬勃，病树也发芽……

桑植县龙头村的林三妹身体有些残疾，家有五口人，儿媳有精神病，不仅帮不了忙，还经常打骂她，两个孙子都小，一个读小学，一个读初中。

尽管日子艰难，但林三妹却性格开朗。她经常对别人说："我是棵苦命的小草，被生活的大古板压在身上，连气都喘不过来。"那天，她在别人家看了电视连续剧《一米阳光》，竟然还说了一句很文学的话——"只要有阳光，我也会灿烂！"

过去的日子，为支撑这个艰难的家，儿子常年在外打工，也赚不了多少钱，平时还得靠她这个残疾人种点田地，维持日常家用。扶贫工作队来到村里后，考虑到她家的情况，决定安排她在产业基地上务工，增加经济收入。

驻村扶贫队和村支两委，通过实地走访调研，依托区位优势，引进了蔬菜、草莓、葡萄、蓝莓、火龙果种植项目，现已形成产业基地。

龙头村有 17 户 29 个因各种原因不能出门务工的劳动力和有一定劳动能力的留守老人、妇女在基地就近务工。林三妹在这里做事，一天工资 60 元，她做三个多月，领了近 5000 元，家里第一次用上了冰箱。

林三妹在产业基地务工一年后，对驻村扶贫队说："今年我要种两亩蓝莓。"

扶贫队对她的想法很支持，但又有些担心："你又要在基地上班，又要种蓝莓，吃得消不?"

"就是考虑到自己年纪大了，才只种两亩。以后我把儿子喊回来，再多种几亩，"林三妹对未来充满信心，"现在党的政策好，发展自己的家庭产业，有公司技术指导，并提供种苗，产品还保底回收，我只出土地和劳力，这种稳赚的事情不干，还指望干啥呢?"

桑植县龙头村 59 岁的张朝阳，也是个苦命人。2012 年妻子突发脑出血，虽然救过来了，但瘫在床上了，生活起居全要人照料。两个孩子年幼，还在上小学。前不久去世的残疾哥哥，给他留下一屁股债。他离不开这个家，只能在附近有一天、没一天地打零工养活全家。生活的重压，让他刚过五十就累弯了腰。

“我知道自己这个家，只有发狠搞养殖，才能甩掉穷帽子，”驻村干部第一次来到他家，他就说了直话，“但我一没场地，二没本钱，三没技术，搞养殖就像猴子捞水中月，根本不现实。”

“怎么不可能?”张朝阳结对帮扶干部李建丽听了说，“我们下来扶贫，就是要帮助大家把认为不可能的事变成可能。”

起初，张朝阳不信：“天下哪有这好事。”

没想到，这天下好事真来到了身边。扶贫队为他办成了小额贷款，盖起鸡舍。然后，通过扶贫队牵线搭桥，张朝阳成功地与养鸡大户唐登州达成协议。由唐登州为他提供鸡苗和技术指导，鸡长大后，唐登州再保价回收，确保他每只鸡能赚二三十元。

张朝阳掐着指头算了算：一批鸡苗 4 个月后就可以出售，成活率基本可以达到 80%以上，除去成本，他可以净赚 3000 元！而一年中，他可以喂养 3 到 4 批，就能净赚一万多!

算完了，张朝阳嘿嘿笑着说：“这样一来，一家生活就不愁了。”

张小峰和妻子早几年把孩子交给父母，去了浙江打工，由于勤奋肯干，又爱动脑子，深得老板喜欢，两口子收入不薄。

2016 年孩子六岁了，要上学了，夫妻俩担心老人带不住，误了孩子学业，不想再到外头务工。可待在家里总得找些事做，有些经济收入呀。经过一番琢磨，两人决定加工拖把，他们在浙江打工时，租房隔壁就有一家拖把制坊，看得多了，就掌握了制作方法。到县城一打听，居然还没有一家拖把制作坊，市场空间很大。

两人就在家中开始加工拖把，发现利润非常可观。一把拖把成本 7 至 8

元，批发价卖 11 到 12 元，可以稳赚 3 到 4 元。让他们发愁的是，两人一天最多只能做 70 把，想扩大生产规模，多请些人来做，又一时拿不出发展基金。

张小峰向驻村扶贫队员向华中反映了自己的想法和苦恼。向华中高兴地说："你这个想法很好，自己增加了收入，又增加了就业机会，帮助大伙脱贫致富。"

张小峰说："我想去银行贷款，可自己又贷不出来。"

向华中说："这个我们来帮助你解决。"

扶贫队通过协调，为张小峰贷到了小额贷款 5 万元。拖把加工扩大了规模，为村里提供了 20 多个就业机会。扶贫队特意安排那些因各种原因不能外出务工的贫困人员来上班，每天能挣到六七十元。

当他们领到第一次工资时，一个个脸上喜笑颜开："我们做梦也没想到，在家门口上班，一个月也能拿到近 2000 元!"

4. 老单身有了爱情的渴望

这是一间坐落在山坡上的木板房。房子不大，但它却很"醒目"，甚至在当地还有些"名气"。它的"醒目"和"名气"，一是因为它太破旧不堪：由于长时间风雨侵蚀、年久失修，四面墙板有些已经腐烂，房顶的瓦片也有些零乱，其中一个屋角已被狂风掀去，形同一头露着獠牙的野兽，房子旁边紧挨着猪圈、牛栏，一家人的生活废水、牲口棚里排出的污水，汇聚在房子前边的草坪上，散发出阵阵恶臭。二是因为这家人太穷：他们有六兄弟十口人，这么一间狭小破旧的房子，连睡觉的地方都不够，不得不让老五、老六与牲口为伍，一个睡到猪圈，一个睡进牛栏。

这家人的老大秦明克，虽然六十刚出头，但看上去像个 80 岁的老头。俗话说，长子为父。他为这个家操心的太多了，十口之家的吃、喝、拉、撒还不算什么，让他最揪心的是几个弟弟的婚姻大事。他到处托媒，给弟弟们找对象，可几十年过去了，只有他这个老大和老三娶到了媳妇，其余几个弟弟，虽然对象都处了好几个，但姑娘们到家里一看，就都扭头走了，结果其他四个弟弟都五十多岁了还光棍一条。

这不能怪人家姑娘嫌贫爱富。就他家这样子，连周围的邻居都嫌脏，从不上他们家，人家漂漂亮亮的姑娘为啥要嫁到他家来？他和老三之所以还能娶到老婆，用他们老婆的话说："当时我们是看你们还像个人模狗样，又能说会道，被你们给骗了！"

其他几个兄弟，也一个个标标致致，只是性格不像老大、老三外向。年轻时，他们也去过外地打工，但由于一没文化、二没手艺，又不擅于与人交流，结果在外转悠了好几个月，都没找到工作，在南方转了一圈回来后，就再也不敢出去了，天天围着那几块贫地打转转，窝在这间破房子里，大门不出二门不迈，甚至亲戚、邻里的婚事也不愿参加。

其实，他们很想去参加，也想时常进城去逛逛，只是看着别人娶新娘、见到别人成双成对，手牵手逛街，就会想到自己，心里就会很难受。但现在几十过去了，他们也认命了、死心了，早就断了结婚生子的念想。长兄秦明克也不再给这些弟弟们托媒人找对象。

这天傍晚，很少有人光顾的秦家，突然来了一位客人，而且还是一位戴着眼镜、看模样是个干部的客人——省里来的驻村扶贫队员李波。

李波围着房子里里外外转了一圈，叹着气说："日子不能这么过啊！"

老大秦明克说："这样的日子，我们已经过了几十年，不这么过，还能怎么过？"

李波说："你们家的情况，村干部已经跟我讲了。从今后，你们家就是我的对口扶贫户。我的任务就是帮助你们家过上好日子。"

第二天，李波再次来到他家时，把一个大大的红包塞进秦明克手心："这是5000元，是我个人送给你们的见面礼，拿去把房前屋后整理一下，把环境卫生搞干净、弄利索。"

从此，李波就成了他们家的常客，与他们拉家常，为他们摆脱贫困出主意，并亲自出面在县城给四个单身弟弟联系到了务工单位，每人每月能挣上五六千元，然后又为他们家申请了产业发展启动资金和政府贴息贷款，建起能容纳 100 多头生猪的新猪舍，在山上种了近十亩雪莲果……

当年，秦明克家收入突破了 20 万元，年底就建起一栋漂亮的二层楼房，平均每个兄弟两间房！

新房竣工那天，亲戚、邻里都来放鞭炮贺喜。李波也前去祝贺，并又送上 2000 元红包。但这次，老大秦明克怎么也不肯收："李队长，你已经帮我们家很多了，是我们家的大恩人，以后还有一事要请你帮忙呢?"

李波说："你家还有什么困难，尽管跟我说。"

秦明克说："就是我这四个弟弟还是光杆司令呢。"

李波笑了："他们不是跟我说，这辈子不想结婚了吗?"

秦明克说："现在新房盖好了，这几个老光棍又有爱情的渴望了。"

李波痛快地说："好，以后遇到合适的，一定给他们介绍!"

5. 他们是我们自己的明星

2018 年，桑植县委、县政府在全县开展"脱贫之星"评选活动。通过群众评议，村、乡（镇）层层筛选，有近 60 人脱颖而出，成为广大村民人人羡慕、个个追赶的致富标杆。

陈冬英（桑植县澧源镇高家坪社区小田冲六组村民）

彭清富（桑植县澧源镇尚家坪村长湾组村民）

陈健华（桑植县澧源镇西街村十组村民）

刘芳萍（桑植县瑞塔铺镇定家峪村大利坳组村民）

陈俊祥（桑植县瑞塔铺镇瑞市居委会高峰片区岗溪峪组村民）

陈克贵（桑植县瑞塔铺镇瑞市居委会牛栏溪组村民）

陈菊浓（桑植县空壳树乡虎形村孟家岗组村民）
米泽政（桑植县空壳树乡白马泉村米家铺组村民）
石军元（桑植县空壳树乡八斗桥村石家湾组村民）
陈克芳（桑植县走马坪白族乡走马坪村孙家坡组村民）
谷发浓（桑植县走马坪白族乡前村坪村唐家湾组村民）
胡祖群（桑植县竹叶坪乡中坪村春木湾组村民）
刘吉和（桑植县竹叶坪乡茶垭村大垭组村民）
徐业成（桑植县竹叶坪乡中坪村五同庙组村民）
戴西川（桑植县人潮溪镇龙鹤村百果园组村民）
唐基斌（桑植县人潮溪镇双狮村麻池河组村民）
谷臣积（桑植县官地坪镇金山坪村村民）
涂典世（桑植县官地坪镇金山坪村村民）
谷祥飞（桑植县马合口白族乡马合口村菊山垭组村民）
刘峥华（桑植县马合口白族乡梭子丘村村民）
王焕云（桑植县芙蓉桥白族乡大庄坪村清水源组村民）
蒋文武（桑植县芙蓉桥白族乡马安会村胡家坡组村民）
朱进波（桑植县芙蓉桥白族乡上坪村三组村民）
龚　雪（桑植县洪家关白族乡银杏塔村村民）
贺帮志（桑植县洪家关白族乡洪家关村村民）
蒋宗要（桑植县洪家关白族乡水田坪村村民）
满延政（桑植县桥自弯镇山羊溪村前进组村民）
向师五（桑植县桥自弯镇李家垭村向家弯组村民）
李春元（桑植县凉水口镇李家庄村李家台组村民）
陆大贵（桑植县凉水口镇李家庄村向家湾组村民）
王晋培（桑植县沙塔坪乡沙塔坪村王家院子组村民）
张富英（桑植县沙塔坪乡廖家坡村妖风坡组村民）
郭先业（桑植县龙潭坪镇李家湾村水牛坪组村民）

刘小明（桑植县龙潭坪镇龙潭坪居委会上坪组村民）
吴传家（桑植县龙潭坪镇白竹坪村两岔河组村民）
廖月清（桑植县五道水镇桑植坪村王家界组村民）
杨祖军（桑植县五道水镇连家湾村杨家坪组村民）
罗慷云（桑植县五道水镇五道水居委会村民）
马长明（桑植县八大公山镇云鹤村郭家台组村民）
黄　涛（桑植县河口乡新民村村民）
邵启军（桑植县河口乡富溪村老屋组村民）
王仙桃（桑植县河口乡以咱村二组村民）
陈功远（桑植县上河溪乡东风坪村谢家台组村民）
黄增维（桑植县上河溪乡黄金塔村外黄组村民）
赵英超（桑植县上河溪乡云雾山村塘坝组村民）
朱富强（桑植县陈家河镇大屋坝村王家坡组村民）
谭长坤（桑植县陈家河镇龙潭沟村大湾组村民）
向延兵（桑植县陈家河镇张家村大竹园组村民）
张子国（桑植县廖家村镇老庄坡组村民）
戴吉旺（桑植县上洞街乡双溪村戴家湾组村民）
李祖华（桑植县上洞街乡二户溪村张家组村民）
邹进富（桑植县上洞街乡双溪村邹下场组村民）
梁定民（桑植县利福塔镇凤栖村梁一组村民）
谭再壁（桑植县利福塔镇官庄村瞿下台组村民）
李祥念（桑植县利福塔镇莲花垭村黄家院组村民）
……

这些名字、这些家庭，过去贫穷的原因，也许各有各的不同，但他们脱贫致富的途径却是惊人的一致，那就是勇敢面对、发展产业、舍得吃苦、坚持不懈。用桑植人的话说：“只要吃得苦、耐得烦、霸得蛮，汗水就能把泥巴和成金!”

这些“脱贫之星”，无一不是这样走过来的。

陈家河镇张家村大竹园组村民向延兵，一场意外事故，让他变成了三级残疾人，成了建档立卡户。但向延兵从不“等、靠、要”政府的帮助，立志通过自己的劳动脱贫致富。

2015年，向延兵克服身体上的诸多不便和经济上的重重压力，开始养殖湘西黑猪，两年退出低保行列，成功脱贫致富。

2018年，向延兵养殖的湘西黑猪规模扩大，存栏量达到了300多头。其中种猪60多头，商品猪250多头，每年可获得利润20余万元。此外还与人合作养羊100余只，每年个人获利2万余元。他的湘西黑猪养殖基地，还请王本康、王从彪、向佐友、李云满、张贵生等几位残疾人轮流看守黑猪，让他们每人每年增收1万多元。

2019年上半年，向延兵又与本村村委会签订合作协议，再次扩大规模，使本村集体经济增加3万元收入。同时，向延兵还通过代养回收模式帮助本村建档立卡户，让村里的14家贫困户每户每年增收5000～8000元。

向延兵先后两次被桑植县评为“阳光致富带头人”。

上河溪乡东风坪村谢家台组村民陈功远，在山里用农机耕地时，一不小心操作失误，左腿不幸被耕地机打伤，而且伤及动脉，鲜血喷涌，随时都有生命危险，好在被人及时发现送往医院抢救，才保住一命，但左腿却变成了重度残疾，原本美好的家庭一落千丈。2014年被评为建档立卡户。

起初，陈功远每天都揉着那条伤腿，含着眼泪问自己：“以后我怎么办?以后我家怎么办?”

后来，他对自己说：“人有两条腿，残了一条，还有另一条，还能站起来，照样有活路。”

再后来，他就鼓励自己：“只要舍得干，一条半腿照样比两条腿活得好!”

尤其是扶贫队进驻村里后，在扶贫队干部鼓励下，陈功远对创业更有信心。他带着家人建起了村里第一个羊圈，养殖黑山羊近200只后，然后又在山坡上放了几十桶蜜蜂、50多只土鸡，当年收入4万元。

2018年，陈功远又上湖北考察泥鳅养殖技术。回来后，果断租赁了3.5亩土地，养起了泥鳅，家庭经济又多了一个新进项。

谈起以后家庭产业发展，陈功远雄心勃勃：“我一定要一如既往把养殖事业发展下去，带动全村及周边贫困户一道致富。”

这一天，对于陈家河镇大屋坝村王家坡组村民朱富强来说，本来是个好日子：妻子要生了，他要当爸爸了！哪知这天竟是苦难的开端：妻子遭遇难产，撇下一个嗷嗷待乳的女儿，遗憾地永远闭上了眼睛。

朱富强这个七尺桑植汉子第一次流下了悲伤的泪水。然后，为了年迈的父母、为了襁褓中的孩子，他只好外出打工讨生活。可由于文化水平不高，又没一技之长，在外打工也只能廉价出卖劳动力，家里的日子依然难熬。

2015年春节，他返回老家大屋坝村，看着依山傍水、土壤肥沃、气候独特的家乡，他灵机一动：家乡是个种茶叶的好地方，我为什么要丢下这么一块风水宝地而四处奔波呢?

恰在这时，县纪委驻村扶贫队，引进旭日茶叶公司在村里建起了加工厂。看到了种茶致富曙光的朱富强，决定留在家里发展茶叶种植产业。为了学好种植技术，他积极参加旭日茶叶公司、镇农技站组织的茶叶培训，利用一切机会向老茶农请教。

然后，他通过土地租赁，办起了规模达到30多亩的茶叶种植基地。

第二年，朱富强顺利摘掉建档立卡户帽子。

第三年，朱富强成为全县“脱贫之星”!

走马坪白族乡前村坪村唐家湾组村民谷发浓，家中5口人，父亲患精神病，母亲也是个病壳子。她和妹妹双双外出打工，家中依然一贫如洗。

2012年春天，谷发浓找到驻村扶贫队说：“我不出去打工了，我想留在家里创业。”

扶贫队领导问她：“你们俩姐妹外出打工好多年了，怎么突然不想出去了?”

谷发浓说：“在外闯了这么多年，也没闯出个名堂。还不如在家里好好搞产业。”

扶贫队领导听了，喜上眉梢：“村里正缺一个产业发展带头人呢。我看就由你来当这个带头人。”

扶贫队先后把她送到怀化安江农校、湖南农业大学去参加技术培训，学习土鸡养殖技术，并为她垫付资金办起了土鸡养殖场。

当年，仅土鸡一项就收入近 10 万元。此后，每年收入不断创新高。2017年，她家成功甩掉贫困帽!

2014 年，沙塔坪乡沙塔坪村王家院子组村民王晋培也被评为建档立卡户。他本来有一个还算富足的家庭，一切变故都是从 2008 年开始的。

那年，他妻子因恶性萎缩性丘疹，举债十几万四处治疗。结果钱花光了，人也走了。大儿子王星淇，又患有先天性漏斗胸，治病费用非常昂贵。家庭经济一直捉襟见肘、非常困难。但即使这样，王晋培依然认为：人穷志不能穷；只要志不穷，人穷只是穷一时；若是志穷了，人穷就会穷一生。

为了撑起这个艰难的家，他也加入了南下打工的行列。为了多挣些工钱，他从不惜力，别人不想做的事，他抢着做；别人不想加的班，他争着加。几年下来，不仅还清了欠债，还奇迹般攒下两万多元。

脱贫攻坚拉开序幕后，王晋培看到脱贫致富的重大机遇，果断拿出打工攒下的两万元，向亲戚朋友借了四万元，再从银行贷出了 5 万元无息贷款。在畜牧部门的专家指导下，王晋培于 2016 年引进两头江苏太湖母猪，繁育出了十余头小猪，开始滚雪球般养猪产业发展之路：2017 年，出售育肥猪 10 余头、小猪 50 余头，收入达 3 万余元。2018 年，出售了育肥猪 60 余头、小猪100 余头。

短短三年，王晋培不仅顺利脱贫，而且成为远近闻名的“猪司令”！

……

这些“脱贫之星”的名字，虽然不像银幕、荧屏上那些明星的名字如雷贯耳、众人皆知，但他们就像身边那一棵棵小树、一丛小草，尽自己所能地给这个世界添上一抹抹翠绿；就像夜色里他们头顶上那一颗颗忽明忽暗的星星，一直在努力向这个世界奉献一丝丝光亮。

这些“脱贫之星”，也没有舞台上明星那般华丽、光鲜，他们皮肤黝黑，手脚粗糙，身上沾满泥土，甚至浑身上下散发着各种动物的臊臭气。他们在自己的舞台上，不用化妆，更不会做秀，只知道老老实实流汗、老老实实收获，把每一个日子都过得像脚下的土地般扎实。

这些“脱贫之星”，更不像那些被粉丝们前呼后拥的明星，高高在上、光芒四射。他们就在老百姓身边，是最接地气的、可望可及的明星！

用老百姓的话说：“他们是我们自己的明星！”

第八章
桑植富道

俗话说“一方水土养活一方人”。而一方水土能否养活一方人，关键在于如何养。桑植人根植于脚下这片沃土，充分发挥自身优势，大力发展特色养殖、种植产业，真正让桑植变成了“地是刮金板，山是万宝山，人是活神仙”。

1. 一方水土养好一方人

桑植县 150 个贫困村、2500 多家建档立卡户、近 8 万贫困人员，县委决心三年摆脱贫困、走向小康，这任务的确有些艰巨。

如何创造这个桑植大地上从未有过的“奇迹”呢？俗话说，一方水土养活一方人。桑植贫困，并不完全因为桑植水土贫瘠，挤不出养育这方人的乳汁，而是没有充分挖掘其优势与潜力，没有激发其蓬勃青春，让她分泌出更多的乳汁，把桑植人民滋养得更加强壮。

让桑植这方水土焕发青春的妙方，就是运用特别的地理优势，发展特别产业！

产业发展如何，直接决定着桑植能否实现“三年摘掉贫困帽”。鉴于此，县委、县政府围绕产业发展做好脱贫攻坚这篇大文章。他们针对桑植地域特色、自然优势，精准规划产业发展，科学引导广大群众大力开展特色种植、养殖，想方设法壮大桑植优势产业。

脚下的土地，是生命之源、生存之根、发展之本！用县长赵云海的话说：“桑植的脱贫攻坚不能等、靠、要，而要立足桑植这块土地找潜力，从这片山山水水里挖金刨银，用桑植这方水土养好桑植这方人！”

县委、县政府提出“希望在山，关键在路，立体开发，脱贫致富”“旅游融合，产业扶贫，绿色发展”的脱贫工作思路。

桑植人杰地灵、山清水秀、物产丰富：桑植的大鲵名扬天下，桑植的茶叶香飘万里，桑植的烟叶堪比云烟，桑植的蜂蜜甜蜜蜜，桑植的萝卜脆又甜……

如何把物产特色转化为产业优势、扶贫优势？桑植县通过多年探索，推出了扶贫产业发展的“六大模式”，把贫困群众引进产业大门，走上产业致富之路。

“资源合作”找到“治穷良方”。将新型农业经营组织的资金、技术、市场营销资源与贫困户的土地、山林、劳动力进行无缝对接，以“订单”为联结，由企业和贫困户签订农产品购销协议，贫困户按照合作企业要求，提供生态优质原产品，合作企业托底收购，实现产业带动贫困户脱贫致富。如桑植县高山怡韵茶叶有限公司在五道水镇五道水居委会兴建了青钱柳茶叶精深加工厂，公司为农户无偿提供青钱柳苗木、有机肥和石灰，农户负责出土地、山林、劳力，公司按照市场价回收农户采摘的青钱柳鲜叶。通过采取资源合作模式，2016 年共发展青钱柳基地 805 亩，其中带动 59 家贫困户发展青钱柳面积380亩，收入达到1.2万元/亩，59个贫困户可全部实现脱贫。2019年，全县计划发展青钱柳种植面积2万亩以上，带动贫困人口脱贫5000人以上。

“股份合作”点亮“发展希望”。将财政扶贫资金入股到新型农业经营组织的方式推进产业扶贫，由“资金到户”转变为“资本到户、权益到户、效益到户”，变“政府推动”为“产业拉动”，走以市场思维和市场机制推进扶贫开发的路子。如经公司、村集体、贫困户三方协商，刘家坪白族乡新桥村将集体财政扶贫资金30万元、全村60户贫困户扶贫资金22.8万元入股禾佳生态农业有限公司（共占10%股份）。2016年、2017年每年固定按所投股金的15%进行分红，第三年以后根据项目经营效益按股金比例实行利润分红。2016年，60个贫困户共分红3.42万元，户均增收570元，村集体分红4.5万元；370个贫困户通过土地流转，获得8.4万元收入，户均227元；261个贫困户通过参与务工，获得劳务收入41.7万元，户均收入1600元。2016年，该公司带动150户贫困户脱贫；到2019年，带动1000户贫困户脱贫。

“园区带动”搭起“致富平台”。在新型农业经营组织建成高标准产业示范园区，鼓励贫困户参与土地流转、就地务工，从中得到土地租金、务工收入，园区还通过示范带动，逐步把有能力的贫困户“孵化”成产业人，实现脱贫致富。如桑植县金土地烟叶种植专业合作社在空壳树乡投资2400余万元建成了占地1000亩的综合农业示范园区。该合作社租用110户贫困户土地169.6亩，贫困户每年获得土地租金67840元，户均617元；安排贫困户就业40人，发放务工工资19万余元，人均务工收入4800元左右。同时，在园区内试种各种效益较高的特色瓜果蔬菜，成功后交给有能力、有意向的贫困户生产经营，达到脱贫致富目的。2019年，该合作社计划安排200个贫困户就业，人均务工收入达到8000元以上；孵化带动20户以上贫困户进入园区从事产业发展。

“委托代养”带来“脱贫希望”。引导新型农业经营组织将畜牧水产品无偿提供给贫困户养殖，贫困户利用自有养殖场地、饲料等进行养殖，新型农业经营组织负责养殖技术指导和产品保底价回收，带动贫困户脱贫。如桑植县源满农业发展有限公司，在瑞塔铺镇定家峪村投资300多万元兴建了湘西山猪养殖基地，无偿为定家峪村贫困户提供湘西山猪和养殖技术；签订保底回收价35元/斤，市场价高于保底价按市场价回收；贫困户负责养殖场地建设、饲料、人工等。2016年，该公司帮扶100户贫困户养殖湘西山猪，户均增收3000元以上；到2019年，计划帮扶500户贫困户养殖湘西山猪，户均增收3000元以上。

“整体带动”实现“持续增收”。按照“资金跟着穷人走，穷人跟着能人走，能人跟着产业走，产业跟着项目走”的帮扶思路，整合重点产业财政专项扶贫资金按照2000元/人的标准，对确定产业项目进行扶持，扶贫小额信贷资金按1∶1比例进行配套，委托经营组织实施该项目，并与覆盖贫困人口建立紧密的利益连接机制，算好收入产出账，收益由贫困人口与经营组织按一定比例分红，为贫困人口建立长期脱贫持续增收渠道。如八大公山镇围绕发展茶叶产业，全镇流转土地3998亩，与企业签订帮扶协议，覆盖绑定贫困人口4110人，并委托企业在流转土地上建茶园。所生产的鲜叶在扣除成本后的收益，按照贫困户占80%，企业占20%的比例进行分成。丰产期贫困户人均可增收2400多元，丰产收益年限达5年以上，贫困对象依托基地分红实现企业帮扶千人、人均增收千元的“双千”目标。

“购买服务”走出“阳光大道”。鼓励乡、村筹集资金，向新型农业经营组织按合理价格购买已成型的产业项目，将其打造成赚钱增收产品后交由能人或贫困户经营管理，让贫困户有长远增收的门路，实现稳定脱贫。如官地坪镇铜矿村是2016年整村脱贫村，该村安排专项扶贫资金5.47万元，购买了60箱箱蜂和相关器材，并安排专人负责管护养殖，受益后由管理人员、村集体、贫困户三方分成，管理人员分享收益的三分之一，剩下收益部分由11个贫困户和村集体按5∶5比例分成。2016年，该村购买的60箱箱蜂发展到120箱，按每箱纯收入1000元计算，可收入12万元；按照比例分成，村集体可收入4万元，11个贫困户人均增收3600元左右。下一步，将在全县重点围绕养蜂产业实行购买服务，到2020年实现建档立卡户人均一桶蜂目标。

什么叫“既输血，又造血”？怎样是“授人以鱼、授人以渔”？桑植县创新的“六大模式”便是也。

2. 吃大鲵是保护大鲵

人不能离开脚下的土地，只有站稳了、踏实了，才能健步如飞。一个人是这样，一个群体亦如此。这是万有引力，是物理科学。希望人的身上长出翅膀，和鸟儿一样摆脱地球引力，自由地在空中飞翔，那是神话与科幻。

万物适应了环境才能生存，否则就被淘汰，就自行消失；如果只是被动适应环境，即使生存下来，也只是简单的重复，是一般动物的生存模式，是低智能的苟且。只有努力破解所处环境的密码，认识其间的规律，并根据客观规律不断优化自身、改善环境，才能不断进步。适者生存、强者愈强，这既是达尔文的进化论，也是马克思的发展观。

好不是绝对的好，坏也没有绝对的坏；寸有所长、尺有所短，把寸用好了，寸比尺长，尺若不发挥作用，尺比寸短。这就是辩证法。

靠山吃山、靠水吃水，这是千年古训。啥样的山就有啥样的路，啥样的水就有啥样的物；走对路、有吃住，找准物、能通富。这是人间富道。

桑植县芙蓉桥白族乡合群村的王国兴，没上过大学，就连中学也是“半农半读”，文化不高，也没多少科学知识，讲不出这“观”、那“论”。但他心里明白这些理儿。

桑植山高谷深，表面是穷乡僻壤。但高山上同样有金，深谷里同样藏银。祖祖辈辈之所以始终过着苦日子，是因为一直没有寻着那些金和银。这些金和银，终有一天会拨开云雾见天日，为桑植人民献上一片灿烂阳光。对此，穿过几年军装的王国兴，不仅坚信不疑，而且身体力行，以“许三多”式的执着，在崇山峻岭间寻金觅银。

那年，王国兴在部队服役期满，脱下军装回家后，用退伍费考了一本卡车驾照，跑起了运输，先是给别人跑，后是给自己跑，让一家人过上了衣食无忧的生活。

20世纪80年代末，国人时兴吃“王八炖鸡”，每斤甲鱼卖到近百元（相当全国人平月工资）。王国兴发现了其中的巨大商机，果断卖掉卡车，开始尝试养殖甲鱼，获得巨大成功，成为桑植“甲鱼王”，七年赚到2000万元！

当时，“万元户”都稀罕，千万元户更是凤毛麟角。然而，正当大家纷纷投来羡慕的目光时，王国兴却突然撇下如日中天的甲鱼养殖，神秘地消失在村后那片茫茫大山里。

他要去寻找更大的梦想——大鲵规模化养殖，让他们从石缝溶洞游上大众餐桌。

大鲵，又名娃娃鱼，是张家界尤其是桑植一带特有的标志性物种，是与恐龙同时代的鱼族“祖宗”，被大家称为“水中大熊猫”，于1986年被国家列为二级保护动物。但因其营养价值丰富，含有18种氨基酸，具有抗癌抗衰老功效，且肉质柔嫩、味感鲜香，被称为“水中人参”，深受食客青睐，故有一些人不惧罚巨款、蹲大牢，铤而走险偷捕偷卖大鲵，黑市价格高达3000多元一斤，野生大鲵日渐稀少，濒临灭绝。王国兴寻思着怎么救救这“水中大熊猫”。

王国兴来到县环保部门，向一名大鲵保护专家咨询：“大鲵能不能吃?”

专家说：“大鲵是国家二级保护动物，你不知道?”

王国兴说：“我吃大鲵，是为了保护大鲵。”见专家一时愣住，便解释说：“我是说，假如能对大鲵人工繁殖，进行大规模养殖，实现产业化，让大鲵堂堂正正进市场、上餐桌，不仅可以避免大鲵灭种，还可以让大家都能吃到大鲵，市场价格自然下降，不就可以减少偷捕偷卖野生大鲵的机会了吗?”

专家听了点点头，告诉他根据国家野生动物保护法，娃娃鱼人工驯繁的子二代、伤残体以及不能生育的，可以上市经营销售。但同时也提醒他，人工繁殖大鲵，是世界科技难题，多家专业研究所攻关多年，均未取得突破，不是件容易做的事情。

王国兴很自信，在甲鱼场偷偷试验起来，大鲵孵化率果然很低，始终在2%～5%徘徊。王国兴始终不死心，现在有钱了，更想集中精力放手一搏。

但妻子不同意："老王，甲鱼养得好好的，钱也没少赚，别折腾了。"儿子也反对："已经赚了2000万元，让很多人羡慕了，何必把自己整得那么苦。"

王国兴牛脾气上来了，撂下他们娘俩，背些干粮，独自进了山。他要去看看野生大鲵生活在什么样的地方，是咋个生活，又是如何繁殖的。

张家界是喀斯特地貌，山高崖陡，溶洞密布，而且洞深湾多，险象环生，甚至有长虫猛兽出没。王国兴整天过涧钻洞，屡屡历险，却始终不见大鲵踪影。

这天，他又钻进一个大山洞。此洞似乎比以前钻过的洞穴都要复杂，弯道层叠，乳石林立，水系丰富，形似迷宫。他顺着一地下河流摸索前行两个多小时后，意外发生了——身上唯一的手电突然坏了。王国兴心里一惊，赶紧转身往回走。溶洞里一片漆黑，他什么也看不见，只能听到哗哗的流水声，鬼打墙似的摸索了老半天，仿佛还在原地打转转。危急之际，王国兴灵机一动，脱下身上的衣服，撕成一条一条，身体贴在石头上面，每摸到一处石柱，就绑上一根布条。摸到这样的布条，就赶紧换个方向，这样摸索了几小时，终于看到一线光亮……

惊魂未定的王国兴爬出洞口，看一眼已快黑下来的天空，后怕得一屁股坐在地上：妈呀，要是再不出来，等天黑了，就再也出不来，成为洞中的无名冤魂了。

但大难不死的他，第二天又钻进了另一个山洞。兴许是否极泰来，历尽艰险的王国兴，就像经过"九九八十一难"的唐僧师徒终于取得真经一样，终于在这个溶洞深处发现了大鲵，而且是一大群！

惊喜不已的王国兴，一溜烟跑回家，抱上被子住进了山洞，与大鲵为伴，细细地研究洞中的环境，观察它们的喜好，以什么为食，什么季节发情，雌雄如何交配，鱼苗如何孵化，幼鲵什么习性……

妻子、儿子每天给他送饭、送菜、送水。这种"山顶洞人"的生活，王国兴整整过了五年。功夫不负有心人。他不仅摸透了大鲵的生活习性，发现了大鲵产卵、孵化幼苗，全部都在阴暗潮湿的山洞里，水质要干净，温度要适宜、恒温，尤其不能见光。更重要的是，他还在无意中找到了破解“雌雄交配时间差，制约受精，导致孵化率低”的关键技术。

接下来，王国兴就开始组织施工队在山里挖洞。乡亲们非常好奇，纷纷前来看热闹。“国兴，挖洞做啥呢?”“养鱼，养娃娃鱼。”大伙儿听后都笑了：“听说过修公路挖隧道，修铁路挖隧道，没见过养鱼还挖山洞的。”大家背地里都叫他“王疯子”。

王国兴耗时一年，几乎把甲鱼养殖赚到的2000万元全砸进去，终于在2001年打出一条长602米，宽5米，高3米的山洞。他用管道把洞外的泉水引到洞内，形成了活水循环环境，且一年四季洞内的温度，保持在15～20℃，很适合大鲵生长。

一年后，王国兴在这个山洞里，培育出上千条大鲵幼苗，孵化率达到70%!

著名生物学家、中国工程院院士刘筠得知这个成果，惊叹不已：“大鲵受精率70%多、孵化率也是70%多，这是创造世界纪录啊!”

然而，受精、孵化技术的突破，距离规模养殖、形成产业目标依然十分遥远，王国兴人生的磨难也没有结束，甚至才刚刚开始。

2002年7月，王国兴养殖的大鲵逐渐进入成熟期，眼看就能大规模养殖了。一旦大规模养殖成功就是亿万元的财富，王国兴加大了投资力度，把挖洞剩下的钱全投进去了。就在这时，灾难接踵而至。

这天夜里，劳累了一天的王国兴早早地歇下。张家界地区突然下起了几十年不遇的特大暴雨。午夜时分，一声惊雷把王国兴从睡梦中惊醒，跳出脑海的第一个问题便是“洞里那些大鲵不会有事吧?”他骨碌碌爬起来，冒着狂风暴雨赶到养殖场，眼前的景象一下子把他惊呆了。大量从山上冲下来的洪水，从众多与大鲵洞相通的洞口涌进来，在洞中汇成齐胸深的巨大洪流，把2000多斤重的大铁门都冲到了水沟里。他吃尽千辛万苦、押上全部身家培养出来的上千条大鲵，被洪水冲得到处都是。

王国兴不顾一切趟进洪水，首先抢救那些已冲出洞口的小鲵，右手一条，左手一条，正手慌脚乱、顾暇不及时，突然看见一条30多斤的母鱼，被洪水冲出山洞，正张着嘴巴浮在水面上，朝前边的河沟游去。培育这样一条母鱼至少几年，甚至十几年。王国兴赶紧扑上去抓捞。大鲵皮肤滑溜，他捕捉数次，均被挣脱，忙乱中手指伸进了母鱼嘴里，被它一口咬住。大鲵牙齿锋利，而且咬住东西死不松口，还会360度翻滚，直接咬断了他的动脉，鲜血直流。他趁机一把抱住母鱼不放，直到把它救回养殖池才松手。这时，他才感到一阵钻心般疼痛，突然晕倒在地……

在这场洪水中，1400多条大鲵被冲走了，直接经济损失800多万元。王国兴由当地最有名的产业大户，一下子变成了最有名的负债大户。但近乎山穷水尽的窘境，依然扑不灭王国兴心头的火焰。

再振旗鼓、从头再来的王国兴更忙了。他82岁的老母亲，心疼儿子，见人员紧张，愣是要给儿子帮忙，到洞口替儿子守几天娃娃鱼，让儿子好好歇几晚。王国兴拗不过老人，就让她去了。哪知第二天，老人在前往山洞的路上，不慎一脚踏空，摔到山下。当他找到她时，老母亲已经没有了生命迹象。

王国兴搂着母亲的遗体悲痛欲绝、失声痛哭，哭得流水潺潺呜咽、山风驻足肃立，哭得山洞里的大鲵悲声阵阵，“呜哇——呜哇——”

老母亲的意外离世，让王国兴的人生事业雪上加霜。就在他为养殖大鲵四处举债，几乎难以为继之际，一名台湾商人寻上门来，想出资一个亿，购买他的娃娃鱼养殖技术专利。

这时，只要他点个头，他就是腰缠亿万的超级富豪。身处困境的王国兴，似乎有些心动了。但心动之后，他又冷静地问自己：“别人为什么愿意用一个亿买下大鲵养殖技术?”“难道吃尽千辛万苦、历尽千难万险，甚至不惜流血丢命探索大鲵养殖之道，就仅仅为得到这一个亿?”

问完之后，王国兴对台湾商人摇了摇头，说了声“谢谢”。

这事在乡邻间传开后，又是一片唏嘘：“王国兴，你说他傻，他还真傻。

别人奋斗一辈子，甚至几辈子都难得到的巨大财富，他签个字，就哗哗划到他账上了。可他偏偏不签这个字，非要自己去折腾，何苦呢。”

王国兴听了这些话，只是淡淡地笑了笑：“以后他们就知道我傻不傻了。”

湖南省畜牧水产局得知王国兴的困难后，于2005年组织众多专家，来到大鲵养殖场进行实地考察后，给他颁发了经营利用许可证，为养殖的二代大鲵游出山洞、走向市场、形成规模，敞开了法律的大门。

当年，成年大鲵市场售价高达4000元一公斤！

国家、湖南省科研职能部门、科研机构及高等院校，也纷纷前来与王国兴开展合作研究，大鲵养殖基地先后成为“国家星火计划项目”“国家娃娃鱼种质资源库”“国家高技术生物育种示范工程项目”“国家娃娃鱼种苗繁殖基地”“全国科普惠农兴村带头人”“湖南农业大学教学研究基地”“华中科技大学大鲵综合利用研究基地”。

春风劲吹，王国兴大鲵养殖产业蓬勃成长，仅用一年时间就培育大鲵20000多尾。尤其那条咬断他手指的母鱼更是争气，一下子长到130多斤，价值100多万元，还产了1000多粒卵，孵出1000多尾鱼苗。

2007年，国家发改委把王国兴的张家界金鲵生物科技有限公司，列为“大鲵保护与规模化繁殖及产业化开发项目”，予以重点支持，大鲵养殖开始步入快速发展阶段。数年后，公司成为集保护、繁育、养殖、科研、观赏、深加工于一体的国内规模最大的娃娃鱼基地。每年产值达到7亿元！

2008年、2009年、2010年“金鲵生物”连续三年被湖南省政府评定为重点后备拟上市企业之一。2014年9月“金鲵生物”正式登陆新三板，成为新三板首家娃娃鱼养殖企业！

王国兴也被媒体尊称为“中国娃娃鱼之父”！

3. 傻字里头有大爱

自然规律，就像一匹匹野马，当你没认识到它的本质，掌握其性情，它绝不让你近身，而对你嘶鸣咆哮，甚至前踹后踢，踹你个四面朝天，踢你个鼻青脸肿，甚至踩你个皮开肉绽，而你一旦掌握它的秉性，勒紧手中缰绳，把它驯得服服帖帖，它就会带着你在无边草原上自由驰骋，欣赏到各种各样奇特秀美的风光，甚至驮着你冲锋陷阵，所向披靡，最后到达成功的彼岸。

大鲵养殖就是这样，当大鲵身居深山老洞，云遮雾罩人不识时，人们觉得它是那么神秘莫测、高不可攀，可当王国兴带着家人经过多年艰苦探索，渐渐揭开它的神秘面纱时，发现大鲵除了对环境条件要求苛刻一些外，其他养殖环节其实很简单。大鲵是肉食类动物，鱼类和动物内脏，是它的最爱，两天饲喂一次，食量也不大，20 多斤的娃娃鱼，就吃一小块，而且长得快，吃三四斤鱼就能长一斤。体质还特别好，只要环境达标，食物不带病菌，基本不得病，也不用采取任何药物预防措施。这样的养殖条件，乡村绝大部分农户都具备。

2005 年，当大鲵养殖技术基本成熟并拿到经营许可证后，王国兴出人意料地做出一项重大决定：让乡亲们和他一起养大鲵，他给大家提供鱼苗、传授养殖技术，大鲵长到五六斤后，他统一收购、集中销售，让大家稳赚不赔，共同致富。

直到这时，大家才一下子明白了他当初为什么那样傻，竟然拒绝与台商合作，看着送到手上的钱不拿。试想若是他当初挡不住亿元诱惑，把大鲵养殖技术专利卖给台商，此后他的大鲵产业化道路能不处处受制于人？别人又能允许他与大伙一块养大鲵共同致富吗？

“谁说王国兴傻呀？当初他犯的傻，傻字里头不仅有大利，而且有大爱呢。”

党和政府对王国兴带领大家共同致富非常赞赏、大力支持。张家界市出台了《关于大鲵资源保护与产业发展意见》《张家界大鲵地理标志产品保护管理办法》，桑植县特意制定了《桑植县大鲵产业五年行动计划》，送技术、送政策、送项目，并加大资金投入，制定奖扶办法，组织技术培训，把它作为脱贫攻坚的主导和特色产业，予以重点普及、优先发展。

可头几年，大鲵养殖产业始终不温不火、势头不佳，究其原因，问题主要出在资金上。正如乡村们所说：“娃娃鱼好是好，可没钱就成不了家里的宝。”

为让那些有志于发展大鲵养殖产业的投资者，项目启动有资金、资金投入不断线、出现问题有后盾，张家界市人民银行联合市畜牧水产局、财政局等部门，共同制定了《关于加强金融支持大鲵产业发展的指导意见》，引导金融机构助力大鲵产业发展。

2013 年以来，张家界市银行业金融机构加大信贷投放力度，累计投放贷款达 1.43 亿元，支持农户发展大鲵养殖产业，缓解大鲵企业资金压力，促进全市大鲵养殖规模增长和企业发展。2018 年上半年，全市新增大鲵产业贷款达 1703 万元。截至 2018 年上半年，全市大鲵产业贷款余额达 6098 万元。

大鲵养殖，随时面临洪水、山体滑坡等不可控自然风险。为降低大鲵养殖的风险度，让养殖户放心养、大胆养，张家界市保险机构推出大鲵养殖保险，引导大鲵养殖企业和农户自愿参保。保费由市级财政、区县财政和投保人按照 0.2∶0.55∶0.25 的比例承担，建档立卡户可享受精准扶贫优惠保险，按照 0.2∶0.75∶0.05 的比例承担。澧源镇汪家坪大鲵养殖大户李建军，得知保险公司新增大鲵养殖险，轻轻地吁了一口气：“以前没有大鲵保险，遇到恶劣天气或疾病风险，就整日惶恐不安、提心吊胆。现在的大鲵保险给我们加了一道安全坝。”

在政府引导、金融助推下，一尾尾大鲵种苗从王国兴的繁殖基地，游向澧水三源、溇水、酉水……游进五道水、洪家关、芙蓉桥、廖家村等 19 个乡（镇）、87 个村、140 个组，游出了桑植人民的致富路。

五道水镇地处湘鄂边界湖南西北部，与鄂西宣恩、鹤峰两县接壤，山高林密，溪水清澈，是大鲵养殖的天然良港。县镇党委、政府，积极引导农户用好这一自然优势，大力发展大鲵养殖，大鲵养殖农户达到 200 余户，注册养殖专业合作社 17 个，养殖大鲵近 30 万尾，成为农民脱贫致富的支柱产业。县镇两级党委、政府，积极创建五道水大鲵特色镇，并力争跻身全国特色小镇行列。

洪家关白族乡石竹坪村，青山叠翠，云雾缭绕，也是养殖大鲵的好地方。唯美大鲵生物科技有限公司，就坐落在该村的玉泉河旁。公司建设大鲵养殖基地150余亩，在隧道内建有5000立方米水坝一座，修建养殖池12000个，构建了“公司＋基地＋农户”，公司提供鱼苗、经费、技术，农户代养、公司保底回收的经营模式，带领了周边165户523人脱贫致富。

现在，桑植境内持有大鲵驯养繁殖许可证的企业达到60多家，持有经营利用许可证的企业17家。桑植大鲵饲养量达到300万尾，年繁殖幼苗100万尾；实现商品鲵年销售量50万尾以上，幼鱼年销售量50万尾以上；实现年大鲵加工能力突破10万尾；创建大鲵仿生态繁殖示范场30家，创建标准化健康养殖示范场40家，培育2家以上国家级农业产业化龙头企业，建立大鲵综合产业园，将桑植县建成融生态、文化、养生、餐饮为一体的休闲旅游胜地。大鲵养殖作为现代农业标杆，已经成为桑植贫困人口脱贫致富的核心产业之一。

与此同时，桑植作为大鲵保护区核心区域，野生种群也得到有效保护，境内的大鲵储量不断上升，约占全国总量一半。“桑植大鲵”先后荣获“国家地理标志保护产品”“国家地理标志证明商标”。

现在，吃大鲵的人越来越多，野生大鲵也越来越多。吃大鲵，还真保护了大鲵啊！

4. 从美丽传说中寻找财富

瑞塔铺镇定家峪村有一个很高很高的山峰。通往山顶的盘山道，沿着陡峭的山坡盘了一圈又一圈，连续盘了十几圈，才盘到山顶上。山峰西边有一块筲箕形洼地，坐落着一座红砖青瓦房。

这里，便是被大家喻为“山猪大王”刘前军的家。这里，奇峰耸立，风景秀美，空气新鲜。这里，交通闭塞，视线短浅，生活艰苦。

少年刘前军发誓将来要到山外的世界去看一看、闯一闯。为此，他读书发奋，成绩优异，梦想着将来能跨入军校，当一名军官。哪知他在读完高二后，由于家庭一年比一年窘迫，被迫辍学了。于是，刘前军直接走进军营，穿上渴望已久的军装。

刘前军一到部队，便发现艰苦紧张的军营生活，很对他的脾胃。他很快爱上这里的一切，干什么都有一股子使不完的劲，什么任务都干得很好，第三年、第四年，连续荣立两次三等功，当了三年义务兵后，继续留队服役。他本想在部队多干几年，可到了2001年干满五年后，部队不得不让已经超期服役两年的刘前军退伍还乡。

在宣布退伍命令大会上，当首长念到他的名字，刘前军响亮地回答一声“到”，不舍地扯下领章、帽徽时，再也抑不住掉下了眼泪。那个晚上，他失眠了，不仅仅因为心中的那缕惆怅，也因为又想起他小时候母亲讲的那个美丽传说。

小时候，他跟着母亲去喂猪，母亲一边往槽里舀猪食，一边给他讲故事：山上有一种山猪可漂亮了，不仅身上长了毛，还长了一身的箭，走路一晃一晃、慢慢悠悠，一副憨憨的模样，其实机灵着呢，若是有人想伤害它，它身子一蹲就放箭。

刘前军听了很好奇：“这山猪在哪，我想去看看。”

母亲说：“现在你见不着了。”

刘前军问：“为什么，它们都跑哪去了?”

母亲说：“它被大家抓光了。”

刘前军说：“大家为什么要抓它。”

母亲说：“因为山猪的肉好吃，抓它能卖大价钱。”

虽然刘前军至今不知道山猪是个啥样子，但这个山猪的故事，却让刘前军记忆犹新、时常想起，心中充满想象。

现在还有山猪吗？能不能让它重新回到家乡的山上？

刘前军立刻上网吧查询。果然如母亲所说，山猪肉是有名的美味佳肴，具备高蛋白、低脂肪、无污染、无公害、富含钙磷矿物质等诸多特点，营养成分很多，无论蒸、煮、炸、炖、炒，均醇香无腥，风味独特，备受消费者喜爱。山猪是草食动物，主食植物根、茎，尤喜玉米、薯类、花生、瓜果、蔬菜，身体强壮，生命力强的，几乎不生病，受伤后自我修复能力非常强，伤口从不发炎、感染，不需任何治疗，几天就能痊愈，是自然界抗病能力最强的动物之一。据《本草纲目》记载，山猪肉可以治疗肠道疾病，山猪刺可以缓解老年人偏头痛。山猪集食用、药用、欣赏价值于一体，素有“动物人参”美誉。我国东部山区已有人尝试养殖山猪，市场上供不应求，价格十分昂贵，有着很大的发展空间。

“从母亲传说中寻找财富”的计划，渐渐浮出刘前军的脑海……

带着这个计划的萌芽，刘前军和三名同乡战友一道登上返乡的列车。在桑植汽车站告别时，几名战友相约：“在部队扛枪打仗，咱们是战友。退伍后，有机会，咱们还做战友！”

回到阔别五年的家乡，刘前军只住几天又再次下山远行。虽然几年军营生活的锻炼，给了他一副好身板和吃苦耐劳、永不言弃的执着。他先后担任班长、代理排长，学会了管理团队，养成了不打无准备之仗的扎实作风。现在回到地方创业，他对社会缺乏了解，对经济管理更是一张白纸。为了将来“从美丽传说中寻找财富”的计划稳妥可靠，他还需要继续历练，再读几年社会大学，好好补上经济管理这一课。

他来到张家界百龙天梯景区应聘保安。公司给出的工资很低——每月 600 元。为尽快融入社会、积累经验，他干了。虽然脱下了军装，但刘前军的行为举止、做事为人，依然是部队的老作风。坐有坐相、站在站姿、走有走样，为人诚恳热情，做事细致认真，同事钦佩、领导喜爱，很快就从普通保安提升为景区保安队负责人，成为公司中层骨干。在他的带领下，景区保安队尽忠职守，素质有了较大提升。

这时，刘前军却向公司递交了辞呈。这让公司领导大感意外：“在这干得好好的，怎么突然想走啊?”

刘前军笑着用当下一句时髦话回答说：“老总，你对我很好，但这里不是我的诗与远方。”

“这里的水，对你来说，的确是太浅了，”公司领导点点头，真诚地祝福刘前军，“你是块金子，到什么地方都会发光。”

辞别百龙天梯景区保安队，刘前军又干起了当时在桑植炙手可热的大鲵养殖，并再次获得成功，曾创造一斤 2800 元的销售天价，赚到了人生的“第一桶金”。

哪知，就在钞票哗哗往腰包里流的时候，刘前军又离开家乡，南下深圳，到一家大型酒店应聘，成为年薪 20 万的餐饮部主管。在酒店里，他终于见到传说中的山猪，发现浑身披盔带甲的山猪，其肉质非常鲜嫩，成为酒店招牌菜，价格再贵都供不应求。

当过保安，养过大鲵，现在又干过餐饮的刘前军，再也按捺不住“从美丽传说中寻找财富”的冲动，再次辞去高薪岗位，回家找到十几年前与自己一道退伍的那三名战友：“我想搞山猪养殖，你们干不干?”

“养山猪?”三名战友起初一愣，但听完刘前军山猪养殖计划的前前后后，立刻异口同声响应：“不是早说过咱们退伍后还当战友吗? 前军，在部队你干得最卖力，干得也最好。这次养山猪，你领头，我们跟着你干!”

2011 年，四名战友凑了 50 万元作为项目启动资金。这年 11 月，4 个战友一起借了一辆破旧的皮卡车，赴湖北、四川等地，对项目进行实地考察。一路上，他们省吃俭用，四个人挤住一个房间。一天晚上，车子在湖北恩施的偏僻山路上突然熄火，折腾半天也没修好，几个战友摸黑推着车走了好几里山路，也没舍得叫拖车。这种勤俭的习惯，哪怕后来创业成功了，也不曾改变。他们都知道山猪肉好吃，但因为太贵，养了几年山猪，他们都没吃过。直到有一天，两头山猪打架，其中一头被咬死，他们才尝了一回鲜。

通过这次考察，他们对山猪养殖更加坚定，思路更加明晰。考察回来，他们开启山猪养殖的“士兵突击之旅”：2011 年，投资 10 多万元，自己动手挑砂、搬砖、砌墙，仅用一个多月，建起了拥有100多间猪舍的养殖场，然后投资24万元，从江西、常德等地引进80头种猪；2012年，投资20多万元扩建了200多间猪舍，又从外地再次引进40头种猪，养殖规模达到300余头；2013年，扩增到600多头，年出栏量达到300头！

当时山猪肉市价每斤120元。一年净赚40万至50万元。他们的前方终于露出理想的曙光。

然而，天有不测风云。从2014年开始，山猪肉价格一路走低，销售额急剧萎缩。刘前军和战友们的山猪养殖一下子从高峰跌到深谷，市价从每斤140元狂跌到每斤50元。而此时养殖规模已经达到1000多头，亏得刘前军连孩子的学费都拿不出。

面对出人意料、凶猛巨大的产业寒流，刘前军和战友们，就像身着单薄地站在冰天雪地，寒彻全身、寒透肌骨。但即使这样，他们依然没有想到放弃。后退，不是军人的性格，更不是他刘前军的秉性。

他在部队是通信兵，武装越野是家常便饭。可他到部队的第一次武装越野就晕倒，闹出一个大笑话。他不服输，经常半夜起床练长跑，最后愣是跑出了全团最好的成绩。

单杠，也是刘前军的弱项，在团里组织的第一次考核中，拖了班里的后腿。他不认怂、不气馁，每天凌晨四点起床练单杠。北方的冬夜，气温零下10多摄氏度，双手一搭到杠上，皮肉就与杠上的冰霜粘在一起，下杠时手心的老茧被扯掉，鲜血直流。他咬牙坚持、再坚持，训练成绩直线上升，最后被评为训练标兵。

刘前军就是这样一个人：认定了目标，就什么困难都挡不住。

几位战友分头考察调研，然后坐在一块商讨突围大计。他们发现山猪市场潜力巨大，但市场开拓力度并未跟上商品增长速度，开发出来的市场并不大，主要集中在广东、海南一带，导致了供大于求和恶性竞争。同时，他们还发现一个有趣的现象：既是旅游胜地，又是山猪养殖大区的张家界，山猪肉市场居然还处于“冬眠状态”。

他们决定把张家界旅游优势变成山猪肉销售优势，运用来自四面八方的游客扩大山猪肉的影响和市场。

刘前军和战友们借钱在永定区甘溪桥，开了张家界唯一一家山猪主题餐馆，菜式以山猪肉为主打，并制定了“引”“诚”并重的营销思路。

“引”，就是吸引食客，推广产品，打开销路。为此，他们在努力实现味美多样的同时，尽可能增加菜量，确保大家吃得起、吃得好、吃得饱，赢得食客们的青睐。不少外地游客尝味之后，还想带些回家。

“诚”，就是以诚待客，以诚营销。坚持用实料、上实货，不以假乱真、坑蒙拐骗。一位来自四川的自驾游客，品尝过山猪肉火锅后，特意要向刘前军买头山猪带回去宰杀，让家人也尝尝美味。但刘前军却回绝道：“我不能卖给你。”游客不理解：“为什么山猪肉能卖，活的就不能卖？”刘前军告诉他：“你车里虽然有空调，山猪气味大，熏得你们受不了，影响开车。行李箱又温度高，等你把车开回家，山猪早被闷死了。”经过刘前军一番好说歹说，游客才打消了买活猪回家的念头。一旁的同事说：“刘总，你真死心眼，何必费那么多口舌呢，既然他那么想买，你就卖给他得了，他高兴，你赚钱，双赢呢。最后是死是活，他又不来找你。”刘前军把脸一沉：“做人做生意都不是这样做的。替顾客着想，就是替自己着想。大家想想看，如果他回家后发现山猪死了，是什么心情？要是他舍不得扔掉，炒上那么一大锅，再请来亲戚朋友一道品尝，岂不让我们的山猪肉背上一个大黑锅？”

为了提高山猪养殖附加值，扩大山猪肉销量，刘前军和战友们新开发了开袋即食的湘西山猪肉、湘西山猪肉罐头，以及罐装湘西山猪肉、辣子山猪肉，直接面向游客销售，仅此一项，每年净收入100多万元。

这时有人劝他说：“你可以在熟食里添加一点普通猪肉，把成本降低，赚得还更多。”

刘前军白了那人一眼，说：“我宁可不卖，也不干这掺杂使假的勾当！”

随着山猪主题餐馆生意日渐兴隆，山猪肉市场不断向北京、上海等全国大中城市拓展，市场价格也迅速回升，刘前军和战友们山猪养殖基地迅速扭亏为盈，逐渐呈现出滚雪球般的迅猛发展态势。

随着山猪养殖越来越旺，刘前军开始造福家乡父老。

2015 年，刘前军成立桑植县定家峪畜牧养殖专业合作社，建设山猪养殖示范园，覆盖了定家峪村、杨家洛村、王家坡、鸟儿岭、马井村共 5 个村的建档立卡户 585 户 1856 人，每年给大家分红数十万元，平均每年每户分红 1000 多元。

同时，每年给桑植县 100 多家贫困户，每家免费提供 9 头四斤重的山猪崽，让大家养到 10 个月后，再以 35 元每斤进行回收。参与养殖的贫困户，每年纯收入超过 5000 元！

5. 湘西黄牛，桑植福牛

“2018 年 8 月在张家界陈家坪举办的农耕民俗文化旅游节上，将有牛王现身！”

大家闻知这一消息，特意早早地来到现场，一睹“牛王”风采。在惊天动地的锣鼓声中，真假“牛王”身披大红花，八面威风地向大家走来。走在后边的“牛王”，是一头用于湘西黄牛品种改良的种牛，整整 3000 多斤重，前滚后圆，煞是威猛，是真“牛王”。走在前边的“牛王”，则是这头牛的主人黄兴元，是假牛王，因是张家界市有名的养牛大户，因此大家尊其为“牛王”。

假“牛王”黄兴元身材敦实、古铜肤色，上穿浅绿色短袖衫，下穿齐膝黑短裤，脚上穿着一双草鞋。这副模样和打扮，不知底细的人，还真以为黄兴元是养牛的老农，而他的真实身份，是北京一家食品加工销售企业的大老板。

出生于桑植农村的黄兴元，几乎是与湘西黄牛相依相伴着长大的。小时候他跟着大人去放牛，长大后大人让他去放牛，成人后他赶着牛在地上劳作。

他了解牛、喜欢牛、会调教牛，他和牛之间，不仅有着一种天然的亲近感，甚至有一种心灵的默契。

他养过的几头牛，都是他的好伙伴、好朋友，尤其是那头性格温驯的湘西黄牛。它还是牛犊时，就喜欢在他跟前蹦蹦跳跳撒欢；他扯一把嫩草递到它嘴边，它吃了后就伸出长长的舌头舔舔他的手；到了夏天，他在太阳底下干活累了，躲到树下歇荫时，它就走过来舔他身上的汗水……

它满岁后，黄兴元开始教它拉犁耕地。教牛耕地，是件麻烦事，首先给牛上鞍就不容易，得有人拽牛鼻子，实在不行时，还得给它抽上几棍子。可这头牛不用，它似乎天生就知道自己的职责，把它往地上一拉，就乖乖地站着等人给它上鞍。耕起来也顺手，你拉拉牛鼻绳，它就往右拐，你用牛鼻绳拍拍它肚子，它就向左转，如此转上几圈后，它就会自己顺着犁沟走了。这头黄牛实在太聪明、太让人省心了。

那年冬天，他发现一个山洼里有片青草又肥又嫩，便拉着它去吃。走到一条河边时，他萌生了骑着它过河的念头，便双脚一踮骑到它背上。没想到它竟然不愠不怒、不蹦不跳，迈着悠悠的步子，稳稳地驮着他，慢慢趟到了河对岸。这是他第一次骑牛，拽着牛绳，坐在宽厚的牛背上，身子随着它走路的节奏一摇一晃……那会儿，黄兴元觉得自己就像一名骑在马背上的将军，那样威风凛凛、志得意满。

那时候他想，要是将来能养上一群牛多好啊。虽然后来阴差阳错地成了一名北京企业老板，融入了皇城根下的钢铁森林，此梦未能成真，但那种像将军一般骑在牛背上的感觉，始终留在他的脑海里，让他非常向往。

黄兴元在北京创业成功后，依然十分留恋养育他成长的这片土地，经常回来看望家乡的父老乡亲。乡亲们的热情，让他感动。乡亲们生活中的艰难，也让他揪心。乡亲们看他的那种羡慕里萌动着渴望的眼神，让他起了给家乡捐款修路、建学校的念头，可细想又觉得这些都不能在短期内、从根本上改善大家的生活，而最终放弃。

党的十八大后，全国打响了脱贫攻坚战役。黄兴元想，这次无论如何也要回去帮帮乡亲们。可如何帮呢？那种将军般骑在牛背上的情景，又一下子跳出他的脑海。对，就回家乡发展黄牛养殖产业，实现儿时的梦想，带领乡亲们脱贫致富！

黄兴元脱下身上的西装、皮鞋，换上军迷彩、军胶鞋返回家乡，钻山沟、过山坳，进行细致考察。家乡还是过去的家乡，气候宜人、草场丰盛、水质优良，无疑是发展生态养殖的好地方，尤其湘西黄牛，这里更是天下难寻的“天堂”。

湘西黄牛，是湘西地区独有的黄牛品种，肌肉发达，骨骼坚实，体躯较短但肌腱强劲有力，行动敏捷，爬坡性能强，非常适合桑植山区环境。而且湘西黄牛肉香浓郁、肉质细嫩，口感柔韧，富有嚼劲，营养丰富。湘西黄牛，2006 年被农业部列入国家资源保护名录，2007 年选入国家种子资源基因库，2009 年获得农业部颁发的《农产品地理标志登记证书》，2011 年被国家纳入培育发展战略性新兴产业目录，享受“国宝”待遇，湘西黄牛市场巨大、前景广阔。

果然，黄兴元返回北京，到一家大型牛肉加工企业考察市场，企业老板一听是湘西黄牛，立刻拍着胸脯说：“你有湘西黄牛货源，尽管往我这送！”

黄兴元问：“大概一年要多少头？”

企业老板说：“至少 300 头以上，多多益善！”

信心倍增的黄兴元，决定立刻付诸行动。可没想到与家人商量时，竟然遭到一家老小的一致反对。“老头子，你是疯了吧？”妻子惊讶地望着他，“放着北京好好的日子不过，要跑回那大山沟里去闻牛粪臭，去遭那个罪？”

黄兴元说：“我从小就喜欢养牛，现在还喜欢养牛。”

妻子说：“你想赚钱，把北京的食品公司经营好，照样可以赚钱。”

黄兴元说：“在家养牛赚钱，跟在北京办厂赚钱不一样。在北京我一个人赚钱，回桑植，乡亲们和我一块赚钱。”

妻子说：“一大家子都在北京，你一个人跑回乡下怎么过？”

黄兴元说：“我乡下人出身，能吃苦，自理能力强，啥苦都能受，到哪都能过。”

“怪不得你喜欢牛，我看你就是头牛，脾气甚至比牛还犟。”妻子叹口气，由他去了。

2015年，黄兴元返回桑植县成立了犇乡生态农业开发有限公司，当年投入180万元从外地购进160头湘西黄牛母牛，流转土地200多亩用来种植牧草，投资300多万元建起现代化养殖基地。

这时，黄兴元又开始思考如何让湘西黄牛这一传统品种焕发青春，给家乡人民脱贫致富带来更大效益。经过一番研究思考，他决定运用现代科技对湘西黄牛进行品种改良。

湘西黄牛品质好，但成年公牛平均体重只有334.3千克，母牛只有240.2千克，屠宰率为39%～54.4%，净肉率为46.87%，体形不大，屠宰率、出肉率不高，生长期较长，经济效益不是十分显著。若运用进口大型种牛进行杂交改良，就具有了四个优势：一是体形大。杂交后，湘西黄牛后躯尖斜的缺陷能得到有效改进，臀部增厚，体躯增长、胸部增宽，体重比本地黄牛增大30%左右。二是生长速度快。在20个月左右时可以长到350～400千克，出栏时间比本地牛几乎缩短了一半。三是出屠宰率、出肉率高。经过育肥的品改牛，屠宰率、出肉率一般能达到55%，有些牛可以达到60%。四是肉质好。品种改良后的牛比本地牛肉质更鲜嫩，蛋白含量更高，能达到外贸出口标准，能生产出出口、高级饭店用的高档牛肉，肉价是本地牛的好几倍。

科技的助推，使黄兴元的湘西黄牛养殖产业突飞猛进，养殖基地从一个发展为三个，每年繁殖品改黄牛200多头、年出栏100多头，年纯收入突破100多万元。

黄兴元始终不忘与乡亲们共同致富的初心。为此，他专门组建了桑植县兴元畜牧生态养殖专业合作社，并成功探索出一条“农户分散养殖、公司集中育肥”的好路子。早在公司成立当年，黄兴元就将10头母黄牛，无偿送到一家贫困户委托代养，长大后再按市场价回收增肥，统一出售。两年后，这家农户在黄兴元带领下，每年养殖母黄牛30多头，出栏湘西品改黄牛30多头，年纯收入30多万元，成为远近闻名的“脱贫之星”。

首户代养，成功致富，黄兴元深受激励，继续扩大“农户分散养殖、公司集中育肥”扶贫计划，在2018年8月又给7户农户送去了母黄牛32头，并与85户农户签订了委托代养协议，计划再放养100余头母牛，统一按市场价回收仔牛，帮助一批乡亲摆脱贫困。

黄兴元在农村走访考察时，发现有很多自然村集体收入几乎为零，还有不少贫困户很想代养黄牛，却又无力代养。为让这些村集体、贫困户分享黄牛养殖成果，黄兴元创新代养方式，推出互助养殖模式，即由村民委员会成立养殖合作社，将部分牛集中在一个牛棚，交由能人去养殖，获得的利润由养殖人、无养殖能力特困户、村集体按比例分配，不仅解决了村集体经济问题，又解决了无养殖能力特困户增收脱贫问题。

现在黄兴元已把200多头母牛全部委托给农户代养，以后将逐步把养牛规模扩展到5000头以上，还要建设深加工厂增加附加值，真正把湘西黄牛养殖产业，办成父老乡亲长期增收致富的产业，把湘西品改黄牛产品推向全国、走向世界！

桑植县委领导听了黄兴元产业发展规划，感叹地说：“湘西黄牛，是咱桑植人民的福牛啊！”

6. 满山花海，遍地金银

桑植，是苍翠欲滴的世界、姹紫嫣红的海洋、奇花异草的天堂。

这里，春天来了开春花，春花谢了开夏花，夏花凋了开秋花，秋花走了有冬花，一年四季花不断。花蕴香，花含蜜。黄色的花是金，白色的花是银，花海里有取不尽的财富。

辛勤的蜜蜂在花丛里酿造甜蜜的琼浆，勤劳的桑植儿女在花海里创造幸福生活。

国有国花，省有省花，县有县花。桑植八大公山的老百姓说："我们八大公山，也有自己的山花！"

八大公山人民心目的山花，就是棓子花。

棓子花就像八大公山人，不恋平原的肥腻，只喜欢海拔 1000 米以上的崇山峻岭、清风净土。棓子花不向往春天的舒适，只喜欢夏秋的热情，在阳光似火的季节，别的花朵都经受不住暴晒，或收敛了花瓣，或躲进了绿荫，而棓子花却摇曳着身姿，尽情怒放，沁人心脾的花香，随着风儿飘向四方。棓子花鄙视雕琢与掩饰，崇尚自然与率性，随意地挂在树梢上，躺在阳光下，在山坡上、山谷里铺上一片金黄。棓子花没有丝毫娇贵，只有顽强的个性、奉献的情怀，尽管脚下的土地有些贫瘠，但她依然如此肆意地绽放，一团团金黄里，饱含着沉甸甸的甜蜜，是含蜜最多、蜜质最高的花类之一。八大公山的蜜农，100 箱蜜蜂，仅一季棓子花蜜即可收入 10 多万元。

八大公山清甜家庭农场场主肖金枚，也是一朵八大公山上的棓子花。她留恋八大公山的山水草木，根植于故乡的这片泥土，辛勤、顽强地创造着幸福甜蜜的人生，给这片崇山峻岭留下清纯与芳香。

1975 年出生的肖金枚，是这片大山里出生、这片大山里成长的土家姑娘。她从小跟随父母在山里劳作，养成了勤劳勇敢、自强自立的禀性。初中毕业后，为减轻家里的负担，不满 16 岁的她只身南下广东，在一家食品袋加工厂打工。她好强、认真、纯朴的性格，深得老板赏识，让她担任了车间主任，工资比一般员工高出了许多。可外头的收入再可观、日子再稳当，她就是忘不了儿时跟小伙伴们一起爬树掏鸟窝、在岩缝里取蜂蜜的那些事，总觉得外头再好也没有家里好。

2005 年，肖金枚回到了八大公山的怀抱。她用打工攒下的钱买了 10 多头牛，当了女牛倌，成为当地第一个养牛大户。她每天起早贪黑，割草、种草、喂牛、掏牛粪，把自己累成了一枚黑珍珠。男朋友见了心疼，多次劝她别干了，年纪也都不小了，早些结婚吧。为了爱情，她忍痛把那些牛卖了，置办了嫁妆，嫁到了常德，很快有了爱情的结晶。孩子断奶后，在家闲不住的肖金枚，再次南下广东，与丈夫一起务工。

不知咋的，第二次到了广东后，她竟然水土不服，经常上火，口腔溃疡非常严重，而且看了十几个医生，吃了不知多少药，也不见好转。正在苦恼之际，有人送了她一瓶土蜂蜜，她只吃了半瓶，顽固的口腔溃疡竟然痊愈了。

蜂蜜的神奇疗效，又让她想起了儿时和伙伴们上山掏蜂蜜的日子，想起八大公山那满山遍野的金黄、金黄的棓子花。“我不想打工了。我想回家。”肖金枚对丈夫说。

丈夫说：“回常德能干啥呀。守着那几亩地，饭都吃不饱。”

肖金枚说：“我想回八大公山娘家去。”

丈夫说：“又想重操旧业养牛去?”

肖金枚说：“这回不养牛，养蜜蜂。”

丈夫说：“俗话说，蜂蜜好吃，蜜蜂难养，技术含量很高，你不懂技术，风险很大。”

肖金枚说：“我先学技术，然后再养，不就没风险了。”

她与丈夫春、夏、秋三次回乡考察养蜂资源，又到附近市、县考察养蜂大户，然后丈夫返回广东继续打工，肖金枚前往上河溪乡养蜂大户赵师傅家，跟班学习养蜂技术。

一开始，赵师傅就告诉她：“蜜蜂不好养，它就像一个非常美丽，但性格暴躁的大姑娘，你要是把不准它的脾气，顺着它的性子来，它就蜇你、伤你，弄得你鼻青脸肿。而一旦了解了它的性情，讨得它的欢心，它就亲你爱你，心甘情愿为你创造甜蜜的生活。”

肖金枚刚入道，不知如何讨欢心，常被蜜蜂蜇伤，有一次还被蜇得半边脸都肿了，疼得她泪水都流出来。

赵师傅一边给她涂药消毒，一边劝说道：“养蜂蜜很难，不是你们女人干的事。”

肖金枚倔强地说：“为什么你们男人能养，我们女人就不能养?”

赵师傅幽默地说：“我不是告诉你了吗，蜜蜂是大姑娘，你们女人不懂，只有我们男人懂它的心。”

“师傅说鬼话，哄人呢，”肖金枚“扑哧”一声笑了，“哪怕蜜蜂再难养，再让它蜇上千百回，我也非要和它交朋友。”

肖金枚的执着、诚恳、勤劳深深感动了赵师傅。他把所有蜜蜂养殖秘籍，如数传授给她。

2017 年 1 月，她购进首批 40 箱蜜蜂，成为八大公山第一个女养蜂人。随着春夏秋冬、斗转星移，她与同行们辗转南北西东，异地追花夺蜜，喝的山泉水，吃的山野菜，睡的露天床，这种飘无定所的日子，对于女人有多难，是不难想象的。但她说，她过得很快乐，整日与蜂为伴，与花为媒，与森林约会，与大山对话，日子过得浪漫而又充实，养蜂规模不断壮大。

金秋八月来了，家乡的棓子花开了。她将 100 箱蜜蜂拉上了八大公山，仅一季棓子花蜜就收入 10 多万元！

尝到养蜂甜头、看到自身价值的肖金枚，动员在外包揽工程的丈夫回乡创业，夫妻双双齐心协力，发展养蜂产业。2018 年初，她注册成立了清甜蜜蜂养殖家庭农场，与 10 多家贫困户一起，把养蜂规模扩大到四个养殖场、1000 余箱，当年收入突破 100 万元！

又是一季棓子花开，肖金枚指挥她的千军万马，伴着太阳出，随着月亮归，忙碌在花海丛中，迎来又一个丰收季。肖金枚决定举办现场取蜜品尝活动。媒体记者、摄影师，电商、微商，附近的八大公山村、徐家桥村、云鹤村村民，五道水赶来的村民，远道而来的骑行俱乐部的驴友们，共计 60 余人热情洋溢地来到现场，参观采蜜，品尝蜂蜜。

秋高气爽、阳光明媚，美丽的八大公山棓子花开正艳，蜜蜂跳起了欢乐的采花舞，人们兴高采烈地取蜜、品尝，大山里弥漫着蜂蜜的清香。这时，有人唱起了桑植民歌——

山是万宝山，
树是摇钱树，

人是活神仙

……

有人编起了顺口溜——

采来百花酿成蜜，
取蜜之人好欢喜，
个个脸上笑眯眯，
都说蜂蜜好东西。

纯天然高品质棓子花蜜，激起了大家强烈的购买欲，现场销售300多斤、订单1000多斤。

六个村委会当即与肖金枚签订养蜂合作协议，计划养蜂5000多箱，带领一批贫困户创业致富！

桑植金藏好风光，
山青水绿花儿香，
牛羊叫来蜜蜂飞，
酿出好蜜惹笑胡子郎。

循着桑植民歌婉转的韵律，我走进桑植县芙蓉桥白族乡金藏村，品尝享誉全国的桑植“金藏蜜”。“金藏蜜”当代蜜主王桂力与妻子朱泽乾，热情地迎出门外：“欢迎欢迎，省城来的大作家。”

听说55岁的王桂力是北京人，我不禁有些好奇：“你怎么想到从北京跑到桑植来养蜂？”

王桂力指着身边的妻子：“因为她呀。她是桑植金藏村人。”

我说：“那你们是怎么认识的？”

王桂力说："是金藏蜜给我们做的媒。"

朱泽乾是金藏美女，家里养有几箱蜂蜜。去北京打工认识王桂力后，便时常给他带些金藏蜜品尝。朱泽乾的美貌动了他的情，金藏蜜甜透了他的心，终于有一天，他向她跪下了左膝："泽乾，嫁给我吧。"

她嫁给了他。他追随她来到了桑植金藏村，修房子，建庭园，养蜂酿蜜，开始了甜蜜的生活。

金藏确实是个藏在深山的"金窝窝"，海拔1000多米，山高林密，空气新鲜，鸟语花香，山中四季花儿开，是个养蜂致富的好地方。

2012年3月，他们养了两个桶蜂，一帆风顺，秋天获得了小丰收。哪知取蜜不久，蜜蜂突然离巢出逃了。细查原因，原来是技术欠火候，管理跟不上。

蜜蜂跑了，但王桂力的自信没跑。"世界上没有过不去的坎。我不信，别人养蜂能成功，我就不能?"不服输的王桂力，托朋友从北京带来养蜂书籍，自学养蜂知识，很快成为一名"蜜蜂通"。他能一口气说出金藏山上20多种蜜源植物的开花期，通晓蜜蜂采花酿蜜的规律。在此基础上，根据传统蜂箱的一些缺陷，创造性发明了格子箱喂养法，管理简捷，取蜜方便，不伤蜜蜂。

2017年，王桂力和妻子放养蜜蜂70箱，产蜜2000斤，纯收入20余万元!

与此同时，他的养蜂技术也日臻成熟。他因地制宜，运用金藏村地形地貌特点，在张家界市第一个培育出"金藏王"种蜂，建立桑植第一家与蜜蜂喂养有关的家庭式"金藏地貌展览馆""家庭植物园"，成立了桑植县乾桂蜜蜂养殖有限公司。

2018年，王桂力夫妇与邻近村庄贫困户联合成立养蜂合作社，合作社成员达到713人。当年，合作社建了7个养蜂分场，放了700多箱蜂，纯收入近200万元，合作社成员每人分红数千元。

说起未来发展情景，王桂力雄心勃勃："金藏蜂蜜就是好，产量再多不愁销。2019年合作社养蜂规模翻了一番多，明年准备再翻上一番，让老百姓赚更多的钱!”

我听了，也不禁顺口掂了一道顺口溜——

桑植是个好地方，
胡子郎嘴里含蜂糖，
搬起蜂箱摆山岗，
好生活才刚开张!

放养蜜蜂，不用建房子，也不占耕地，被誉为“空中农业、庭院经济”，是农村脱贫致富的“甜蜜事业”。

2017 年，县委书记刘卫兵对桑植蜜蜂养殖业进行了专题调研，强调说：“咱们桑植满山花海，遍地金银哪，一定要大力发展养蜂产业，把它办成桑植脱贫攻坚的主导产业!”

当年桑植县委、县政府出台了《桑植县 2017 年省级扶贫重点产业蜜蜂养殖项目实施方案》(以下简称“方案”。)

《方案》投入资金 508.8 万元（财政扶贫专项资金 500 万元，企业自筹 8.8 万元)，于 2017 年，由张家界华南中蜂养殖专业合作社、桑植县甜蜜蜜蜂养殖有限公司、桑植县黄连台蜜蜂养殖专业合作社、桑植县泽乾蜜蜂养殖专业合作社、张家界阳意生态农业发展有限公司、桑植县铜矿村蜜蜂养殖专业合作社等六家专业养殖公司建设 6 个标准化养殖示范基地，新增蜜蜂养殖 10000 箱，按 2000 元/人标准，覆盖县内 6 个乡 8 个村建档立卡贫困对象 2544 人。

《方案》要求，项目实施要遵循“四跟四走”（资金跟着穷人走，穷人跟着能人走，能人跟着产业项目走，产业项目跟着市场走）的产业扶贫思路，按照“县级统筹、乡（镇）主导、产权到村、收益到户”的原则。

《方案》规定，贫困对象个人将国家给予的扶贫资金直接委托给有意愿合作、有社会责任、讲诚信和有实力的农业企业、农民专业合作社和家庭农场，实行项目统一开发、统一管理、统一经营、统一核算，相互间以契约形式，明确责权利关系，项目收益按比例分成。原则上，年人均收益不低于投入财扶专项资金额度的8%的兜底收益，超过兜底收益按纯利润比例2∶8分成，即：80%归贫困对象，20%归经营主体，项目合作期5年，期满后产权归所在贫困村集体所有。

方案实施三年，取得明显帮扶效益。2017年，贫困人口年度实际总收益131.84万元，人均年增收527.36元；2018年贫困人口年度实际总收益291.04万元，人均年增收1164.16元；2019—2021年，贫困人口年度实际总收益502.24万元，人均年增收入突破2000元。

现在，蜜蜂养殖已成为桑植主导扶贫产业。县委、县政府有关部门，已举办养蜂培训班28期、参训2262人，其中贫困户对象1786人。已成立蜜蜂产业公司8家，蜜蜂合作社50家，种蜂场3家，养殖家庭农场4个，专业合作社1个，协会2家，50箱以上养殖大户100户。全县养蜂存箱接近5万箱，年产蜂蜜20多万千克，产值3200万元，带动建档立卡户5513户，15351人脱贫致富。

第九章 桑植巨变

党的十八大以来的桑植，是巨变的桑植：烈士身边出现了“美丽乡村”，长征出发地完成了新长征，凄美历史故事里走来了七彩新居……

2019 年的秋天，是古老的桑植大地最葱翠、最美丽、最殷实的秋天，桑植人民摆脱了千百年来的贫困，开创了新纪元、开始了新生活。

1. 烈士身旁的美丽乡村

桑植县洪家关白族自治乡洪家关村，是一座山清水秀的山村小镇。她是贺龙元帅的故乡，是一个充满苦难也写满辉煌的地方。

这里曾遭受过三次血洗之灾。第一次是 1919 年，贺龙率领讨袁护国军驻防桑植，因开展破除迷信、保境安民活动，触怒了当地封建恶势力，对洪家关进行了血洗。贺龙的堂侄贺连元家先遭劫难，贺连元之妻郭三妹，敌人在她身上连砍20多刀后扔进河中，两个儿子和大女儿全部被砍死，年仅6个月的小女儿被活活摔死。在这次血洗中，贺姓族人遇难30多人，受害48家。贺龙率部参加南昌起义之后，敌人对他的故乡洪家关又再次进行了疯狂的烧杀屠戮。1935年，贺龙率中国工农红二方面军长征离开桑植后，敌人第三次血洗洪家关。敌人的"铲共义勇队"和"清乡队"，丧心病狂地叫嚣"诛灭贺龙九族，鸡犬不留"，所到之处，十室九空。在这次劫难中，贺氏族人被杀害的多达80多人，被迫背井离乡、四处逃难的多达36户。

然而，敌人的残暴摧不垮贺龙故乡人的革命意志。在桑植、在洪家关，跟着贺龙闹革命，是湘西人引以为豪的壮举。当年，洪家关的青壮年，无论男女，能扛枪打仗的，几乎全都参加贺龙的队伍。在革命战争年代，桑植县为国捐躯的团以上指挥员多达70余人，其中相当一部分就是洪家关人。

翻开英烈名录，耸立在我们面前的是一座又一座贺氏英烈的雕像——

贺士道，贺龙的父亲，1920年牺牲在桑植；

贺文掌，贺龙的弟弟，1920年牺牲在桑植；

贺英，贺龙的大姐，1933年牺牲在长湾；

贺戊姑，贺龙的二姐，1933年牺牲在长湾；

贺满姑，贺龙的四妹，1928年牺牲在桑植梭场坪；

贺文新，贺龙的堂弟，护旗兵班长，1928年为了向贺龙送紧急情报活活累死途中；

……

在整个土地革命时期，贺龙元帅的贺氏宗亲中有名有姓的烈士就有2050人！其中很多烈士就安息在桑植烈士陵园。

桑植烈士陵园，就坐落在洪家关村东北坡上，是俯瞰全村的制高点。安息在这里的烈士们，时刻深情地注视着元帅的故乡，也见证了洪家关翻天覆地的巨变。

新中国成立前的洪家关，芳草萋萋、村落凋敝、民不聊生。即使到了21

世纪初，这里依然道路坑洼不平、一片泥泞，被村里的老百姓戏称为“猪屎街”，道路两旁的砖木房屋，也是老式陈旧、破败不堪。

党和人民始终没有忘记这片烈士鲜血染红的土地，没有忘记这个英烈辈出的小山村为中国革命做出的巨大贡献，时刻关注、重点推动洪家关的发展建设，改善提高人民生活水平。尤其是党的十八大后打响脱贫攻坚战役以来，党和国家把桑植列为深度贫困地区予以重点扶持，洪家关作为重中之重，开始呈现出日新月异的变化态势、发展趋势。

2014 年初，湖南省委、省人民政府把洪家关纳入“美丽乡村、精准扶贫”建设项目。桑植县委、县政府趁此良机，努力整合“美丽乡村”专项经费，创新扶贫机制，在洪家关规划、建设、实施了基础产业、基础设施、民生改善、红色纪念、机制体制 5 大类 30 多个子项目，建成近 20 平方千米红色文化独特、民族风情浓郁的“贺龙故里、美丽乡村”景区，走出了一条具有洪家关速度和特点，可复制、可推广的精准扶贫、精准脱贫新路子。

如今，烈士眼皮底下的洪家关村，山上生长着清一色的笔直挺立的苍松翠柏；山下的玉泉河，蜿蜒流淌，穿城而过，飞檐串角的青瓦白墙新楼房林立两岸，宽阔的沥青马路连接着一栋栋精致漂亮的特色民居。玉泉河上，由贺龙曾祖父、祖父两代人修建的风雨桥——原名“永安桥”、现名“贺龙桥”，桥下潺潺流水、碧绿清澈，似乎在不住地讲述洪家关的沧桑变化。桥上坐着避暑纳凉的人们，轻摇蒲扇，或谈天说地，或互诉家常，惬意地享受着幸福时光。洪家关地标建筑之一——贺龙纪念馆，就坐落在贺龙桥的右侧。纪念馆的平面图，近似一把巨型菜刀，隐喻贺龙当年“两把菜刀闹革命”。纪念馆大门上的“贺龙纪念馆”五个烫金大字，挥洒遒劲，熠熠生辉。贺龙铜像屹立在纪念馆中央，永远深情地注视着那座祖辈修建的风雨桥，注视着那间庇护了他的童年与少年的老木房，注视着他的那些倒在革命征途上、躺在山坡上的战友……

洪家关变得干净了，变得漂亮了，变得大气了！

过去人们说：“要致富，先修路。”因为只有修好路，山里的产品才能运出去，变成真正的财富。现在道路修好了，人们又说："要致富，搞旅游。"因为旅游业发达了，才能把山外的客人引进来，把滚滚财源送进来，把各种致富机遇招过来。

为把贺龙元帅、元帅故里所蕴含的巨大旅游潜力，转化为洪家关人民脱贫致富的优势资源，桑植县委、县政府在规划、推进洪家关"美丽乡村"项目建设时，注重强化洪家关白族乡旅游基础建设，丰富旅游内容，优化旅游环境，在洪家关白族乡修建了游客服务中心、生态停车场、文博楼、幼儿园、老年活动中心、农家客栈，提质改造红军桥，修建贺龙湖、接龙桥、玉泉河三级景观坝、大棚蔬菜餐厅、泉峪山体公园等设施，实施"红军体验园""重走长征路"建设项目，发展了130多亩的现代农业绿色果蔬开发基地，在洪家关形成了集生产发展、观光体验、农业科普、餐饮旅游于一体的旅游区。

洪家关村"美丽乡村"项目于2016年上半年顺利竣工后，湖南经视《有什么好玩的》栏目，在国庆旅游黄金周即将来临的9月30日黄金时段，辟出25分钟专题介绍了以洪家关为代表的桑植旅游景点，激起广大游客观光欲望，数十万游客蜂拥而至，一时间，"美丽乡村"洪家关人山人海、笑语盈天。

在这里，游人们能感受秀美的自然风光、古朴的白族建筑、感人的红色故事，还有身着民族服饰、带着甜美笑容的白族姑娘，站在风雨桥上，大方地为来自远方的客人歌唱，那圆润的嗓音、浓郁的情感、空灵的歌声，让人余音绕耳、久久不忘。桑植县非物质文化遗产传承中心的"80后"青年歌手彭南锋那粗犷、豪放的民歌更是引人入胜。

桑植是个好地方呃，
地是刮金板啦，山清水秀，
山是万宝山呢，稻啊花香呃，
人是活神仙，乐啊无疆呃。

他唱罢《桑植是个好地方》，又唱《马桑树儿搭灯台》。

马桑树儿搭灯台哟。
写封的书信与耶姐带哟。
郎去当兵姐耶在家哟。
我三五两年不得来哟。
你个儿移花耶别处栽哟。

马桑树儿搭灯台哟。
写封的书信与耶郎带哟。
你一年不来我一年等哟。
你两年不来我两年挨哟。
钥匙不到锁耶不开哟。

收住了歌喉，彭南锋又给游客讲起词作者的故事："我唱的这首《马桑树儿搭灯台》，是新版《马桑树儿搭灯台》，是贺龙元帅堂弟、南昌起义主力部队第一师师长、革命烈士贺锦斋改编的。这是一首流行于湘西的男女二人对唱的革命民歌。歌词大意是：郎去当红军，写信回家中，要姐另改嫁，莫要误青春；而妻子回信说，丈夫你莫挂牵，奋勇杀敌人，姐心永不变，等你回家中。其语言纯朴、感情真挚。从曲调看，它是建立在五声羽调式上的民歌。每段共五句，句与句之间旋律连环相扣，就像缠绵不断的情丝从心底流出，表现了夫妻忠贞不渝的纯洁爱情。"

解释完歌词，彭南锋还当起了导游，指着眼前那一栋栋新建的白族风情民居，问大家："大家说，这些新建的房子漂亮吗?"大家说："当然漂亮了，不然怎么叫美丽乡村呢。"彭南锋说："而且我们的美丽乡村，与别处的美丽乡村有些不一样?"大家问："有啥不一样。"彭南锋说："我们的美丽乡村里还包含着烈士陵园。别的美丽乡村没有吧？因此，我们的美丽乡村，是烈士身边的美丽乡村。"大家听了，报以热烈掌声。

洪家关"美丽乡村"项目完成仅一年，洪家关旅游区共接待旅游人次达120万，全年旅游收入达1000余万元，带动周边群众就业1000多人，1717

名贫困人口顺利脱贫。

湖南省政府于2017年8月推出的《湖南省旅游扶贫送客入村奖励办法》中，首次向全国推出了51条湖南旅游扶贫线路。其中就包括桑植县的“桑植贺龙故居、白族风情（梭子丘村）两日游”“桑植森林王国五道水（芭茅溪村、小庄坪村等）休闲度假两日游”。此后，国家旅游局、国家发展改革委、国土资源部等12个部门，在制定并印发《乡村旅游扶贫工程行动方案》时，又把桑植43个村庄写进《方案》，其中包括洪家关白族乡龙头村、洪家关白族乡回龙村、洪家关白族乡廖家溶村等三个村庄。

优质资源、科学策划，加之国家引导、媒体助力，使洪家关旅游产业呈现出快速发展态势，年均游客同比增长20%、产值同比增长20%！

日益增长的游客人数，给洪家关带来了越来越多的商机。“农家乐”“客栈”“土特产商店”，仿佛雨后春笋，蓬勃兴起，一批村民随之走上致富之路。

村民刘青松，以前家里并不宽裕。他抓住洪家关发展旅游之机，在旅游区里建起了“青松客栈”，仅2017年上半年，客栈已接待游客近1000人次，收入达10多万元。

“富华客栈”老板尹国富，以前日子也是过得紧巴巴。在旅游区建起“富华客栈”后，不到一年就接待游客1000多人次，纯收入10多万元，迅速摆脱贫困。

家住洪家关附近的泉峪村村民刘青松，过去靠开农用车糊口，家庭经济捉襟见肘。“美丽乡村”项目建设启动了，他改行做旅游，在农业园区建起“轻松客栈”，并利用互联网发展电子商务，家庭迅速摆脱贫困状况，一家人过上了红红火火的日子。

洪家关白族乡泉峪村村民刘志刚，每年旅游生意纯收入高达20多万元，不到两年就盖起新楼房，告别了数代居住的老木屋。

……

村庄美了，游客来了，致富机会多了。以前外出打工的农民纷纷回乡创业，大家在房前屋后的田地上，种上山里的野菜，在山上放养一些山鸡，办起一个个具有农家特色的农家乐。“美丽乡村”项目竣工仅两年，洪家关白族乡就增加15家“农家乐”，全乡“农家乐”创收超过300多万元!

旅游产业的繁荣，还辐射带动了全村种植产业的发展。洪家关周边各村纷纷在旅游上做文章，围绕旅游需要发展产业。花园村种植高山有机稻100亩，深得游客喜欢，供不应求，实现产值60万元，人均增收500元以上。目前，该村把生态稻米作为主要产业推广，种植面积达到260亩，直接销售给外地游客，每年还没收割，就被游客或客商订购一空。

龙头村选择游客喜欢吃且适合当地生长的草莓、红心火龙果、葡萄等水果品种，发展水果种植产业，成立了水果种植合作社，组织连片土地开发，流转土地160多亩。仅草莓种植一项，每年收入达到10多万元，带动28户村民在家门口实现就业，全村贫困群众持续增收。

竹坪村曾是全县有名的贫困村，村里的小伙子连续10年娶不进1个新媳妇。竹坪村实施农旅结合，积极探索“美丽乡村品牌＋白族风情＋民俗体验＋特色农业”发展模式，昔日的贫困村被评为全省“绿色村庄”、省级旅游名村。

现在，洪家关周边乡村，在旅游产业牵引下，种植蔬菜3500亩、油茶6600亩、茶叶2000亩，成为农民脱贫致富的支柱产业，直接为群众带来1000多万元的经济效益，人均收入实现翻番，奏响了旅游、经济、生态建设齐头并进的和谐之音。

预计到2020年，桑植游客将达到800万人次，旅游年产值将达到40亿元!

到那时，洪家关村民致富路上必将更上一层楼!

2. 刘家坪人民的新长征

1935年11月中旬，桑植刘家坪村，收完了庄稼的田野上一片空旷，萧瑟的秋风卷起枯叶漫天飞扬。

这天，刘家坪村东头的旷野上，集合着一支身穿灰布军装，头戴八角帽、红五星的队伍。队伍很庞大、很雄壮，在田野上站成了一片树木。队伍的前头，搭着一个高高的台子。一个高大威武的指挥官，一手叉腰、一手挥舞着，正用洪钟般的声音，向着他的队伍喊话："现在，我们二军团已经有三个师，六军团也建立了红十六师，两个军团加起来，已有 1.7 万人。比起刚刚会师时扩大了一倍多。蒋介石搞来 140 个团围攻我们。我们在根据地坚持了一年的斗争，人民支援红军尽了最大的努力。可是这里山多、田少，加之敌人烧杀掠夺，养不了我们近两万人的红军喽。所以我们要从内线转到外线，打到敌人后方去!"

这支队伍，名叫"中国工农红军第二、六军团"，那个站在台子上喊话的指挥官叫贺龙。

第二天，这支队伍便沿着村西头那条山路向西开拔了，队伍很长很长，这头望不到那头，队伍里头绝大部分是桑植子弟。队伍的两旁，是沿途村庄的父老乡亲，他们眼里含着不舍的泪花，手里拿着鸡蛋、粑粑、烤薯，不住地往队伍里的官兵手心里塞……还有此起彼伏的桑植民歌《十送红军》那凄婉的歌声——

一送红军下南山，
秋风细雨满面寒。
树树梧桐叶落完，
红军几时再回山。

二送红军大路旁，
红漆桌子路边放。
桌上摆满送行酒，
祝愿红军打胜仗。

三送红军上大道，
锣儿无声鼓不敲。
双双拉住长茧手，
心藏黄连脸在笑。

四送红军过高山，
山山苞谷金灿灿。
苞谷本是红军种，
撒下种子红了天。
……

行走在泪光与歌声里的这支队伍，这次开拔走了很远、很远，它在历史上叫“长征”。它的起点，便是桑植县刘家坪村。贺龙指挥的红二、六军团的长征，行程两万多里，历时近一年，突破敌军围追堵截，是红军三大主力中唯一队伍人数不减反增的队伍，是一次成功的长征，受到毛泽东主席的称赞。

时至21世纪10年代初，红军离开刘家坪已近80年了，当年把家里为数不多甚至仅有的鸡蛋、粑粑、烤薯，送给子弟兵的刘家坪老百姓，依然没有过上富足的生活，还有657户、2304人未能摆脱贫困。

习总书记、党中央领导部署的脱贫攻坚战役打响后，刘家坪白族乡党委、政府态度明确、意志坚定：“当年的红军从刘家坪出发，不怕艰难困苦、敢于战斗，从胜利走向胜利。今天的刘家坪干部群众，要发扬红军长征精神，再走一次新的长征，力争2018年、确保2019带领全乡人民摘掉贫困帽!”

那么刘家坪干部群众如何走好这次新长征呢?

长征，既是红军的壮举，也是世界军事史上的壮举；长征，属于中国，也属于世界。毛泽东主席说：“长征是播种机。”这台播种机，不仅把革命的种子播进神州大地，也把长征精神，洒到世界各地，洒向历史深处，受到中华儿女的敬仰，得到世界人民的推崇。刘家坪，作为红军长征出发地之一，是中国乃至世界人民景仰的地方，有着巨大的旅游开发价值。

桑植县委、县政府，决心打好“长征出发地”这张牌，把红军长征留下的宝贵精神财富，转化为刘家坪人民脱贫致富的龙头产业。

县委、县政府，为把刘家坪打造成红色风情小镇，先后投资6400万元，建设红二方面军长征出发地纪念馆；投资2000万元，建设长征纪念园和贺龙骑马铜像生态广场；投资200多万元，把红二、六军团龙堰峪司令部打造成影视拍照基地；投资450万元，改造具有白族风貌民俗风情的红军街；投资500万元，建设酉水风光带；投资800万元，建设刘家坪游客服务中心……

刘家坪红色风情小镇项目，于2017年竣工后，当年国庆长假就接待游客近13万人次！

发展产业，是扶贫脱贫的必由之路。缺乏产业支撑，脱贫难以实现，更难以持续。

在完善红色旅游基础工程设施，吸引四方游客的同时，刘家坪白族乡党委、政府，运用旅游产业辐射作用，发展种植、食品加工等产业，成功引进一个“龙头企业”——张家界禾佳生态农业有限公司；两个特色企业——桑植县康庄生态农业发展有限公司、农门阵餐饮（连锁）管理有限公司；形成了四大产业基地——从事特色腊肉供销的农门阵腊肉熏制基地，从事特色瓜果蔬菜种植的禾佳生态农业产业基地，具有休闲农庄特色的康庄生态休闲旅游基地，从事特色游学体验的全国青少年拓展教育基地。通过这些产业布局，形成了“产业携旅游齐飞、扶贫与发展并进”的刘家坪脱贫模式，实现“造血”式扶贫，确保贫困户有长期稳定的收益。

张家界禾佳生态农业有限公司，是市级龙头企业，在发展集蔬菜种植、采摘、观赏、垂钓于一体的经营服务项目上具有优势。公司充分运用这一优势，采用“公司＋基地＋农户”模式，通过流转贫困户土地、利润返还、务工就业、股份合作分红，让新阳村75户贫困户每户每年从公司获利近千元、村集体经济收入4.5万元。

农门阵腊肉熏制基地，通过与省级龙头企业湖南农门阵餐饮（连锁）管理有限公司合作，以资产收益的模式，将腊肉熏制基地租赁给公司，让全乡2304人657户贫困户，享受到年租金80%的分红利润。

特色休闲农庄，以自然农业、主题民宿、中药养生、乡建示范、亲子娱乐为主打，将生猪购买、腊肉熏制、加工、销售、吸纳务工、土特产供销融为一体，通过建立“公司＋村级合作社＋农户”的产业扶贫模式，让全乡贫困户同时受益，做到了真扶贫、扶真贫，真脱贫、真致富。

康庄生态休闲旅游基地，采用乡村旅游扶贫模式，通过经营康庄生态休闲农庄，让以自然农业、主题民宿、中药养生、亲子娱乐为主题的旅游扶贫“开花结果”。

全国青少年拓展教育基地，以红色资源为基础，通过打造集研学旅游、亲子教育、党建活动、拓展于一体的革命传统红色教育培训综合体，辐射带动周边群众创业增收。

致公党湖南省委一名专家考察刘家坪脱贫攻坚工作后，深有感慨地说：“红色旅游一天比一天红火，老百姓的日子一天比一天富裕。当年，刘家坪人民无私支援红军，红军离开刘家坪近80年后，终于开始反哺刘家坪的父老乡亲了。”

3. 凄美故事里的七彩新居

芙蓉桥白族乡福建坡村的海洱峪，峰叠峰，沟连沟，山高林密。在这片连绵百里的大山里，隐藏着一个凄美动人的红色传奇故事。

故事的主人翁叫佘芝姑，贺龙管她娘叫“大姨”，她管贺龙叫“表哥”，两人是血脉相连的表兄妹。她家住岩塔村，贺龙当骡子客从四川贩盐时，常到她家歇脚过夜。贺龙拉队伍闹革命后，她全家都跟着贺龙闹革命。母亲是贺龙手下的游击队大队长，父亲是贺龙的地下兵工厂厂长。佘芝姑是母亲唯一的孩子，也要参加革命。母亲对她说："你只有一个任务，做饭、种地、养猪和放哨。"

不幸的是，在肃反运动扩大化时，她的母亲、父亲被自己人杀害了，几个参加红军的舅舅都在战场上牺牲了。孤苦伶仃的佘芝姑，四处逃避敌人的追杀。那天，她逃到了海洱峪，见这里地处偏远，草深林茂，常有野兽出没，无人敢来居住，便在此地躲藏下来，独自在这里开荒种苞谷、筑栏养猪熏腊肉，除了自己吃，余下的就存起来。几年后，大表哥贺龙告诉她："你母亲、父亲是错杀的，要平反。你是红军的后代，要听红军母亲的话，做好饭、养好猪、放好哨。"佘芝姑听了，哭了三天三晚后，把自己的余粮、腊肉全部送给了红军。

红二、六军团长征前几天。佘芝姑又给大表哥贺龙背去了一些苞谷、腊肉。贺龙说："过几天，我和队伍要出发，这次走得可能有些远，时间有点长。"

佘芝姑说："表哥，我要跟你一块走。"

贺龙说："你要多种苞谷，多养猪，多生崽，以后我还回来带兵。"

"表哥怎么跟娘说的一个样。"佘芝姑有些不高兴地嘟哝着。但最终，她还是点了点头。

红军走了。佘芝姑回到海洱峪，一个人继续种苞谷，继续养猪。后来，她认识了山里的小伙，两人成了家，两个人一起种苞谷、养猪、生孩子。

海洱峪很美。但海洱峪的日子苦。"辣椒就是盐，苞谷壳当棉，吃油渣算过年。"虽然屋里腊肉一串串，但他们很少吃，要以后送给红军吃。为了躲避敌人追杀，他们在几个山上来回绕，每绕到一个地方，就种下几坡苞谷、养上几头猪。海洱峪山高沟深，海洱峪很封闭。他们不知道大表哥贺龙把队伍拉到了哪，不知道红军后来成了八路军，然后又成了解放军。他们只知道一件事：种苞谷、养猪、生孩子。

苞谷种了一年又一年，一种就是 15 年。黄色、白色的苞谷堆了一堆又一堆，堆成了一座座金山银山。

肥猪养了一年又一年，一养就是15年。熏制的腊肉挂了一串又一串、一屋又一屋，诱人的腊肉香，醉了森林，醉了山岗。

孩子生了一个又一个，一生就是15年，连生了四女五儿九个娃。这些娃，既是她的甜与乐，也是她的痛与坎。甜的是，那健健康康活下来的四儿三女，想着他们将来能跟着贺龙大舅当红军，她心里就有说不完的甜。痛的是，那走了的一儿一女，是她一生都没法过去的坎。

七岁的二儿子淋了一场雨后，开始发烧，由于无处寻医问诊，死在她的怀里。她那撕心裂肺的哭声，让上天跟着掉眼泪。“儿呀，你怎么就走了？再长十岁，你就可以跟着贺龙舅舅当红军打仗了呀……”

五女也在七岁那年走了。她心中痛的除了自己的骨肉，还有自己对大表哥贺龙的承诺。“女儿呀，多漂亮的姑娘啊。你大舅正等着要人扩充队伍呀，你怎么能走啊……”

1949年10月16日，桑植解放时，佘芝姑在海洱峪为红军积攒了38000多斤苞谷、2400多斤腊肉。当她到城里找到解放军首长，带着他来山里挑走这些苞谷、腊肉时，首长感动得热泪盈眶：“你真是贺老总的好表妹啊。”

佘芝姑凄美、悲壮的故事，是桑植女子忠诚、坚忍的写照，是桑植女子在战争年代写下的传奇。

在新时期脱贫攻坚战役中，曾孕育了佘芝姑传奇故事的海洱峪，又创造了新的传奇。

2016年，当年佘芝姑四处躲避敌人追杀的海洱峪，佘芝姑为红军种苞谷、养肥猪的海洱峪，佘芝姑艰辛养育七个“小红军”的海洱峪，被芙蓉桥白族乡党委、政府确定为易地安置建档立卡户集中安置区。经过近两年紧张建设，安置小区如期竣工。来自芙蓉桥白族乡、马合口白族乡和海洱峪本地的68户建档立卡户，不花一分钱、不购一砖一瓦，拎包入住新居。

海洱峪易地安置区，设计新颖别致、独具特色，每排七套住房七种颜色，赤橙黄绿青蓝紫，仿佛一排排彩虹，飞架在绿水青山之间，特别美丽，格外引人注目。它的照片被人挂到网上后，得到数十万人点赞，被网友们称为

"海洱峪奇迹""凄美故事里的七彩新居"。

易地搬迁扶贫，是桑植县委、县政府，针对那些生活在自然条件严酷、生存环境恶劣、发展条件严重欠缺的深山区、地质灾害频发区、生态脆弱区的农村建档立卡贫困人口，采取的特别扶贫措施。

桑植县地处武陵山脉腹地，绝大部分是山地，山区人口占绝大多数，贫困人口多，需要易地安置的建档立卡户占比大。为顺利完成繁重的易地搬迁扶贫任务。他们用足、用好危房改造、生态移民、避险安置等政策，以整体搬迁、集中安置为主要方式，组织实施易地扶贫搬迁。开辟了多个安置渠道，如结合村庄整治，将贫困人口从山上搬迁到山下；结合城镇建设，将贫困人口从农村搬迁到集镇；结合园区发展，将贫困人口从农村搬迁到县城，等等，实现贫困人口梯度转移。配套建设好安置区水、电、路、网以及污水、垃圾处理等基础设施，完善安置区商业网点、便民超市、集贸市场等生活服务设施，确保安置区搬迁户能便利享有基本的教育、卫生、文化、体育等公共服务设施，让易地搬迁安置户既住上新房，又住得舒适、愉快。

为让易地安置人员搬迁到新地方后，生活水平不下降，日子越过越红火，桑植县各级党委、政府，想方设法促进搬迁户就业增收。他们将易地扶贫搬迁和产业扶贫、扶贫小额信贷、"雨露计划"、开发搬迁地公益性岗位有机结合起来，大力发展安置区特色优势产业，支持搬迁对象通过发展特色产业、务工就业等渠道增收致富；全面落实支持创业、创新的相关税收优惠、贷款贴息等政策，鼓励搬迁户参与"大众创业、万众创新"活动；鼓励安置区建设项目优先使用本地搬迁群众务工，本地企业优先吸纳搬迁群众就业；加强对搬迁群众的技能培训和劳动力转移培训，确保搬迁群众至少接受一次职业培训，掌握一项就业技能；支持安置区发展物业经济，将商铺、厂房、停车场等营利性物业产权量化到搬迁户，增加搬迁户财产性收入；对无劳动能力的搬迁户，实行政策兜底直接脱贫。

截至 2019 年底，全县需易地搬迁的 4000 多户贫困户、14000 多名贫困人口，全部走下高山陡坡、走出了深谷密林，走进崭新的安置小区，开始了新的幸福生活！

海洱峪安置小区安置户杨立生，年已76岁了，老伴已双目失明20多年，家庭十分贫困。2015年9月，老两口的旧木房又不慎失火，被烧得一干二净，成了无房户。搬进新房那天，老两口相拥痛哭。驻村乡干部以为出了什么事，赶紧跑过来解劝："杨爹，家里出什么事了？我们一起帮你解决呀。"杨立生擦干眼泪，高兴地笑了："家里是遇上事了，遇上喜事了。我们老两口这辈子还能住上这么好的新房子，做梦也没想到啊。"

安置小区的另一个安置户谷庆春，原来住在深山沟里，平时很少出山。那天，谷庆春接到通知前来验房。走到小区跟前时，以为自己走错了地方，特向路旁的乡亲打听："请问海洱峪安置小区在哪个地方！"乡亲指着七彩新居说："这些房子就是。"

谷庆春走进小区，前前后后、仔仔细细看了一遍，又找到自己房子里里外外、进进出出好几遭，然后走到驻村乡干部跟前问："这房子真是分给我的？"

乡干部回答："当然是分给你的啦。"

谷庆春说："真的不要我自己掏一分钱？"

乡干部说："是的，你只管搬进来住。"

谷庆春说："我这辈子住了，我儿子、孙子能接着住？"

乡干部说："这房子是你们家的，祖祖辈辈都可以住。"

谷庆春说："我不是做梦吧？"

乡干部开玩笑地在他手上掐了一把："疼吗？"

"哎哟！"

"那你做什么梦？"

谷庆春感慨地说："谁说天上不会掉馅饼？在共产党的天下，我们这些穷人就捡到馅饼了！"

4. 遍地英雄下夕烟

秋天来了，2019年的秋天来了。

桑植的秋天，是美丽的秋天。秋天的桑植，翠绿中嵌着金黄，金黄里镶着翠绿。那绿色的是翡翠，那黄色的是黄金。秋天的桑植大地，戴上了一顶皇冠，光彩夺目。秋天里，桑植的山是壮美的山，高昂头颅，挺直脊梁，像一个个桑植汉子，顶天立地。秋天里，桑植的水是柔美的水，清澈透亮，潺潺流淌，像活泼的桑植姑娘，快乐徜徉。秋天里，桑植的路是幸福的路，那直的是高速公路、高速铁路，那弯弯曲曲的是乡道、村道和组道，它们就像一张幸福的网，网住了桑植的日月，网住了人民美好的时光。秋天里，桑植的人是快乐的人，嘹亮的山歌，唱醉了山里的林子，唱醉了林子里的风；欢快的舞姿，跳出心中的喜悦，跳出生活的甜美。

桑植的秋天，是殷实的秋天。秋天的桑植，一垄垄茶叶绿了山坡，一片片香稻荡起了金浪，一坡坡果林拽满了金黄，一串串葡萄甜透了原野……秋天的桑植，羊群肥了，牛群壮了，大鲵上市了……桑植这片古老的红土地，从未像今天这样充满活力，从未像现在这样富有青春气息，从未像现在这般肥沃丰饶，也从未像现在这样给予桑植人民如此巨大的馈赠。

桑植的秋天，是喜庆的秋天。这边是生态葡萄节，那边是富硒香米节；今天是收割节，明天是割蜜节，后天是斗牛节……七色彩旗卷动了秋风，威风锣鼓撼动了山河，嘹亮的唢呐惊动了天地，劳动的号子激荡着原野……

看着桑植今天这一幅幅壮美的画卷、丰盈的景象，回想桑植儿女曾在这片土地上写下的那些惊天地、泣鬼神的革命篇章，耳畔不由得回响起毛泽东那气势磅礴的声音——

别梦依稀咒逝川，

故园三十二年前。
红旗卷起农奴戟，
黑手高悬霸主鞭。
为有牺牲多壮志，
敢教日月换新天。
喜看稻菽千重浪，
遍地英雄下夕烟！

后记

扶贫正道是沧桑——龚盛辉访谈录

佘晔（以下简称“佘”）：龚老师，您好！非常高兴能够以服务者、评论者的双重身份就“脱贫攻坚”主题文艺创作相关情况向您请教，首先想请您谈谈当接到这一约请时的内心感受。

龚盛辉（以下简称“龚”）：首先要感谢湖南省文联领导对我的信任，感谢王诶海老师、陈善君老师的指导，感谢佘晔老师对我作品的关注及热情精辟的评介。再者需要说明的是，我不是科班出身的作家，而是一个从战士、班长、排长、连长、教导员、新闻记者，一步一步走过来，而且参加过战争的土生土长的军旅作家，文学理论水平不高，是个跟着感觉写东西的行动派，因此我对你所提问题的回答，可能会让大家失望。至于接到这一创作约请时的心情与感受，可以用八字来概括。

首先是“无限荣光”。以习近平为核心的党中央发起并亲自部署的这场脱贫攻坚、精准扶贫战役，其规模之宏大、影响之深远，这在古今中外都是第一次，必将在人类文明史上留下浓墨重彩的一笔。省文联把记录这场人类史上重大事件的长篇报告文学采访创作任务交给我，是省文联领导对我的信任，于我而言，既是一种荣幸，也是一次机遇。

其次是“压力山大”。我虽然有 20 多年文学创作生涯，写了不少作品，也获了不少奖项，但由于一直工作生活在部队，对地方工作接触不多，对这次脱贫攻坚关注不够，对创作背景不熟悉，刚接到任务约请时，心里还真有些没底，相对于任务约请层级、作品质量要求，有着比较大的落差，虽然把任务接下了，但心里很担心完不成任务，担心作品质量达不到要求。接到创作任务头几天晚上，连做梦都在想着这个事。

佘：用报告文学的方式呈现“脱贫攻坚”的时代主题，您认为它的特点和难点在哪里？

龚：如前所述，这场脱贫攻坚战，是古今中外第一次向贫困这个人类公敌发起的第一次大战役。报告文学，作为融纪实和文学于一体的文学样式，呈现这场战役的历程和风采，是一种责任和本分。用报告文学反映这一正在发生的历史大事件，最大的特点，是可以直接书写事件真实情况，直接表达正能量，直接呈现这场脱贫攻坚的伟大成就，给历史留下一个融真实性、可读性于一身的文学读本。但它也存在两大难点。首先，它要求真人真事，不像小说、赞歌等文体那样，只要文学逻辑属实，人物、事件可以想象，报告文学尤其是长篇报告文学，实地考察、面对面采访任务非常大，甚至大到有些让人“望而生畏”。其次，作品框架结构难度很大。这次脱贫攻坚，是个大战役，涉及面很广，素材繁杂，如何从一堆宽正面、大纵深的素材中剥茧抽丝，结构成一个有序、有趣的作品框架，把众多人物、事件，分门别类装到里头，建成一间别致新颖、有艺术价值的“建筑物”，的确是个不小的挑战。

佘：我有幸成为《沧桑大爱——湖南桑植脱贫攻坚故事》（简称《沧桑大爱》）的第一位读者，第一眼看到您的封面手稿，就给我留下了非常深刻的印象，觉得特别好。您是如何获取、定义、理解“沧桑大爱”这四个字的？

龚：“沧桑大爱”这个标题来得有些偶然。刚开始的标题是“桑植巨变”，对它不是很满意，但又想不出更好的，这事就一直搁在心里。一天，与夫人在剧院里看戏，突然从台词中听到“沧桑大爱”四个字，心里不由一动：用它作这本书的标题多好啊！搞创作就是这样，只要有心、留心，常常有不期而遇的灵感与收获。

佘：后来，我一口气读完了《沧桑大爱》，您用初心意识、情感代入、精准数据的各种方式巧妙展现桑植的脱贫攻坚故事，给我深深的感动。我想问，您选择将军县桑植作为表现对象，从贺氏家族的革命牺牲史切入，跟您的军人身份有关吗？

龚：不仅有关，而且是一种直接关系。因为我是军人，我对贺龙及其家族充满了敬仰，对桑植那片我军创建之一的红土地有一种天然的挚爱。一接到这个创作任务，我自然而然就想到了桑植，想到了贺龙，也就自然而然地把革命先辈作为作品的切入点。后来的创作实践证明，这个选择是明智的，对这片土地和这片土地上的人们，我有感情，创作起来就有感觉，给创作留下了很大的回旋空间。

佘：报告文学是行走、记录的文学，三年期间您先后下乡调研采访数次，在当地体验生活，与农民同吃、同住近半年，可以说说这段特殊的创作体验吗？有什么让人特别难忘的人和事？

龚：首先我要说明，我是农民的儿子，年少时也没少尝挨饿的滋味，对农村、农民有一种天然的亲近和了解。但也实事求是地说，我已经离开农村到部队待了 42 年了，对当代农民生产、生活也渐渐疏远了。因此，接受创作任务后，我要求自己尽量回归农村，在农民家里吃、喝、拉、撒，在农民的阁楼上伏案创作，对农民生活状况、心里诉求，有了进一步的了解与理解。他们还是那么朴实，他们对致富充满渴望，但又常常对难以致富充满无奈。

他们从这次脱贫攻坚中看到新的希望，而且也从中得到了真正的改善。但同时我也发现一些深层次的问题，比如现在一些贫困户存在着“上面要我富”的被动现象，而不是“我要富”“我要想方设法富”，让贫困人员从被动致富到主动奔富，是个长期过程，也是个历史课题，解决这个问题，也许比物质上的致富更艰难，也更有意义。

佘：通过《沧桑大爱》，您首提这场“脱贫攻坚战”是“中国革命史上的又一次人民战争”，请问您这一提法的出发点和落脚点是什么？

龚：“人民战争”，是我党抗日战争的战略方针，也是毛泽东思想核心组成部分之一，其核心意蕴就是动员全国人民、组织全国力量，共同抗击日本帝国主义。我党运用这一战略方针，领导全国人民推翻了三座大山，取得了民族独立、人民解放。这次革命的对象主要是封建主义、帝国主义、殖民主义，独立与解放主要体现在政治民主上的独立与解放。而这次脱贫攻坚，针对的是物质上的贫困，主要体现在物质上的解放，是中国人民第一次解放后又一次更加深入的解放，也是人类发展史上第一次对人类公敌——贫困所展开的规模如此之广、投入如此之大、影响如此之深的挑战与抗争，从纵向看，从中央、省、市、县、村、组，层层动员、层层发力；从横向看，富裕地区帮助贫困地区，先富起来的帮助尚未致富的，每一个地方、每一个人都加入这场脱贫攻坚；从目标效果看，到2020年底，全国人民“一个不落”都能够过上“不愁吃、不愁穿，住房、医疗、教育有保障”的生活，这在古今中外还是第一次。因此我认为，这是中国人民向人类公敌——贫困发起的一场“人民战争”。

佘：在与省文联“脱贫攻坚”主题文艺创作项目三年行动计划合作期间，您还满意吗？我们还有哪些地方需要改进？

龚：与省文联的合作非常愉快。省文联领导对这次主题创作非常重视，组织有力，工作人员对创作人员服务热情周到，这是我们顺利完成作品创作的重要保证。非常感谢。

佘： 您是这一批“脱贫攻坚”主题文艺创作三年行动计划中合同签约较晚、完成作品最早的文艺家，您有什么创作心得分享给大家？您下一步的创作计划是什么？

龚： 我之所以创作活动开展得比较顺利，作品完成得比较快，主要还是报告文学的文体特点的原因。报告文学可以直面现实、直抒正能量，在创作上需要下“笨功夫”多一些，不像小说、诗歌那些文体，要使“巧劲儿”，要“拐着弯儿写”。再者，可能跟我长期军旅生涯有关，就是性子急，心里装不下事，一旦把事情接下来，一天不干完，心里一天不安宁，就想着快马加鞭朝前赶。要说有什么体会，就是干长篇作品，最好能相对集中一段时间搞突击，效果可能会好些。突击写作，累是累些，但可以保证感觉和思路的连续性，不断地“趁热打铁”，既可以保证速度，也可以保证质量。

下一步创作计划，就是继续写。既继续关注“老本行”——军事高科技报告文学，也继续关注“新领域”——呈现脱贫攻坚战役新战果。

佘　晔

2020 年 3 月 8 日